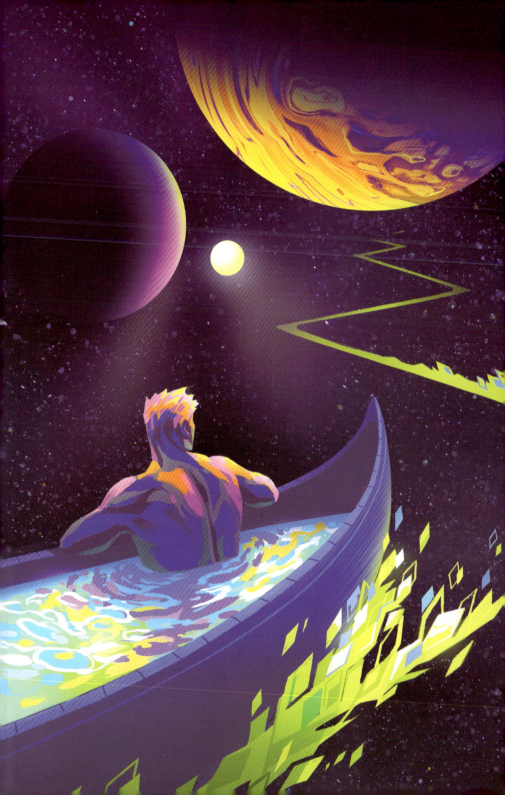

God's 神的
100 million 一亿次
stops 停留

段子期/著

北京理工大学出版社
BEIJING INSTITUTE OF TECHNOLOGY PRESS

版权专有　侵权必究

图书在版编目（CIP）数据

神的一亿次停留 / 段子期著. -- 北京：北京理工大学出版社, 2022.7

ISBN 978-7-5763-1225-6

Ⅰ.①神… Ⅱ.①段… Ⅲ.①幻想小说—小说集—中国—当代 Ⅳ.①I247.7

中国版本图书馆CIP数据核字(2022)第056290号

出版发行 / 北京理工大学出版社有限责任公司
社　　址 / 北京市海淀区中关村南大街5号
邮　　编 / 100081
电　　话 / （010）68914775（总编室）
　　　　　（010）82562903（教材售后服务热线）
　　　　　（010）68944723（其他图书服务热线）
网　　址 / http://www.bitpress.com.cn
经　　销 / 全国各地新华书店
印　　刷 / 北京欣睿虹彩印刷有限公司
开　　本 / 880毫米×1230毫米　1 / 32
印　　张 / 8.5
字　　数 / 155千字
版　　次 / 2022年7月第1版　2022年7月第1次印刷
定　　价 / 48.00元

责任编辑 / 李慧智
文案编辑 / 李慧智
责任校对 / 刘亚男
责任印制 / 施胜娟

图书出现印装质量问题，请拨打售后服务热线，本社负责调换

序：段子期和她的"东方觉性科幻"

生而为人，到了一定的年龄和阶段，会对所执愈来愈固执，对无法迁就的，也不再虚与委蛇。生命匆匆，每个历经世事的人都万分珍视从这世界里已获得的和将要保护的实相。真实的意义，就是希望越来越真实并守护它。

我认识段子期很偶然，是在一个科幻会议的电子大屏幕上先看到她的，她画了一个奇异博士的符咒，仿佛打开了异度空间。后来，我们竟成了同事，几乎每天都见面。当然，我们年龄、心理和审美鸿沟巨大，谈不到一处去，但我对她的敬意却一直在。如果在中国科幻界找一位女作家来扮演亚马逊女战士或神奇女侠，我觉得她是不二人选。

段子期是一位著名编剧，擅作曲，还射箭。只是我几乎从没有看见她写作，至少不像刘慈欣那样在办公室写作。有一次，我听段子期和她的朋友说：若把这一生所爱排序，那会是电影、音乐和小说。小说《永恒辩》就是一个证明，证明了她对电影的如数家珍和无限狂热。我那时吃了一惊：还这么年轻，就排序了！当一个人开始排序时，其实就已在舍去，到底是一个挑剔的人啊。

更有趣的是，身为作家的她，把电影和音乐排在小说之前。她也是这样身体力行的。偶尔见到她，总是和艺术家朋友一起观影和弹唱，还这么年轻，就已这么确乎不拔地思考、回答甚至取舍了。往后余生里，这答案会改变吗？电影、音乐和小说，这三种不同的艺术形式，在她的生命中究竟起何种作用？和段子期一样的当代中国青年，又如何面对这生命的繁复和时间的迷宫？

读者们，如果你要理解段子期的小说，那么首先就要觉察到这种早慧般的"觉性"。段子期很早就开始了"我和宇宙"的思考。我一开始读，就注意到段子期的小说强烈、潇洒而高超的"精神性"追求。我觉得，段子期写的是"东方觉性科幻"。看段子期的小说经常会让我想起科幻大师特德·姜。但二人又明显不同。

也许，凡创作中短篇小说的科幻作者，都会在某个夜晚，打开昏黄的台灯，取出放大镜，"祭起"特德·姜的小说集，带着不甘和偷窥的心态，在字里行间细密地揣摩、品咂，仿佛探索与我们相异的平行世界，试图归纳模型，推演写作的奥秘。有很长一段时间，我以为世界上只有两种科幻小说：特德·姜的，其他的。这就令人有些沮丧了。《呼吸》和《你一生的故事》——他仅有的两部小说集，是世界最高等级的中短篇科幻创作水准的试剂。特德·姜的小说太浓了，仿佛浓缩原液，浓到有科幻作家注意到，他总是把一部长篇的构思写成短故事。

我想说的是，特德·姜产量极小的写作，其核心秘密在于——他的创作理念决定了他必须这样做。在他所有的小说创作中，技术与科学都分开了，他厌弃前者，只青睐后者，焦点在于抽象的科学理念。技术的进步和发明并非他关注的对象，他写作的核心理念是对一般意义上的科学的哲学之问——疑虑、诘问和反思，推翻其系统，从而将系统替换为命运的世界和世界的命运。他把宗教、历史、神话都当成了科学理念在某一时代的现形，探究这种变化，指出其或然性。这种质问多少是自问自答的、独角戏式的，并不在乎故事长短，故事仅用来图解和昭示他对一般科学的哲学思考。在短篇小说里，无法鱼和熊掌兼得，他干脆把认为最根本的"哲学问题"留下来，把故事剥离。这有些像托尔斯泰在讨论自由意志时，执着地放弃小说的叙事——尽管所有人都不赞同这样的写法。对这些小说家来说，命运的追寻比故事的形式更重要。

特德·姜虽为华裔，却是土生土长的美国人，尽管特德·姜也努力借用阿拉伯世界的神话和幻想，但这种征引却是西方式的、理性的，建立在自古希腊以来建构的推理逻辑中。科幻小说在内在写作逻辑上遵循认知性，某种程度上正是推理小说。但很多人对这种"推理"有误解，以为科幻小说的"认知性"所要求的只是纯粹的科学和技术。我举《格列佛游记》为例，著名科幻学者苏恩文认为这是"科幻小说"。它之所以是"科幻小说"的原因不在于有超前的飞岛，不在于小说的结构就是凡尔纳般的"奇妙的航程"，而在于当斯威夫特写作这类小说时，它讽喻的对象就是英国和欧洲的社会结构和政治痼疾，它文本的内在辩论和表达，并非奇幻式的、童话式的，而具有严肃而稳定的社会科学的逻辑。这种对人如何和谐地与社会、自然及宇宙相处，正是科幻小说推理性的魅力所在。

善造比喻的段子期，跨越了想象，写的正是这一类宏大而富有精神架构和生命寓言的小说。我将其称为"东方觉性科幻"，显然有异于特德·姜。

段子期的高密度写作的精神性，我将其称为"东方觉性"。这是她精神觉悟的实证体现，也是试图将宗教、艺术和文学融于一炉的尝试。她并不追求哲学和科技的逻辑，而明悟东方式的直觉、实相和自在。段子期是当代文坛具有东方哲学玄想的典型的科幻诗人，她的小说自带宗教情感和宇宙时空哲思，指涉着"缘起性空"和时空之殇，形式和精神异常独特。她有意在理性世界加入了经验、直觉甚而秘境般的心理升沉，探索宇宙的感性逻辑。甚至于，这种心理升沉让人觉得她的小说纠结缠绕、颇为难读，理性与感性如日升月落，如昙花一般飘浮在虚空混沌中。但是，如果厘清了其间的千头万绪和诗性，心会异常平静，如在巴比伦河畔，坐下来观看和谛听。

例如在《初夏以及更深的呼吸》这篇小说中，父与子、诗歌与物理、文学与科学、家庭与乡村、相爱与隔阂、淡然与执着、怀念与释然、宏大与精微，多种主题写进这一小说，语言优美而忧伤，文体苍凉而静谧，宛如李白的春夜，光晕照遍桃李的庭院；又如初夏的孤蝉，声嘶力竭到似水的未来。儿子的古诗、父亲的钟表是这篇小说的核心意象。无处不在的对仗，从宏观层面，体现着古典和未来的双程、技术与文学的复调、时间和空间的纠缠。从个人命运看，则是情与理、灵魂与心的最终释怀与平静。这是一首科幻时代的光辉诗篇。

而"东方"何为呢？科幻小说的叙事传统，长久以来，在西方更为昌明，体现了工业革命以来现代人对未来具有的深刻心理冲动。现代人的时空观念，打破了古人循环的时间观和静态的空间观，这种时空观的转变，带来了对经验世界的过度否定和重新认识。现代的未来意识，不但体现为对未至时间的预测、预期和预演，也体现为对空间和环境的改造愿望。而段子期的"觉性的东方"，并未一谓否认知觉和直觉宇宙的伟力，体现在写作上，颇有理性和直觉的"量子纠缠"，她舍弃了单向的未来观，而投入了"永恒辩"。

随着科技的爆炸式增长、未来对现实的日益入侵，科幻小说面临着种种危机，旧的叙事方法、题材和素材，全面落后于真实世界和心理世界的种种状况。科幻小说写作的最大危机在于：未来早已到来，科技发展超越经验世界的感受和预估，未来与科技对现实造成了双重入侵。当前大量的科幻小说中所描述的未来和科技，已成为写实主义的窠臼。

当科技和奇观的推理，已不再能最大幅度地描述人类心理世界的内爆，"东方的觉性"反成为更整体的诠释宇宙的钥匙，为我们绘制科幻世界的恒河一沙与灿烂星云。

张凡

学者，钓鱼城科幻学院院长

目 录
Contents

001/ 失语者

087/ 重庆提喻法

120/ 初夏以及更深的呼吸

136/ 尚可思想的宇宙在此留白

166/ 镇魂曲

186/ 环日飞行

201/ 全息梦

219/ 神的一亿次停留

232/ 注意缝隙

失语者

除非我们把语言减少到七个字,我们将永不会互相了解。

——纪伯伦《沙与沫》

在我生日那天,全球三十万多人同时失去了语言能力。

这场盛大的阉割,没有任何征兆,犹如一场骤雨降临。在这一天失去语言的人,性别、肤色、种族完全随机,除了年龄都在二十一岁以内,其他没有任何规律。唯一能让人产生一丝联想的,就是不久前那场异常天象了,在亚欧大陆部分领土上空,不少人看见了带着彩虹般色彩的光束从空中垂直落下,持续时间只有几秒,有人以为自己出现了瞬时幻觉,但有照片证明这圣光是真实降临的。不过后来,普遍说法是特殊气象产生后的大气折射。

可那之后,语言能力就从少数年轻人类手中溜走,包括我。我们能听、能看、能思维和行动,只是不能说,仅此而已。至于为什么发生在我生日那天,不过是无数巧合中最不起眼的一个罢了。

关于我们语言能力的失去,是退化还是进化,究竟是一份礼物,或是全然未知的阴谋,短时间内没有定论。政府迫于压力不得不公布消息,而对于此事的猜测,各路媒体则将想象力变成铺天盖地的报道和分析,从基因缺陷到哈米吉多顿①的末日预言,应有尽有。

我们的失去,俨然成了他们的狂欢。

在无数好奇和质疑的声音中,我们始终保持缄默。直到我们明白,失去语言,是一场人类跨越与自身鸿沟的仪式的开始。后来,我们把那一天叫作"失语节",而在其他人眼中,我们暂时成了异类,是神秘的"失语者"。

1

这是我人生中第二次对"不能说"感到恐惧。

我第一次开口说话是在五岁,在此之前,我被当成一个有先天缺陷的女孩,爸爸也这么认为。算命先生说,我以后会很好命,只是老

---

① 哈米吉多顿:《圣经》中所述世界末日之时善恶对决的最终战场。

天把这部分功能暂时遮蔽，迟早会还给我，妈妈笃信这一点，但爸爸没有。他还想再要一个正常的弟弟，妈妈没同意。

爸爸离开那天，小雨，一件黑色风衣将他包裹住，我抱着他买的洋娃娃，静静地看他的背影。他提起行李箱回过头，欲言又止。我望着他步入雨帘，那件黑色风衣像一块黑色石碑，堵在我的喉腔，雨水倾盆而下，石碑仿佛慢慢融化。

三天后，又是一个雨天，我对妈妈说了第一句话——"妈妈，他走了。"她哭了，那是我第一次看到她哭。

为什么在最需要语言的时候，语言会失效？不能说和不敢说，都会让我承受失去的痛苦。于是，我的身体机能启动了一种"负反馈调节"，上高中前，我拼命学习好几门外语，还有古汉语和方言，我不断参加演讲比赛、辩论，到学习小组和各种人交流，我努力地说啊说啊，仿佛这样才能让自己感觉真实存在。

事情发生的几个小时前，我在家里听英语教材。那天是我十七岁生日，妈妈答应我会早点回家陪我吃蛋糕，还说会给我一个大大的惊喜。午睡过后，我发觉喉咙一阵干涩，灌了一大瓶水才好些，就在我准备跟柠檬聊两句时才意识到，我的声带彻底失去了作用。

我失去了在我看来最宝贵的东西，而且是第二次。

我不停尝试，张开嘴对着空气大喊，没有一丁点声音，周围仿佛成了介质消失的真空。柠檬是只猫，当它看到我因惊惶而扭曲的表情时，扬起尾巴在我脚边盘旋，代替妈妈的安抚。她早早把家里的全息墙面调成了海滩的模拟成像，我呆呆地望着远处翻滚的海浪，似乎有海风拂过面颊，惶恐无助的眼泪乘着那阵风飞到天上，随后便是一阵天旋地转。

妈妈在傍晚回到家，爸爸随后也到了。每当我赢得比赛都会拍照发给他，我可以无数次证明给他看，他当初的否定是多么错误。然而这一次，我还是输了。还有杨一川，同妈妈一起前来，我喜欢的男生。我以为是个秘密，看来妈妈早就读懂我有意无意提起他时脸上的笑容。

那一刻，我汗湿的头发贴在额头，嘴唇微微开合，努力挤出笑容，看着他，然后低头沉默。沉默了不知多久，他端着蛋糕站在我面前，期待我说点什么，然而什么也没有。他的表情慢慢凝固，疑惑、失望，说了句抱歉然后离开。爸爸妈妈的质问像是来自远方的回音，在我耳边萦绕、消散，最后被我们之间巨大的鸿沟吞噬。

我哭了整整一晚，不带一点声音。

妈妈比我坚强，像当初同意爸爸离开一样。

我停下了所有语言课程的学习，不敢去上学，更不敢独自离开家门。妈妈带我去多家医院治疗，检查结果很一致，没有任何异常，声带没有受损，脑部神经及感官功能正常。

半个月后，全球各大城市陆续发现跟我一样突然得了"失语症"的患者，如果只是单个奇异事件，本不足以引起重视，如果出现几十万个相似案例，那绝对可以被定义为一场灾难。我不知该庆幸还是绝望，但在妈妈看来，至少会有很多人一起帮我们找出问题所在。此后不久，联合国宣布，全球大约三十万人在那一天失去了语言功能。

找不到规律和原因,暂时没有有效的治疗方案,更不确定是否是一场即将席卷全球的未知瘟疫。

爸爸来看我的次数多了起来,他的关心总喜欢用别的东西代替,比如保健品或智能读写机之类,他应该不后悔在那个雨天离开,算命先生从没算对过。

我曾经见证过"语言"给家庭带来的伤害。爸爸和妈妈像是两个频率不同的电台,各自发出带着加密信息的语言,穿过黑夜海面,最终变成两束互相错过的电磁波。埋怨、发泄、争吵,语言从一种沟通工具变成一把利剑。

每天都有记者在学校门口蹲点,想挖点小料。校方劝我休学,说我的身份会影响到其他学生,不少家长也联名请愿,怕失语症会传染给他们的孩子。我无法反驳。休学后,妈妈从忙碌的工作中抽身,陪我学习手语。词组结合成短语,短语拼凑出句子,她一贯的优雅和骄傲被这些复杂手势打乱了节奏。

你好。谢谢。对不起。再见。

她明知道我们之间不需要说这些的。我学得很快,但手语对我来说,是一种愈加迟钝的交流方式。我还在悄悄学习别的,她不知道。

不少医生术士递来奇怪的治疗方案,电击、麻醉、催眠。她找过其他国家失语者的案例,加入患者家属交流群,时刻关注联合国发布的新闻。她在考虑校长的建议,是否要把我送进残障学校。

我爱你。入睡前,我做了一个手势。

我也是,她说。

人类想要建造通往上帝的巴别塔，于是，语言失效，信任崩塌。可我们并没有那样的野心，我花了不少时间接受自己的突然残缺，却无法接受这份礼物没有署名。不过，沉默也有很多好处，让我有更多机会跟自己对话，我开始听到更多、看到更多。可还没来得及跟妈妈分享这些新发现，那一天的到来，让我的少女时代提前结束了。

联合国发布声明后的两个月，一个阴雨绵绵的下午，几位执行官敲开门。他们说，各国政府先后成立"失语者研究管理中心"，各大城市为失语者建立了特殊学校，将集中对失语症样本展开研究和治疗，我们可以继续学习，且费用全免。在那里，我们会得到最大程度的尊重和保护，另外，跟同类待在一起也有助于我们重建社交圈，恢复正常生活。

对很多普通家庭来说，这样的选择再合适不过。妈妈早就接到通知，只是没告诉我，她习惯逃避分离的痛苦。

白衣官员微微颔首："苏见雨，那天是你生日，我知道你很特别，虽然中学不再接受你，但你配得上更好的学校。"

我拿出提词板写下要说的话："这座城市还有多少失语者？"

"七个。"

"我们国家呢？"

"接近三千个。"

我点头接着望向妈妈，她懂我的眼神。我要去，我迫切地想要跟同类交流，因为我发现语言是一种阻隔和束缚，我想知道，他们是不是有跟我类似的见解。

很多时候，人与人之间的关系从一声问候开始，以一句告别结束，爸爸和妈妈就是这样。我想起在电影里看过无数次的告白与告别，欢愉之后，伤感如期而至。再优美的语言，都填补不了生命中必然存在的空缺。

妈妈紧紧抱住我，她身上有一股超新星爆发之后残余星尘的味道，我大口呼吸，像是要把整个银河系吸入肺里。她对我说了好多话，我轻轻捏住她的手心，将我要说的传递给了她。

天空中下起了雨，我跟在他们身后步入雨帘，嘴唇微微开合，像一条离开海洋独自上岸的鱼，即将度过第一个离群的夜。母亲站在门口，她哭了。我没有回头望也知道，我是从雨水中知道的。

我出生在一个雨天，跟今天不同，那天的雨伴着阳光。我问妈妈，为什么不给我取名叫苏见阳。她说，雨水有声音，在声音之中你总能看见什么。

2

这所学校位于邻城郊区，之前是一家家庭式疗养院，各类设施都很齐备。在我之前，已有不少失语者住了进来。学校里没有安装过多智能设备，没有随处可见的信息窗口和模拟成像的墙面。在房间安顿好后，汪易洋校长来见我。他彬彬有礼，一副学术精英的模样。他简单介绍了自己和学校的情况，对我表示欢迎，随后给了我一份日程表。

上课、吃饭、检查、运动、治疗。接下来的生活就如此进行。

这里一共有三十六个失语者，跟我同龄的大约有二十个，二十岁以上有五个，剩下都是十六岁以下，最小的只有十一岁。根据各自年龄和测试情况，我们被分到不同班级。这样的学校在城市里还有几所，每周都有神经生物学家、语言学家、心理学家等轮流来对我们进行观察和研究，神经官能测试、脑突触反应测试，或是最简单的一问一答。

今天是脑神经科学家高维博士，她对我表现出极大兴趣，也了解我童年失语的症状。她喜欢自言自语："迷走神经的运动纤维是从延髓的疑核发出，主要支配软腭、咽、喉，对于控制说话这一动作，疑核至关重要。观测结果显示，你的疑核最尾侧，发出纤维副神经的颅根离开脑干后，在颈静脉孔处与迷走神经的通路断开了连接。啊，这或许是失语的关键。"

至于为什么仅发生在青少年身上，及其原因，她也无从得知。她接着说："没想到，你们的脑神经突触数量在缓慢增加呢！这看似矛盾却又符合常理，就像盲人失去视觉后，听觉能力会大大增强一样。"

我努力配合，用手语对她说，谢谢。她说，应该的。她记录好数据，带着更多疑问离开，希望在下一位失语者身上获得启发。

从前学习语言的能力，我将其归为一种带着超强韧性的后天努力，成绩是可以用时间去换的。而在迷走神经关闭语言这扇门之后，我发现生物机能中某些闭合的部分自动打开一扇天窗。比如，我能从柠檬发出的单音中，分辨出它非常抽象的思维活动信息，不过这种能力只能维持很短的一瞬,且不稳定。又比如,汪校长的身体语言和皮肤下散发出的外激素,让我提前1～2秒感知到他想要表达的内容。但这都是单方面的,我能读懂他们,他们却不能接收到我的信息。这种交流上的不对称让我感到孤独。

我还需要练习。

汪校长无意透露,每所学校的失语者案例数据都会统一收集,再共享至全球失语症研究中心,由国际顶尖专家组进行分析,得出下一阶段的研究治疗方案。他们暂时没得到更多有用的结论,因为现象背后的规律并不全是通过总结数据得来的。说到底,是我们的交流方式超过了他们的认知。

邓廷凯是我们班的男孩,比我大一岁,留着寸头,高高瘦瘦,笑起来有一对酒窝,他每次看到我,那对酒窝总是浮现在脸上。他坐我后桌,喜欢用手指在我背上画画。他在其他人面前十分腼腆,对我却很亲近,因为我能很快明白他的意思,然后用画画来回应。

在那堂无聊的数学课上,老师在讲函数,黑板上的方程式令人昏昏欲睡。他在我后背画了几个符号,"好无聊,关键是什么进展都没有。"

"也不一定。"我回过头冲他眨了眨眼。

"什么意思?"

我盯着桌上的玻璃水杯,水平面散开一层细密的波纹,水分子的振动中藏着不少信息,"今晚,湖边见。"

"好。"

他们不知道我们如何用手指交流，更不知道交流的介质是什么。这是我在和阿凯熟识之后慢慢发现的，不过准确地说，是在离家时的那场雨中，我第一次见到了雨中的声音。

晚饭过后，我们不能再单独见面。为了确保安全，学校增加了一些监控单元，它们悬浮在空中，电子眼里的红外热能感应到生命活动的信息，它会随时飞到头顶，确保我们在它的照看之下。

那片湖位于学校外的一处树林旁，有条小路可以更快地到达那里。我不知道监控单元分布在何处，今晚得冒一点风险。但为了验证我的两个猜想，这是值得的。

我推开房门，蹑手蹑脚往外走，走廊上没有人，所有失语者都待在房间内，做当天的功课或是语言恢复练习。我踮起脚尖飞快地跑出去，一路很顺利。等我到达湖边，一个监控单元尾随而来，在头上"嗡嗡"盘旋着。

随后，阿凯快速跑来，监控单元捕捉到红外热能更强的他，随即45度角转向，他立马脱掉外套，一个箭步跃入湖中。监控单元调整距离，跟随他下降。阿凯静止在水下，湖面上荡漾出一圈波纹，监控单元像一只悬停在水面的蜻蜓，转动电子眼的方向，寻找刚刚消失的目标。突然，阿凯伸出双手，抓住监控单元，一把将它拖入水下。几秒后，电子眼的红色光点消失了，发出一声渐弱的电子提示声。

他慢慢游上岸，起身走到我跟前，在月光照耀下，他洁白紧实的皮肤仿佛一块被工匠精心雕琢的璞玉，水滴顺着肌肤纹理往下流，体内的热气从毛孔间散发出来，带着强烈的荷尔蒙气息。除了脑神经突触，一些新的东西正在他体内生长。我把外套递给他，手指在空气中画了一个符号，"厉害。"

他抬起右手，头发和身上的水滴像一群听从军令的士兵，沿着同一方向流过皮肤的沟壑，接着全都汇聚在他手心，顺着指尖一汩汩流入泥土里。他穿上外套，将帽子扣在头上，"我都不知道从什么时候开始的。"

我盯着恢复平静的湖面，月光洒在上面像一层银色的箔，我手指在上方轻轻拨动，好似有几根琴弦铺在湖水上，任我弹奏。

"你能用水说话。"我告诉他。

他蹲下来，看着水面上我们的倒影，伸出食指按动了两下，一圈细小的波纹在他指尖下晕开，"那你呢？"

"我也能。"

我的第一个猜想证实了，失去语言不是一种残缺，而是得到的开始，从那天的雨和今晚的湖水中，我完全明白了这一点。

理解和反馈，是沟通中两个重要因素，遇到同类之后，我才寻得了生物机能中的反馈通路。但是，这样的通路并不依靠我们自身，而是以自然作为媒介。我们将信息传递给自然，再由自然反馈给对方，这种沟通方式似乎更高级，因为它在感官层面拉近了我们与万物之间的距离。

"用水说话，这就是我们的新能力？可是，这一切是怎么发生的，他们好像还没找到原因。"

"原因可能要我们自己去找吧,而且,应该不只是能用水。"

"你是说,还有别的?"

水面上散开的波纹并未停止,水分子间不同的振动频率传递着不同波段的信息,经由我们的神经元将信息传递至皮肤的外激素,再由空气将这段加上密钥的信息以波的形式传回水分子中,反馈通路也同样如此。

我微微一惊,意识到这是化学分子级别的通信方式,延髓疑核发出的运动纤维连接迷走神经与之相比,真算不了什么。

"我也是猜测,下次找机会跟其他班的失语者沟通吧。"

"嗯!我来负责联络。"

"好。"

"对了,我还想说的是……我喜欢你。"水面继续波动,一圈圈水纹开始扩大范围朝湖水边缘散去,波纹中心不断涌出鲜活的力量,似有一面震动渐强的鼓藏在下方,也藏在阿凯心里。他的手指起舞,像是在琴键上游走。

"嗯……好。"我脸颊微微泛红,第二个猜想也得到印证。

我们在水中的倒影被搅乱,他转而看向我,月光从湖面流窜到他眼里,他摘下帽子,在我嘴唇上印上一个浅浅的吻。水波荡漾开来,将今晚的信息波段传至远处。

接下来几周,是我离家后最快乐的时光,我想分享给妈妈,如果下雨,她收到的概率会大一些吧。

不管去哪里，阿凯都会随身带一个水杯，我们在走廊擦身而过，或是在花园里相视一笑，就算不用水说话，也能懂得对方在想什么。我甚至希望这段时光能长一点，再长一点，那些寻找真相的计划，可以随自己的节奏去完成。

阿凯很讨老师喜欢，经常主动跑腿，在各班级间递资料、收作业。他时常在教室门口张望，然后在水中发出信息，很多人回应。他很快整理出能用水说话的失语者名单，加上我俩，一共有十二个。阿凯让他们也随身带水杯，保持联络。

汪校长和负责安保的林老师发现那枚监控单元失踪后，将我们召集到广场，了解一些安全情况。趁此机会，我和阿凯同时用水联络其他失语者，他们立马接到了信息。

"大家好，你们都发现了自己的能力吗？"

"才发现不久""是的！""我以为只有我一人""他们知道了吗？"

……

我们的交流悄无声息，十几根手指微微拨动水中琴弦，音波将语法中的位与格精密排布，然后通过一双无形之手播撒开去。信息流被准确指引、沿着轨道前行，丝毫不会扰乱互相交错的复杂通路，它们在最短时间内行完各自的旅途，抵达指定的信息闸门。我们心中扬起一束骄傲的喷泉，随着音波的起起落落，汇聚成超越感官的语言之河。

此刻，广场中央正流动着一支优雅舒缓的乐章，我们是演奏者，也是听众。

汪校长看向大家,说:"同学们,大家在这里生活已有一段时间,希望你们能有家的感觉,中心对每所学校的安全非常重视,如果有什么情况,大家可以随时向我汇报。下一次家属探视之前,我们可能会跟大家交流中心研究的进展。"

我从汪校长的表情、身体语言和喉腔振动方式中察觉到,他有很多想说却迫于压力不能说的话。当然,这是一种近似于猜测的感知,我的能力还非常初级。

我将我的看法发送出去,我们似乎组成了一个用模拟点阵输入二进制语言的计算机方程组,在相同时间内,比普通语言交流的效率要高出好几个数量级。在刚刚的沟通中,我们十二个人已经对对方有了深入了解。刚大学毕业的计算机高材生于朔,性格温柔的邻家少女林深,曾被家暴的初中生黄维翰,酷爱极限运动的少年李轩……他们很兴奋,对此发表各自见解。汪校长眼中的我们依然沉默,然而,沉默的冰山下正潜伏着层层暗流。

队伍解散前,我注意到脚下的泥土微微翻动,不由一惊,那是一串信号。我闭上眼睛,努力感受尘埃泥土里藏着的信息。比起流动的水,固态物质的坚性也可以承载很多,但那完全是另一种频率,不像琴弦、不像波纹,而是类似于弯曲柔软的蠕虫,穿行于方形矩阵之间。

我想起了妈妈在花园精心呵护花草的样子,她给出爱与祝福的信号,跟具有任持力量的土地一样,这信号让它们破土而出、自由生长。地里,也有语言,包含了无限生命信息的种子,若是找不到土地就无法生长。但现在,我只有一点微弱的感应。

我回头看 E 班的沈夏，他双手揣在裤兜，发出信号然后等待，不知是否有人回应他。人群散去，大家陆续回到教室，我躲过旁人的注意，在进入走廊前追上他，我用手语问："你刚刚说了什么？"

沈夏有些吃惊，用手语回复："刚刚说的是'你好'，实际上，我发现我不是不能说话，而是用别的方式，比如和大地，好像很难解释。"

"我明白，我们也是。"

"啊，你们是用什么？"

有老师进入走廊，我来不及回答他，便转身离开。我现在确信一点，除了水，还有其他元素，我需要与更多失语者建立沟通。

这一天正好是周五，我在浴池里放满水，阿凯房间在楼上转角处，我们约好每周五晚交流各自的进展。他说他在数学老师的资料里有新发现，我说我也有。我感觉他的发现至关重要，也许能进一步佐证我的发现，我在水里输入"你先说"。

不一会儿，浴池水面上泛起阵阵波纹。

两天前，阿凯去给数学老师送作业，办公室没人，门虚掩着，他进去将作业放在桌上，趁此机会仔细观察桌上的晶屏文件，但每份都要指纹解锁才能打开。准备离开时，他注意到文件旁的一副视域眼镜，镜片上正反复播放一段由桌面微型投影仪上传的影像。他戴上眼镜，看到一段视频。

那是国外的一所学校，一位白人失语者坐在实验室里，房间中央有一个电磁圈模样的装置，每隔几秒喷出几束微弱的蓝色火焰。他看上去有些疲惫，一位科学家出现在门边，对他说着什么。火焰渐渐变红，燃烧的范围变大，他一挥手，火焰腾空而起，像是听到指令，朝对面方向跃去，幸好有玻璃门阻隔，否则那个科学家已经燃烧了起来。视频在这里戛然而止。

这是不同能力的失语者，而且，失语者的天赋很快将不是秘密。水面微微荡漾，我能感受到他的紧张情绪。

"他能用火说话，"我说，"那我们之中应该也有类似的。"

"那只有相同能力的失语者才能互相沟通？"

"我猜是这样。"

"我们，是不是得做点什么了？"

"让我想想吧，晚安，阿凯。"

换作以前我会害怕，而现在，随着迷走神经通路的关闭，我开始学着用其他方式化解。我深深呼吸，将出息和入息保持在稳定的频率，然后调整肾上腺素和血清素分泌的剂量，来控制神经递质对于生物功能的调节作用。不久前我发现，我有这样的能力了。

此刻，我能感觉到那片湖水，在月光照耀下，平静如昨，就像我心的镜面。理性暂时退到感性背后，湖水告诉我，想要一个答案，或许能从以往人生中找到一些吉光片羽。

一些童年画面浮现在我的镜面上。那是一个阳光和煦的下午，我躺在草地上，青草刚被修剪过，植物细胞壁破碎后，草叶的横截面散发出青草汁液的清香。我痛快地呼吸，两片肺叶幸福得颤抖起来。土地托着我的身体，有一些小生命发现了它们地盘上的庞然大物，于是想要翻越上来，看看我到底是何方神圣。它们进入我的袖管，爬上我的皮肤，时不时呷咬一口，测试我是不是会恼怒。我感觉痒痒的，忍不住咯咯笑了起来，它们从我身上滑下来，四仰八叉地翻滚在泥土里，然后努力调整触角和肢节的姿势，重新站起来继续往前行进。

可怜可爱的小生命啊，我多想听懂你的语言。

妈妈提着野餐篮从不远处走来，篮子里有我爱的草莓和面包。只有在想起妈妈时，我才觉得自己依然是个孩子。

月光透过窗子照进房间，我将手掌贴在墙壁，感受着坚硬物质中的分子运动，它们就像小虫一样在土地里翻动穿行、钻进缝隙，顺着光的指引找到出口，然后慢慢探出头。

"你好。"那是沈夏留下的回音。

我睁开眼睛，顿觉心的镜面上有一小块污垢被轻轻擦除了。

那天过后，我们十二个人之间保持着联系。视频里的事，阿凯打算找合适的时机告诉大家，他认为我们之间应该没有秘密。午后，我常独自去花园休息，准确地说是练习，练习跟沈夏一样的能力。我踩在泥土上，来回转圈，试着发出一个最简短的信号。阿凯默默路过，掏出一颗糖果放在花台边，然后跑开。我看着他的背影，心里有种说不出来的踏实。

在探视日前不久，汪校长让我们在一间大教室集合，他支开所有安保，关掉监控，端坐在我们中间。他的语气缓慢，目光扫过我们："关于失语者的研究进展，有些话我不能直接说，这不是我们一个国家的事，国际管理中心考虑得非常多。我只是想让你们知道，你们不是病人，而是一帮有特殊天赋的孩子。下次家长探视，你们可以如实……嗯，希望他们明白，不管怎样，我们会尽力保护好大家。"

我明白校长的意思，他知道了我们拥有的能力，却不知道这能力的边界，外面人对我们的态度并不一样，只是暂时没想好如何和我们相处。

两天后，一支国际专家团队突然造访学校，对我们进行一系列烦琐的健康检查，还带来各种各样的仪器和营养药。中方代表对此的解释是，外国专家正在建立失语者数据库，需要更详尽的反馈样本。专家们在和校长的沟通中，占据话语权的主导，他们背后还有力量，那力量就潜藏在言语间对定语的滥用中，我想，这些分歧也许会影响我们的命运。

新的检查逃避不了，我们商量的结果是尽量配合，也了解研究进展。五楼的所有房间是科学家的临时工作室，我们按次序排队进入。"别紧张，应该只是例行公事。"阿凯对我们说。实际上，我却有种不好的预感。

就在几天前，我已经能和沈夏进行简单交流了，还有跟他一样的十五人。我告诉了他们关于水的情况，他既诧异又兴奋。他刚刚把手贴在墙壁上，"不如，一会逗他们玩玩，怎么样？"

"不行，这样很危险。"

"那些外国佬不会发现的。"

"你可能会害了大家。"

沈夏刚满十九岁，没上过大学，高中毕业后跟爸爸经营一家餐馆。他很聪明善谈，很多客人会因为他而经常光顾。但他觉得自己不属于那里，安分的爸爸配不上做他的爸爸，他想离开，去做点什么，去流浪去冒险，怎样都好，只要不窝在这家庸俗无趣的餐馆。失语节那天，他躲在房间瑟瑟发抖，他知道，自己哪儿也去不了了。

沈夏看着我进入房间。"好吧。"他说。

高维博士和一位国外专家在等我，她带来新的测量仪，先进行第一轮检查，在我头上贴满贴片后，让我张开嘴，用一个遥控器模样的设备扫描我的喉腔。

"啊——"她发出声音，试着引领我。

"a——"我努力配合，但她可能听不到。

卷发医生在一旁观察着。高维博士伸长脖子，瘦削的脸庞几乎架不住眼镜，仪器开始录入数据。她盯着屏幕喃喃自语："你们真的很不一样，我花了很长时间研究数据，只要素材够多，就一定能找到规律。不过，我感觉从前的方向是错误的。想通过事物的表面发现本质，不那么容易。为什么不好好沟通呢？这是比科学研究更有效率的方法吧。"

显然，那个白人男孩的实验数据也被共享至管理中心，解开失语症之谜的关键也许就在于我们身上的相似性。我安静地看着她，不知为何，她在我眼中像一个不经世事的小孩，正为一道解不出的难题而发愁。

"啊，你比之前更聪明了，跟其他人不一样。"屏幕上显示着我的大脑数据，脑突触数量在增加，不仅如此，还有些别的，比如，别的神经通路正在打开，她的声音有些颤抖，"准确地说，不是变聪明，而是在……"

我将食指放在她嘴上，做了一个"嘘"的手势。我知道，她刚刚没说完的是——"进化"。

那位卷发医生看见屏幕也兴奋起来，但他眼中只有数据。高维仰起脸看着我，眼中的疑虑和焦灼渐渐消散，一种夹杂着崇敬的战栗在掠过她的身躯，她发现眼前的我正在洞悉着关于她的一切，缄默地，缓慢地。

她是个孤独的人。在她工作的脑科学研究所，男性科学家主导着一切，她的想法和成绩常常被忽略。她明明那么独特却在旁人看来无足轻重，很少有人会花时间聆听她的喃喃自语，尽管这些细碎语言中可能藏着某些重大发现。她越是孤独，就越容易被一些柔和的力量所感染。

直觉告诉我高维值得信任，并且能帮到我们。我刚刚调节体内的外分泌腺，从皮肤里释放出外激素，它的分子很小，传递至她位于鼻中隔三分之一处的犁鼻器，并经由她的神经将电位信号直接输入给负责情绪、情感、内分泌的下丘脑。

同样的方式，我对那位卷发医生释放了信息不同的外激素，他很快昏昏欲睡。我转向高维，收敛气息、平缓心跳，然后做了一个喝水的动作。她领会，站起身、动作轻缓地摘掉了贴在我头上的贴片，为我递来一杯水，双手有些颤抖。她的行为反应表明，我悄无声息的沟通，或者说召唤，是成功的。

"你愿意帮我们吗？"我打手语。

"怎么帮？"她喉间像是凝结着一团浓雾。

"删掉它。"我指了指那台仪器。

犹豫片刻，高维点点头。

"在哪里可以看到中心的数据呢？"

高维从包里拿出一个可折叠透明晶屏，展开后有一本书大小，她手指在上面快速点击，进入失语者管理中心的界面，密码、指纹、声波输入后，全球失语者的数据资料库出现在屏幕上。

她递给我，"这只是一部分，最核心的机密数据需要更高权限才能查看。"

我以最快速度浏览，可以达到每秒几千字节，看的同时，这些图像、文字、符号进入视网膜，大脑皮质中的神经元将其转换成电信号，传递至侧脑室底部绕脉络膜裂的内褶区中永久保存。不知从何开始，我学会了过目不忘的技能。正在进行的传输不需要任何接口，我成了一台自动储存的电脑，三十万失语者的档案，在短时间内从那台晶屏里涌入我的海马回。

我的同类，你们之中有黑皮肤、白皮肤的，蓝眼睛或金头发的，喜欢甜食和大海的，喜爱欢笑或易感忧伤的，渴望未来或留恋过去的……一张张脸庞的后面，是你们千差万别的人生，尽管各自轨迹在之前永远不会产生交集，但自从失语节的到来，你们的命运开始朝着同一方向前进。

霎时，几十万张生动如斯的脸，在我心里共同组成了一幅浩瀚云图，在一刻不停的迁流变幻中，我看到了自己。

如果此刻，有一场滂沱大雨，每个雨滴都是完全不同的，每一滴都携带着巨大的希望和能量，每一滴都散发着难以置信的生命气息，那是年轻的血液流淌在混沌宇宙中，即将冲破一层层桎梏直达终极。倘若，我们能不加思索、毫无希求地看待这幅云图，那何其美妙！

我的同类，我知道你们是谁了。不，应该是我们。

我能感觉孤独和恐惧这种刻在骨髓里的东西正悄然溜走，"我们"的存在，让我期待在世间找到故乡，而不是别处。

我流下眼泪，像妈妈目送我离开那天一样。

"苏见雨，你，别哭啊……"我的眼泪让高维措手不及，她有些笨拙，呆呆地站在我面前，双手在空中舞动，不知如何是好。

我张开双臂，向她索要一个拥抱。她躬下身子轻轻抱着我，身上的味道像一场刚刚抵达地球的流星雨。在她的注视下，我将眼泪移动到手心，改变水分子的排布结构，把液态的水凝固成一个正方体的小冰块，递给她。

"这是你的？你，会用水？"

我不害怕在她面前展示能力，我刚读过她的神经通路，某种意义上她已经和我们站在了一起。高维小心翼翼接过冰块，像是捧着一枚刚剥壳的鲜嫩荔枝，眼神中饱含着难以言表的激动和敬畏。

就在此时,整栋楼传来一阵强度不大的震动声,桌上器皿里的液体荡漾出一圈波纹。

"地震?"高维把我护在身后。

是沈夏。"你弄疼我了!"他很生气。看来隔壁房间的检查并不顺利,沈夏在用他的方式表达抗拒。

"出去看看吧,我跟在你后面。"我对高维打手语。

震感持续了几秒,短暂慌乱后,大家涌上走廊,盯着沈夏的房间,里面传来断断续续的声音。卷发医生醒来,注意到外面的动静。有人推开门,里面诡异的一幕如同暗室底片见了光。

房间里的一面墙整个破裂开来,从平滑的表面上凸出一块,露出棕灰色的砂石墙土,令人震惊的是,一位金发碧眼的专家半个身体竟被嵌入其中,呈现出一种张开手臂的飞翔姿势。这一幕远远看去像是一幅用肉体作成的三维画,又像是被钉在墙土中的耶稣雕像,他成了这面墙的一部分。但他扭曲的表情宣告这是一件失败的艺术作品。他的脸被墙土挤压着,说不出话来,喉间发出"嗞嗞"的呼吸声。仔细看来,他更接近一位技法拙劣的穿墙术士,表演时被卡在了中途,抑或是土地里的种子,在完全钻出地面之前,承受着肝胆俱裂的痛苦。

而此时,沈夏蜷在角落瑟瑟发抖,跟失语节那天一样。

"是你做的?"我躲在高维身后,对沈夏发出信号。

沈夏缓缓抬起头,"我控制不住,对不起。"他接着起身,飞快冲出房间。那位专家的轻蔑、无礼,激活了藏在沈夏身体里的反叛基因,于是,他把他压成一颗种子,塞进泥土里。

我跑回房间窗台,看着下面仓皇而逃的他,监控单元尾随他而去,后面紧跟着保安官。我不知道他会逃向哪里,或许他能找到一个栖身之处。

监控单元全部飞进来,房间里诡谲的一幕被记录上传。走廊很乱,汪校长让我们回到各自教室,老师们急忙帮那位博士从墙中脱身。专家团中一位魁梧的中年男人站在中央,用英语朗声道:"所有人都停下来!这是一次意外伤害事件,需要展开全面调查。接下来,失语者管理中心总部将接管这所学校……"一片混乱中,汪校长极力反对,但僵持后的结果并无不同。关于管理中心,背后势力成分复杂,我们的身份归属现在还未得到清晰的定义。

高维拉着我退回实验房间,我最后看见阿凯被推走的背影。她迅速腾出装仪器的箱子,里面足以钻进一个成年女性,"我悄悄带你走,别害怕,"她指了指箱子,"快,来不及了。"

"不,我要留下来,我要见妈妈。"我用力比手语。

"探视会取消的,我可以带你回家。这次过后,不知道校方会被谁接管。留在这里不安全,跟我走吧,你会知道更多。"高维蹲下来,抱着我的肩膀,一字一顿地说,"相信我。"

房间外的声音越发嘈杂,我没法思考,但也许她是对的。我钻了进去,额头贴近膝盖,双手环抱住双腿,蜷缩成婴儿的模样。她拖着沉重的箱子,穿过人群和走廊,进入电梯,抵达停车库。没人注意到她,她只是匆忙的外编科学家。

汽车起动,她通过几道关卡,顺利离开。车子越开越快,在如子宫一样的黑暗空间里，我平复急促的呼吸，减少心脏对氧气的需求量。我想起在妈妈肚子里度过的湿漉漉的时光，没有空气、没有光亮，凭借着浑浊的羊水，同时感受她和我两人的生命律动。车子在湖边停下来，高维打开箱子，刺眼的亮光驱走黑暗，氧气重回大脑。那片湖就在不远处，我伸出手拨动水中琴弦，在湖水里给阿凯留下信息："等我回来。"

还有沈夏，对岸的泥土里有一串慌乱的脚印，后面的人追不上他，泥土在他手中能变成路障或武器，追击者的脚步磕磕绊绊，连监控单元也同样被泥土俘获。他会暂时安全，我也给他留下信息："安全后想办法汇合。"

3

车子往城市里开，不知过了多久，我看到窗外的建筑排成矩阵，霓虹点缀其中，半空中浮起一层淡蓝色雾霭。再次回到城市，我感觉自己像孤立世外的旁观者，看来来往往的人形影匆忙，他们关心道琼斯指数、关心各类物品价码，胜过关心自己的快乐。

我突然有了一个想法，我想送给他们一件礼物，但制作这件礼物需要很多时间，不是现在。

高维家很温馨，她独居了很久，准备把儿童房打扫出来让我住。房间里的一切让她回想起往事，随着灰尘被清理，她又立马从中抽离。她失去过一个孩子，之后也失去了丈夫，两种失去的意义截然不同，但共同塑造了现在的她。

高维摊开所有资料，惊喜地对我说："你们之间是有连接的。"

夜深了，我的睡眠时间之前就开始减少，我分析对比那些数据，试图建立意义坐标系，从中寻找规律。

我发现部分失语者的编号旁附上了一种图形标志，标志有二类，白人男孩、沈夏，还有跟我和阿凯一类的，从形状上对应着火、地、水。现在，我们都不确定一点，是每个失语者都具有不同能力，还是个别人的异化现象。如果是前者，那我们则会被当作另一种族群。

失语者的地理分布也很有特点，从北纬35度为中心向上下纬度的地区扩散，数量由多至少，将位置标成红点，在地图上的分布像是一个横向的梭子形。年龄坐标上，所有失语者都是青少年，这是脑神经细胞生长速度最快、最活跃的年龄段。另外，我们脑突触数量增加的速率各不相同，从身体数据看，似乎是跟基因自主调节的强度有关。所以，这一切并不是完全随机。

可沈夏事件一旦曝光，中心会对其余失语者有所防备，我和他失踪的事也令人头疼，他们会调遣力量寻找我们。同时，为了找出我们能力的机制和来源，专家团会暗中展开实验，学校对我们的保护就会变得非常微妙。我能读懂汪校长，却读不懂外面的陌生人。

我想象阿凯被实验的场景，面前放着各类装置，用于测验他拥有哪种能力。他收到了"等我回来"的信息，无论如何，他相信我的承诺。愧疚和担忧在后半夜侵蚀着我的意识，我感到害怕，不是恐惧，只是害怕，害怕分裂和痛苦降临在任何人身上，像一颗定时炸弹。

直到黎明来临。跃出地平线的光亮提醒我，多余的情绪无济于事，必须专注思考，我还需要跟更多失语者建立沟通。我们之中，肯定有人有同样想法，我想，如果我们彼此连接，形成变数阵列中的行数、列数、中心点的矩阵命令，就能将所有人像连线一样连起来。

为此，我还必须具备第三种能力，用火说话。

高维领我悄悄回过家。我把妈妈的眼泪也变成了冰晶，她知道，见雨的名字充满意义。第二天，她收到探视取消的通知，还被告知我失踪了。商量后，妈妈向校方暂告我的安全，并提交退学申请。我提出接下来跟高维离开，有许多研究要做，而且我需要科学家的支持。妈妈抹掉眼泪，我手捧她的脸，为她驱散心中的担忧，她转而笑了，眼睛弯成月亮。她说，宝贝，我为你感到骄傲。谜题很快会揭开，我对她打手语。

我打算将妈妈和我的个人信息在网上抹掉。计算机技术是于朔教我的，准确地说是分享，我们可以分享彼此的技能，通过共同依赖的介质——水。

某种意义上，我们建立了自己的云端。

就算我在短时间内学会基础知识，但要完成这事并不简单。我花了快三天时间，在公共网络上删掉所有痕迹，接着在加密网络里，将经过加密函数转换的信息还原成明文，闯入好几个链路系统关口后再全部清理。

我和高维在研究一个脑电波增强装置，有了它，我可以更好地实现一些想法，不过还需要一些时间。

趁这时，我开始学习火语。我连续三个小时盯着一团燃烧的火焰，进入一种近乎冥想的状态。这团火还残留着宇宙大爆炸后的余温，在无边黑暗里，承袭着恒星的使命。我伸出手靠近它，中枢性温度敏感神经元对热刺激产生一个大的激越脉冲，那温度顺着皮肤层传遍全身。火中也有语言，与水代表着物质的湿性不同，比起水的摄聚，火的温性则可以让物质产生相状的变化。它能融合、吞噬、照射和席卷万物，是一切开始的开始，是所有结束的结束，生命在其中咆哮着诞生，同时也接近毁灭。

火如果能谱成音乐，那这音乐没有起始和终点，像是一幅可视的图像，宏大壮美、没有边际，它试着教会我们打破感官的束缚，去尽情拥抱和燃烧。

这首音乐需要混淆自己的感官，用眼睛去听，用耳朵去看，好比坐在海岸边，感知潮汐起落的同时，也能感知到天上星体的运行轨迹。

此刻的我，收回萦绕在火焰旁的手指，仿佛一天之中欣赏过几十次日落那般，满怀感伤，又充满无限希望。

"城市哪里有火？最好是大火。"我问高维，她还在试验台上捣鼓着一个头盔模样的装置，眼镜滑到了鼻梁上。

"火？你要做什么？"她抬起头。

"练习，最好是超过八百摄氏度高温的火。"

她想起了什么，欲言又止。

我知道她说的是哪儿了,"带我去吧。"

在夜晚的城市中穿行,五彩霓虹将街道渲染成用色过度的油画,无处不在的全息广告不断攫取路人的注意。雾湿的道路狭窄且蜿蜒,在路上偶尔能看到行色匆匆的疲惫面孔,或千篇一律的目光,我打开车窗和目光的主人对视,这些目光又很快看向别处。

高维驾车驶入主干道,前方突然亮起一团光圈,仿佛彩色水母摇曳在黑暗中,我们很快被那光拦了下来。我蜷缩在后排,宽大的衣服和鸭舌帽让我看上去像个瘦弱男孩。

治安官站在车前,黑色制服上晕开一圈圈彩色光纹,那是由特氟纶及光纤合成的新型材料制成的衣服。必要时,里面的光感颗粒能将衣服调制成跟周围景物相似的光波频段,这样他们就如变色龙般成了半隐形状态。

"科学家,现在为失语者管理中心服务?"治安官查看她的证件,"失语者,嗯……"他俯下身子,目光在车内扫荡。

高维看了看后视镜中的我,双手紧握方向盘。

"这么晚了,你们要去哪儿?"治安官眉毛上挑,掏出一块晶屏翻看着。

"去同事家取一件实验仪器。"

"你同事住哪儿?给他打个电话。"治安官没看她,手指在屏幕上来回滑动。

"他……"

治安官转而看向我,敲了敲后座车窗玻璃:"你,叫什么名字?"

"他是我亲戚家的孩子,叫高……"高维的尾音中带着颤抖。

"让他自己说。"治安官的目光落在我身上,衣服上晕开炫目的光晕。

地上很湿,空气中的雾气很快会凝结,车窗上的水滴总能循着最短的路到达终点,而人总是相反。我可以用水做点什么,但是,我不想再制造一些新闻。或者我应该阅读他的脑回路,发出一点电信号,让他忽略两个在夜晚出现的普通人。这样做失败的概率会很大,不是所有人都像高维一样保持着意识通路的干净与纯粹,又或许因为我的能力还不够强大。

此时,汽车引擎的低鸣声打破沉默,一辆汽车从后方道路疾驶而来。我刚打开窗户,治安官的注意力便被车子吸引,做出停止手势。那辆车突然急刹,整齐停摆在我们一侧。车上是一个青年男子,戴着眼镜,身穿一件棉麻质地的灰色衬衫,手指轻轻触在方向盘上。

治安官没注意到的是,车窗上所有水滴瞬间停止流动,仿佛被某种力量统一指挥,几秒后朝着同一个方向慢慢回转、盘旋,随后在玻璃上蜿蜒成一个微型漩涡。奇妙的是,这漩涡竟完全符合斐波那契数列规律,有着数学上的极致美感。

那人无视治安官的催促和盘查,转过头看向我,眼神清澈而深邃,令这一路的霓虹都黯然失色。我兀地一愣,水告诉我,他是同类。可他是谁,怎么会出现在这里?

"帮你引开他,一会儿见。"他在水里说。

他扶了下眼镜,指了指治安官晶屏上的图像,做了一个看不清的手势，冲破路障加速离开。治安官意识到权威被挑衅，他扭曲着脸，骑上机车尾随而去，制服上的光晕汇聚成一个感叹号的警示标志，在黑夜中划出一条彩色光带。

"他是谁？"高维的身体紧绷着。

"会再遇见的，我们走吧。"

从车窗上那朵莲花水纹来看，他的能力在我之上，我不用担心他会遇到危险，他一定能处理好。

每座城市都有一处寂静之地，不全是寂静，也有哭声，或撕心裂肺，或心痛隐忍，为死亡或别的什么。还有些不一样的声音，这声音不在人类能听见的波段之内，似乎能连接不同维度之间的世界。

这里有火，有大火。

它们在一间宽大的室腔中熊熊燃烧，紧紧包裹着那些生命力全无的生命，犹如一个干涸的苹果核。张狂的火焰张开血盆大口，将其残存的能量全部掠夺，通过全然毁灭的方式。

外面的人只能通过一个小窗口，远远看到里面的一片红光，像是在恒星表面翻滚跳动的日珥。最后，那能量被转换成另一种存在形式，不能被看到，也许能被听到。就像传说中，不死鸟也是在火中重生。

几小时后，室腔内会留下一片灰白余烬，它被当作这个生命在世界上最后的纪念，存在过的证明。此刻，我站在小窗口前方，遥望这神圣之火。只有足够高温的火焰，才能承载指数级别的信息。

我体里的水分开始顺着一股温度流窜，然后从泪腺中慢慢淌出来，不是泪水，不是悲伤，是两种介质的相斥与相生。它还在燃烧，随着最后一丝烈焰的消弭，我心里迸发出一阵无声的哀鸣。无关任何感情，那哀鸣来自不死鸟，来自宇宙的缝隙，来自那个瘪下来又重新盛开的苹果核。

火，将我和两个世界连通，我很快便悟到什么。火语，第三种能力。离开前，我朝那团余烬鞠了一躬，当作问候或告别。月亮高悬在漆黑的幕布上，那个青年男子的车挡在出口。

"他来了。"高维很警惕，把我拉到身后。

"没事，他是失语者。"我轻轻放下她的手，走向那辆车。

沟通，悄无声息。

他叫陈以然，刚刚考上国外的硕士，失语节之后，他爷爷没有将此视为一种疾病，并且不顾他父母的反对，坚决不带他去任何医院或康复机构。陈以然没有在这些地方留下自己的信息，在爷爷的主张下，他放弃国外的进修机会，并躲过了各地军官的搜寻，在人群中隐匿起来。他去了法源寺，在那里跟随一位叫作钦哲罗珠的上师学习禅定。很快，他发现了自己拥有的能力。在这个世界做一个旁观者的好处就是，成长的速度会高于常人。

练习的同时，他还在寻找其余失语者。他爷爷为此建立了一个基地，让他们暂时生活在那里，比起城市，基地会安全很多。

他像是在水中编织诗句："我们就像无主之舟从未停泊，剩下的故事，等上路后再讲吧。"

高维开车跟在他后面,她完全信任我信任的人。夜色围拢而来,车窗上的水滴在变化着不同的形状。

"你是怎么找到我的?"

"你来到城市后,在沿路的水里留下了很多信息,对吧?"

"但是,我们接收水中信息的距离是有限的啊。"

"你有试试借助别的方法来扩展这个物理距离吗?"

"什么方法?"

"发现自己。"

我起初不明白他的意思,是因为我对失语者了解太少,包括我自己。尽管我看过失语者档案,建立过解密用的坐标系,解开了三种能力,但还是浮于表面。也许我抱着巨大的目的性,在"发现"这件事上过于仓促。

所以,更深层次的发现来自哪里?在这个世界上,我们应该怎样表达自己?进化会有终点吗?还有,礼物来自何方?

"别急,"陈以然说,"为什么不试着听听雨声?"

车窗外飘起小雨,这是我第一次忽略下雨。我细细聆听,那细密的雨声像一首安眠曲的伴奏,填补了所有沉默,赐予我这一刻的安稳。我伸出手,雨滴嵌入掌纹的缝隙中,那缝隙像山谷间的凹槽,催促着雨滴汇聚成河流。这场雨,就像我这颗顽皮的水滴,从云中坠落,为了亲吻大地,甘愿在泥土中打滚,然后顺着河流,不知要流向何方,反正迟早会回到大海里去。

两辆车在雨夜中疾驰,前方仿佛有一座灯塔指引。

我沉沉睡去，大脑很长一段时间处于高速运转状态，只要短暂的深度睡眠便能恢复。在若有若无的梦里，我又见到了妈妈。她赤脚站在海边，身穿白色长裙，手中提着一个野餐篮，里面有我爱的草莓和面包。她回过头笑着望向我，头发被海风吹得凌乱。汹涌的潮汐毫不疲倦地吻上沙滩，海浪声太大，盖过了她呼唤我的声音。

有水我就能听懂。见雨，别害怕，天快亮了。

4

到达基地时已接近黎明，雨停了，晨曦初现。与其说是基地，不如说是一处坐落在山下的村落，比起原始乡村，这儿有着一丝庙宇般的古典气息。建筑是中式风格的院子，围成四方的院落，其他几处院落零散分布在周围。不可思议的群山将它们包围着，往上看，这儿就像巨型天坑下的一块低洼。

陈以然说，一共有八位失语者。

简单参观后，陈以然为我收拾好房间。道别之前，高维嘱托陈以然一定要保护好我，她会尽快完成脑电波增强装置的开发，然后再过来同我们一起商量接下来的计划。陈以然温柔应承着。

她给了我一只通信手环，方便随时联系，上车前一步三回头，她的絮絮叨叨还留着些回音在耳边，我踮起脚尖跟她挥手。在清晨告别同样令人不快，不过，我知道这种事以后还会遇见很多次。

我用最快速度驱走心中的伤感，关于失语者，陈以然显然比我更了解我们。

"带我去见他们吧。"

我们沿着一条从山上流下的小溪往上攀登,阳光从树林间的缝隙洒下来,稀稀疏疏照在地上。丁达尔效应给人一种安全感,让我学习光线的姿势,蜷缩在自己的叶片上,不用顾及周围正在发生什么。

陈以然在前面带路。旁边的溪水缓缓流动,水滴溅在泥土里,像音符一样被安排。他手指纤长,在水中发出信息、接收、反馈的速度比我快很多。

"失语者的能力来自自然,"他说,"失去了与自然的连接,人会变得脆弱。"

他发现自己能用水说话的那天,是在失语节不久后。他刚学会隐匿在人群,接受彻底安静下来的自己。他不怀念熙熙攘攘的城市街头,只是为了观察,观察自己和他们之间的差别,这是一件功课。

那时声音很多,城市嘈杂得像一个喋喋不休的商贩,他认真听,每一个细小的声音都逃不过他饥饿的耳膜。一辆车驶过,天空中的鸟抖落下尘埃,落在水里,水花被车轮溅出,飞到他身上。周围的一切仿佛被按下暂停键,那些水顺着他的皮肤纹理往下流,前额皮层将水花的信息俘获,带电神经元运转起来,将这含义输送至下丘脑,他如平镜一般的内心瞬间晕开一圈波纹。

用同一种介质沟通,不管是传递信息的效率,还是表达的准确性,都胜出语言很多,这是他找到同伴后发现的。

"还有别的。"

"对,还可以共享知识。"陈以然抢过话。

他从同伴身上学会了搏击、写诗、催眠术……他也将物理学知识分享给他们。如果每个人都作为一个坐标点,将共享来的知识,再共享给其他人,然后每个人再继续这样共享,用数学方程来演算,不超过七次,我们就能获得所有同类失语者的知识。

我有些兴奋,溪水变得欢快起来,可有个问题,我们如何突破物理空间的局限而完成彼此的共享?他回答说,这个工程很浩大,必须借助其他力量的协助,比如一台能模拟神经元活动的纳米级计算机。我翻动水波,表示同意。

尽管如此,拥有不同能力的失语者之间却很难沟通,是物质的不同属性决定了这一点。

"你很特别。"他继续说,他一直在寻找跟自己一样的失语者。

"能使用三种能力?"

"不,不只是。"

他没有再多说什么,溪水中的音乐停止了。我们接受更远处高地的邀请,他的脚步很轻快,仿佛地心引力在他身上只起了三分之二的作用。在半山腰我已经气喘吁吁了,我意识到必须要补充营养、锻炼体力,否则,大脑运转所需要的能量会夺走身体其他部位的消耗。

如果是阿凯,他会抓住我的手,拉着我前行,他不会走得太快,会竖起耳朵听我的呼吸。陈以然更像一个冷静到极点的人,不会将心思放在无关紧要的细节上。我努力跟上他的脚步,没多久,一处水量不大的瀑布映入眼帘。视野变得宽阔起来,绿色的树林和植被让眼睛得到久违的歇息。瀑布下方有两个十五六岁的男孩,他们站在水帘内,双手缓缓抬起,动作看上去像是在打太极。

"那两个水语者,是双胞胎。"他说。

"水语者?原来这才是我们的名字,那么,还有地语者和火语者!"

我向下跑去,瀑布溅起的水滴沾湿衣服,我摘下帽子,任由聚集在头顶的热量一股脑散开。水声越来越大,我来不及捕捉水里流淌着的巨大信息量,只顾向那声音的中心,以一种朝圣的姿态接近。眼前的双胞胎并未因我的闯入而停下,我站在一旁,看着他们各自向前伸出手掌,微微摆动,悬浮在手掌前方的是一个圆面水环,整个水面摆脱了地心引力与地面垂直,向中心呈螺旋状缓缓流动。

我欣喜若狂,"这是怎么做到的?"

他俩停下手中的动作,水环便失去作用力,瞬间洒落在地。他们转身看到我,露出清澈的微笑。"韩严和韩跃,"陈以然跟上来,为我们介绍,"这位是苏见雨,新来的水语者。"

"事实上,水语者能用水做很多事。"接着,陈以然左手背在身后,深吸一口气,伸出右手,手指对着水帘滑动,指尖的轻盈犹如少女在拨动黄金竖琴的琴弦。此时,水帘中间开始出现一个向右旋转的螺纹,那螺纹越转越快,逐渐与周围的水面隔离开,离心力和向心力相互抵消,像是有一个束缚力场将其固定在水帘中心。他把这叫作水盾。

我惊呆了,在水盾里,他说了很多话。

"我们能控制水，是因为我们本身也是水，是地，也是火。"

在见到其他两位地语者和三位火语者时，他们在用各自的方式与地、与火做着连接。那些是我从未想到过的方式，跟我初次见到那片湖水、那面墙以及腔室内的火都不一样。

水语者的智慧优雅，地语者的忠诚勤劳，火语者的勇敢无畏，不再像那些简单勾勒出的图形标志，而从扁平维度跳脱出来，鲜活而生动地呈现在这自然面前，没有任何一个符号可以将我们描述。

陈以然在地与火中继续跟我说话，"当我们学会用接近自然的眼光来看待自身时，你会发现，我们完全来自她，来自自然，来自万物，甚至来自宇宙。"

人身体上的湿度和温度，分别代表着水界、火界；肌肉、骨骼等坚硬的固体物代表地界。在他以为只有单独对应这三种元素的失语者时，跟我一样，他也在地与火中发现了自己的能力，他能分别跟其他人沟通，就像三座海上孤岛之间的桥梁。比起其他失语者，陈以然他们在盈满地与水与火的大自然中，更快地完成了"发现自己"这项使命。不仅如此，外界的地、水、火，与身体内的地、水、火一样，可以通过练习达到一种任运自成的状态。

"当你的大脑向内观察得越深，向外控制的能力就会越强，也就是说，你的语言就能被传播得更远。"

陈以然还是走在我前面，双手放在背后，似一位悠然老者。有风吹过，我的耳膜捕捉到一丝频率不高的振动，我没有将这段振动输入神经进行编译，任凭它盘旋而过，不过是一阵风罢了。

当晚，我在手环里收到高维的消息，她的工作被人接替了，只知道国外的管理中心想要接走各地失语者，他们提出更多保障和优待计划，失语者只需继续提供身体数据即可。她满是焦急，有不少失语者都接受这条件，且不到两周就会出发。

我想起阿凯的背影。

根据高维提供的信息，我和陈以然搜索与之相关的所有资料，一位日本的科学家井上由美进入视线，她是拓维生物科技公司的社长，一位科技狂人，同时也是政界新秀。在诸多新闻视频中，我们聆听她的语言，话语中的修辞成分掩盖了她内心真实目的的阐发，对主语"我"的使用亦过于冗余，清冷微笑的背后藏着勃勃野心。

"他们不能走，"陈以然结束对井上由美的凝视，"她有太多谎言。"

我思量许久，"我想，回学校想办法将阿凯他们接过来。"

陈以然点头答应。

"忘了说感谢。"我说。

"不用，我们共同面对。"

我和陈以然着手准备，线路图、校车、失语者名单、行动流程，最重要的是我们的大脑。

水语者双胞胎韩严、韩跃；地语者杨烈雪是催眠师，邱离是诗人；火语者顾向东擅长搏击，胡冉喜欢做甜点，混血儿安娜则对时尚很有品位；还有陈以然和我，是他们之间的两座桥梁。我们聚在一起分享，他们从我这里了解到那些伙伴的名字、样貌、性格，还有分布在全球各地的同类，当我说起他们时，大家的眼神瞬间变得柔软，似乎有一股无形的线将我们的命运串联在一起。

与此同时，我努力跟他们学习，抓紧一切时间专注练习。我能控制面积稍小一点的水盾了，跟地语者和火语者的沟通信道也在渐渐扩大。

陈以然带我们来到远山下的隐蔽基地，入口是防空洞的样子，内部则是有二十层楼高的人工洞体。这里之前是一处地下核工程，随着战事结束，被废弃后就从地图上消失了。它有高山做屏障，又挨着水源，隐藏于二百多米深的地层，坡陡林密，周围云遮雾绕，从外面很难发现。

如今，这里被他爷爷改造成了一个地下防御工事，建有生活循环系统，以及各类信息操作系统和科学设备，不仅可以容纳几百人居住，似乎还有指挥作战的功用。我惊叹，这不是几月内能完工的，包括他爷爷对他失语后超乎寻常的冷静，即使是最有远见的科学家或哲学家，都无法做出滴水不漏的应对。

难道他爷爷能提前预知这一切？陈以然没有透露更多，只是说，爷爷一样在努力。我没再多问，相信有一天会见到他。

休息时候，大家围坐在一起，胡冉准备了一些烤饼，顾向东站在中间展示搏击术，其他人有模有样地跟着比画，有人吟诗，有人歌唱，我们无声地笑着。陈以然一直对着操作系统做检查，他依旧严肃，但无论何时，他都能保持自然放松的状态，用他的话说，带着一种觉知。

不久，高维将她的研究成果发了过来，这台装置可以代替一些成长时间。陈以然对那些脑神经知识学得很快，他和高维连接视讯，在实验台上将数学模型和公式嵌合进一个可以挂在耳后的微型装置上。有了它，能增加大脑皮层神经元突触的电位总和，并且调制皮层丘脑非特异性投射系统的活动，让脑电波同步节律快速形成，能让我们更准确地阅读他人的神经通路，然后通过发出外激素的方式，对其做出微小调整。

行动前一天，我们共享彼此的知识，首先是我和陈以然，我们选在那条瀑布下方，对对方开放通路，接着，我们承担桥接点的角色。在自然间选择最好的地点，我和他分别与地语者、火语者共享，然后再互相交换。

最后，通路全开。

很快，我们得到了每个人拥有的知识，这样的共享方式可以用0和1组成的计算机程序演示出来。知识包括很多，常识、经验、技能，经由时间锻造，变成自己的羽毛或盔甲。如今，我们将时间的束缚抛到身后，这样的仪式感让我想起受洗或皈依时的神圣。

我们穿过树林往山下走，月光亮堂堂的，照在身上，有一股好闻的味道。

几天后，我们得知学校的失语者要提前离开，将被送往附近的国际机场，搭乘飞机去往日本。我们的计划因此提前。出发时，陈以然确认所有电子通信系统处于屏蔽状态，确保基地不会被信号追踪到。整个路程会穿过两座城市，一路有通坦的大道街巷，也有崎岖山路，途中还有很多电子监控和治安官。

陈以然计算过路线，找到了所有密集分布的监控点，当车子经过时，他设置的电子脉冲干扰调制，会将监控摄像录下的画面自动更改为前几分钟的影像，以此造成的时滞让我们躲过监视。另外，各路口的治安官也不会对我们起疑心，他们的神经通路会被我们阅读、微微调整，在他们眼中，我们只是一群结伴出游的少年。

我很享受这段旅途，外面的世界像海洋一样在我们身下铺展开来，车灯在人群如织的海浪上撕开一道坦途，黑夜和白昼交替占据着头顶。我常常将手伸出车窗外，感受着路过海面的风。月光有时很沉重，压在无声的喉间，也压在苍白的城市边缘。我们宛若羽翼渐丰的飞鸟，从林间惊起，然后飞啊，飞啊，寻找着可以停靠的海岸线。

有几个瞬间，我希望目的地永不到达。

旅途很顺利，到达学校之前，我再次接到高维的消息。汪校长已被调离，校方对国外召请失语者的事并不知情，只知道是一次学习交流之旅。飞机将于第二天起飞，陈以然说他预感不妙，不能让他们登上那辆飞机。双胞胎提前黑进了学校的信息系统，得知运送失语者的车子将在中途停留。我们循着路线，在那里等待着。

5

午后，高速公路休息站，两辆校车停泊着，我远远看见车窗里的阿凯，戴着耳机，失神地倚靠在一侧。我和陈以然戴上脑装置，缓慢接近他们。

车上带队的是两位陌生老师，还有四位从国外来接大家的督导。我和陈以然佯装成学生分别上车，悄悄放置一枚电磁脉冲炸弹，球体边缘溢出一束幽蓝色的电流，顺着空气中的电磁信号蔓延开去，车内的监控设备瞬间崩溃。

接着，为引起他们注意，在不对称的交流中，我们迅速调整神经网络，发出外激素，缓解他们的焦虑情绪。催眠术派上用场，通过脑装置，可以增强催眠术在他们身上施展的效果。不到十几秒，他们大声的质问被调成静音，眼神慢慢失焦，然后瘫软在座位上昏昏睡去。我们施展的魔法不够炫，却十分有效，脑波以最快速度游走穿行，他们接收到的信息如水一样柔软温润，像母亲的嘱咐或恋人的呢喃。

没人会受伤。

失语者认出我们。"他们的邀请是个谎言，别离开了，来，到外面来，我们自由了。"我说。

我看到了他们，来到我的面前，经过我的身边，分别那么短暂，牵挂却一如往常。陈以然指明方向："去那里上车，一起离开去新的地方，跟我们在一起。"

头顶上飘满了拥挤的通信信道，失语者如散落在各处的水滴，此刻正慢慢聚拢来，向着一个中心，沿着同一轨迹，最终汇聚成一朵莲花水纹，一条完整的银河系的悬臂。

水滴总能找到最短的路，我们也同样如此。

阿凯发出一个短促的感叹语，我一步步走向他，他微笑，跟那天在湖边的微笑一样，"他们说，你会在国外等我，所以我们都接受了邀请。"

我紧紧抱住他,"我哪儿也不去"。

离开前,我和于朔查看了其中一位美籍科学家的个人通信网,他们的计划暴露无遗。海岸对面的管理中心总部正悄悄召集各国失语者,更密集的测试和实验正在展开,失语者的血液和脑电波里藏着很多秘密,我们的能力也许会变成一种新型武器。

我没跟陈以然商量,径自给管理中心留下一封信。准确地说是一个尚未激活的网络路径,当中心发现后,这是唯一能联系上我的线索。

我和地语者一起在沿路给沈夏留下信息,回家路上很顺利,大家都爱好自然、充满诗意,在无声的交流中彼此熟识。一路的雷霆雨露皆是恩惠,我们有草木躬身般的谦卑。

陈以然知道我想去见高维,同意我晚些再回基地。阿凯不愿和我分开,我拗不过他。跟大家分别后,我们行走在陌生街道,走得很慢,沿着有水的地方。建筑里的灯光像夜幕上的点点萤火虫,全息霓虹广告计算着人们的脚步,然后适时展开。

再次见到高维,她一下将我抱住,身上还是那股流星雨的味道,我们用梅子酒将相识的快乐重新温热。

我们同她分享窥来的消息,我保存着同步数据库的路径,发现中心总部根据能力高低将失语者分为不同的纵向等级,部分失语者被标上蓝、黄、红几种色谱,颜色越深,能力越强。而阻滞剂已通过实验,很快便会量产。另外,还有国际军方介入,他们想继续开发失语者的能力,应用到国防军事或通信技术中,下阶段实验还需更多数据做参考。一边是抑制，一边是开发。

"得打起精神来了。"高维说。

她帮我剪掉了长发，阿凯倒有些心疼。就像一种仪式，我准备告别什么，自私、脆弱、散乱。短发是个不错的象征，是我人生第二幕和第三幕之间转场的隐喻。阿凯捡起地上的一缕说要留作纪念，我笑着点头。

晚饭后，我做了几道甜点，阿凯将蛋糕一扫而光。高维则对失语者共享知识的能力异常惊喜，来不及擦掉嘴边的奶酪，提出一个类似于"通感单元"的大胆设想。"不过，这是一项浩大的工程，"她说，"接下来还有好多事要做呢。"

第二天，我进入城市，在图书馆电脑上建立了网络路径的接收端口。之前留下的信息等于告知他们，想联系我，就按着这路径轨迹去往一扇关闭的门，而现在，我一旦将门打开，他们便会蜂拥而入，沿着门后的甬道，发现我留下的微弱信号。我用了三层加密算法将现在的地址隐藏，他们找不到我。接连几天，我泡在图书馆，捕捉细密蛛网上的微微颤动。不久，我收到一段视频。

在我们带走失语者后，几位中方老师和国际督导身体受到重伤，在医院等待救治。接下来是一位国外督导在秘密房间接受询问，对面的人没出声也看不见模样。督导眉头紧皱，勉力回忆当时的情况，支支吾吾的，嘴里蹦出几个模糊不清的英语单词。之后，他眼神定在对面的神秘人身上，神情涣散。不久，神秘人的双手入镜，递给他两幅刚完成的素描画像，他点头。视频特意静帧展示了那两张画像，竟是我和陈以然。

画面切回他，他恢复神智，开始有条理地讲述那天发生的事："我们两辆校车本来要去机场，结果在半路被两个危险的失语者劫持了，他们用自制武器袭击了所有人，包括他们的部分同类，谁反抗就会被殴打，我和几个老师都受了伤。我不知道这一男一女有何目的，可能意识到失语者族群身上的天赋，他们想以此作为武器……"

谎言。像是有人在编排、篡改他的记忆。我注意到，他和神秘人之间的交流同样是无声的。

接下来的信息很简单，如果我不出现，这段视频会被公开。随之而来的，是公众对失语者的控诉和批判，是人们对未知力量的恐惧。最后的信息是时间和地点。三天后，在一座大桥上。

计算。思考。冥想。

我可以进入数据库，将关于失语者的研究成果全部抹除，可以根据来往路径检索出各层负责人名单，收集政治丑闻再公之于众，还有很多。不过，我暂时不会那样做，太过烦琐，不够直接，我厌倦了被动地接受，直面他们能更快接近目标。

我选择用自投罗网的方式，和对方来一次秘密会面。

高维和阿凯不知道我的打算，我跟他们说，回基地之前我想去看望妈妈爸爸。阿凯提出跟我一起，我拒绝了，他眼神中写满令人心痛的失落，我把脑波增强装置给他，确保他一路安全。我也拒绝了高维送我回家的提议。离开前，我再次经历了难忍的告别。

我发觉,进化还在继续。同时,我沿着共享的知识追溯而上,发觉过去的世界和眼前的一样,在无人观测时是一个概率波,某种意义上,是今天的我们创造了古代的历史。而通过对人类各项经验的总结,我开始发现藏在现象背后的深层逻辑,这种逻辑神秘而又深邃,它奠定了整个物质世界的基础规律,却又无法言诠其本质。于是,我继续设想实现"通感单元"所需的条件。

当我再次走上街头,世界在眼中的投影发生了些变化,我能看见空气中飘荡的电磁波的形状,看见云端的空气被电离,看见人身体能量磁场散发的色彩图谱,看见阳光和叶片做着能量传输;还有声音,我能看见一些声音,那些超出五感接收范围内的。

一切清晰可见。

柏拉图的洞穴寓言给我些许启发,这个世界就像是别处投射在此处的一个倒影,关键在于,我们处于什么样的位置去看它,而绝对真实的世界,就在我们的意志里,就像失去语言的我,抛掉某种束缚,才最接近真实。我领会到陈以然所说"带着觉知"去"发现自我"的方法,也许,促成进化的部分因素正与此相关。

6

思考到此结束。夜晚来临,我独自走上那座大桥。

不到深夜,桥上已经没了车辆,它横跨在环抱城市的江水之上,将半岛连接至主陆。桥底的装饰灯光倾泻下来,水面摇曳波动,似一条无意沾上人间色彩的银河。来不及欣赏江与桥在数学上的美,就不得不迅速抽离。江上有船来回巡逻,制服调成隐形模式的治安官潜伏在桥梁尽头,远处的夜空悬浮着监控单元。

一个瘦高的身影从桥头走来,桥面微微振动。是沈夏。竟然是沈夏,那个闯祸的地语者。江面被风吹出褶皱,水波里蕴藏着信息。

"苏见雨,没想到在这里见面了,我收到你在各处留下的信息,还没来得及谢谢你。"原来,他不仅是地语者。

"你,跟他们?"我有种不好的预感,水面中心被我拨弄出一个小型旋涡,"视频里那个人,是你?"

他没否认,继续朝我走来。我的猜测是对的,他背叛了失语者。此时,一缕微风吹来,绕过耳边短发,皮肤上的绒毛微微拂动,如蜻蜓点水般掠过,如果不稍加注意,风里的信息就不会被捕捉到。

"你还没发现吗?"字节凝固在空中,带着微热温度的风将其裹挟,随后渐渐被冲散、稀释,被我读懂。

风?地与水与火……与风,我一直忽略了!

我想起那天在基地,陈以然走在我前面,也有一阵风,但是我错过了。对此,他没给我任何提示,他想让我自己去发现——能使用地与水与火的人,就能自在驾驭风。

风是流动的,它无处不在。在身体内所有空隙,风自在地游走。信息在风中被自由编码,能比地与水与火传递得更远。风语者,才是不同失语者之间的桥梁!此时此刻,我才明白。而在明白的当下,我就学会了如何掌握它。

而沈夏，显然比我更早发现这一点，并且，他的能力吸引了那些背后的高位者，只要他配合，便能得到很多好处，安全、尊重、权力，以失语者的身份，参与决定其他失语者的命运。这个他认为十分明智，在我看来却极其愚蠢的选择，会毁掉他。我为此感到心痛。

桥上的风渐起，不是来自江面，而是来自我和他。我摊开手掌，凝聚起一股力，将眼前的风从此方传至彼方。在风里说话，比其他任何时候都要自由，只可惜，这场对话会以一方的失败而结束。

风，飒飒作响，我最后一次大口呼吸，肺部进行了一次不愉快的收缩。他脚下如同踩着不合节奏的鼓点，从他方向吹来的风是不合情景的电子乐，太满了，一切都太满了，他无法在这样满当当的状态下"发现自我"。而现在，他却为此感到骄傲，脸上带着一丝胜利的表情，看上去不再是那个被生活困在一隅、不敢出走的少年。

"为什么？"

"一些谎言总是必要的。你难道不想改变这个无趣又虚伪的世界吗？我们可以做到，因为我们是天选之子！现在，只需要暂时跟总部合作，我们就能拥有权力，在人类社会的权力。之后，我们拿到想要的东西，就可以随时抛开他们。在这个地方，建立属于我们的世界，这才是对失语者最好的拯救。"

"用背叛的方式去拯救？可惜，我做不到。"

"我被汪校长找到之前，发现了其他几种能力，我阅读了他的神经通路，他是个好人。他帮我进入核心通信网，找到中心总部负责人，我知道怎么抓住机会，答应帮他们做点事，比如确认等级不同的失语者，或是对付失语者的不同能力。之后，在我的建议下，汪校长被任免，换上听我们指挥的人。对了，风语者是最强的，但一个人力量有限，我们需要一起合作。"

"为了引出我，你不惜伤害无辜的人？"

"一点牺牲而已，我还有更大的目标，让他们害怕我们。你知道这意味着什么吗？臣服。"

"看来，我们的目标不一致。"

"你想要什么？"

"和平共处而已。"

当然，我和沈夏之间的分歧不止在于此。在他走上前的几步之内，我们的思维不断碰撞，且没有什么可以瞒住对方。他想要的，是从前不敢奢望，现在却可以轻易得到的，说到底不过是那些普通人关心的东西。可他太患得患失，以至于忽略掉了那幅云图的美和珍贵，以及这鲜活世界背后的本质。他被赋予天赐的能力，却偏离了这条庄严的轨道。不仅如此，他更是将关键点抛在脑后——进化。

他对我的想法不屑一顾，认为那是毫无意义的求索，如同普罗米修斯。而此刻，他背后的人对我虎视眈眈。交流很快结束，我们得出各自的结论。在我眼中，他不配拥有这能力，就像只顾着为自己筑窝的虫蚁，身上却背着可以飞向外太空的引擎。

"没必要了，沈夏，我很失望。"

在刚刚的来回中，我判断自己的能力在他之上，我可以俘虏他去见中心的人，或者佯装被捕获。我没有十全把握，但现在看来只有一条退路。

"还有三十秒。"他嘴角泛起一丝笑容。

我正操纵一片水盾,准备给他来个下马威。但是,三十秒?一束正在上升的水柱掉落江面,我收回手,专注于周围时空波段的变化。

二十秒。我知道沈夏要做什么了。

"你?住手!"我重新升起水柱,一片水盾汇聚在面前,这一幕让他傻眼。水盾飞速旋转直逼到他眼前,在他鼻端稍作停留,然后,重重拍打在他身上。顷刻间,水盾又全部散开,重新变成流动的水,他被这股巨大的力量摔倒在地,全身被淋湿。震惊之余,他很快站起身来,擦掉脸上的水,嘴唇抿成一条线,似笑非笑地看着我,眼中有一道寒光。

"你来不及阻止我。"沈夏站起来,抬起双手。

十秒。桥面出现震动,他行动了。我向地面发出同步的振动频率,继而加快,以平复桥梁的震颤。最末一班地铁从桥面下的轨道呼啸而来,他并拢手肘,咬紧牙关做了一个下压的动作。地面的晃动正在减弱,但我还是慢了一拍。

我深吸一口气,将他脚下的水升起,接着改变水分子的排布结构。最邻近水分子的 O-O 核间距为 0.276nm,O-O-O 键角约为 109°,而键角应该要达到 109° 28′,才能让更多氢键参与进来,每个水分子都能缔合另外四个水分子,形成低密度的刚性结构——也就是冰。我的手指像抚摸琴弦般,远远地探入水的内部,调整完水分子的配位数后,水很快结冰。他的动作完成了一大半,迅速形成的冰爬上他的身体。

　　最后一秒。他发出的振动波依然起了作用,桥面下的轨道出现断裂,石墩上的金属环扣与之脱离,一块平整连接的石墩向上翘起。这一点点偏差,却能让那辆载着乘客的地铁在高速行驶中被突然制动,一股冲击力会从车头蔓延到整个车身,所有人会失去平衡、受伤、哭泣。这个平静的夜晚,将被我们破坏。

　　没时间自责和思考,如果其他同伴在场,他们会怎么做?妈妈会让我怎么做?就算拥有那么多知识,而在当下这一刻,能用上的只有一点微弱的勇气。我转身和地铁赛跑,脚下的轰鸣声渐近,在那处被破坏的石墩上方,我努力将冒出的石墩恢复原位。

　　而此时,沈夏用力挣开冰的束缚,像是蝴蝶蜕出了茧。他站在原地,继续刚才的动作。那块石墩忽然向下陷落,轨道整个断裂开来,不到2.89秒,地铁将要冲入江面。列车长已经拉下阀门,地铁还在做最后的滑行,车体与轨道死命咬合,迸射出细密火花,尖锐的摩擦声如一把利剪划开夜幕,乘客们惊恐的叫喊声在一瞬间如同暴雨敲打我的耳膜。

　　来不及了,只能用水。

　　我跃上桥的栏杆,集中注意力。在江面上画出一个旋涡,很快,一个巨大的水柱从螺旋中渐渐升起,在地铁第一节车厢坠入水面之前,仿佛有一段旋律牵引着水柱的形状,让它托起正在下落的车体。接着,整面水墙全部凝结成坚硬的冰,在距离江面不到三米的地方,地铁被冰封住,停止坠落。我继续搭了一条从车厢出口通往岸边的冰桥，保证他们能安全撤离这个摇摇欲坠的冰上堡垒。

体力以最快的速度消耗，额头上渗出汗珠，我伸出略微颤抖的手，用力划出一道风，"你知道自己在做什么吗？！"

可沈夏消失了，留下一句话："我对你的判断没错，来吧。"

那些乘客战战兢兢走上冰桥，我离开他们的视线范围内，只有一个小男孩远远看到我的侧影，他目光里的含义是感激，单纯至极。他感激的不是危机之时某种拯救力量的出现，仅仅是对"感同身受"的致谢。

治安官涌上大桥，警笛响起，差点惊扰这个城市的好梦。风里没了声音，我只看到一群发光的水母围过来，接着，让出一条路。我没有犹豫，顺着这路，走上他们要我去的方向。

路途很长，我被戴上电磁束缚手环、脑电波阻绝头盔，即使这些无法困住我，我依然配合演好一位俘虏。在一栋大厦的楼顶停机坪，两个治安官带我走上一架小型直升机，螺旋桨卷起的猎猎阵风，竟像我失散已久的翅膀。

我第一次在夜空中欣赏这座被霓虹摆布的城市，万家灯火相继点亮，那些房间里摇曳着鲜活的生命。在星图中，每一个都是毫不起眼的尘埃，可不知道在哪一刻，他们会被引力拉扯至混沌的彼方，彼此相交、重叠，然后永远地改变对方的星轨。

治安官警惕地盯着我，手中抱着武器，像抱着一只猫。另一个以为我睡着了，僵硬的姿势这才卸下来。头盔的两个金属触点紧贴在太阳穴上，有一阵酥麻的感觉。我想起还不会说话的小时候，爸爸逗我玩，用满是胡茬的下巴啄在我脸上，我痒得笑起来，捧着他的脸，只是笑。他希望我能发出声音，哪怕是一个字、一个音节。他用大拇指刮了刮我的喉咙，然后发出一声叹息。

五岁之前的记忆对我来说，原本非常模糊，而现在，海马区里早已褪色的废墟再次焕发生机，我甚至记得每一个细节、每一种情绪，如此清晰，就像正在发生的过去。

机舱里很安静，我看着玻璃上的影子，我很久没认真观察过自己了。那是一张稚气未脱的脸，淡眉下卧着一双跟妈妈很像的丹凤眼，脸部缺少漂亮的弧度，微卷的短发让我显得学生气十足，在宽松帽衫里，我和心脏一样呈收缩的姿态，这让我感到足够安全。

飞机落地时，我发现自己身处一个有海的陌生国度，遥远的海浪声和心跳声叠加在一起，海滩一次又一次被潮汐吻上，这恰如其分的节奏感，令我忘记自己是一个暂时失去自由的人。我想起失语节那天，家里模拟成像墙面上正是这样的场景，只不过那时的我永远分不清黎明和夕阳。

这里没有过多被镜面包裹的高耸建筑，唯一一栋高楼如灯塔般矗立在城市边缘。我站在灯塔顶端看向海面，享受短暂的宁静。

愿你思如大海。

我将这句祝福传至风里，然后降落到海中，总会有人听到的，我想。

7

随后，我被带到这栋楼的腹部，这里是拓维生物科技公司，失语者的云端数据库、实验方案及研究计划，所需技术大多来自拓维，失语者管理中心的总部便设立在此。

我将要会面的正是井上由美，她还是管理中心的联席主席之一，她和其他几位来自各国军、政、商界的主席共同组成中心首脑。他们每天会分析解读国际政治、全球经济、科研方向等，然后从这些线索里拎出来一些，用作对失语者政策的参考。他们总是把简单的事变得异常复杂。

一间日式风格的庭院，两个治安官在通往内室的木桥边停下，帮我取下头盔和手环，其中一个抬了抬枪，示意我进去。桥下方是一湾溪水景观，四周素雅的布帘随风拂动。内室的地面中间种着一颗樱花树，树枝上的粉红色花瓣不时落入土壤，一阵若有若无的微甜香气送入鼻息。和外面到处浮动着数据的信息墙面相比，这里仿若一处与世隔绝的桃花源。但只是视觉上的观感而已，那棵树没有经络、细胞，更没有光合作用，将这里的素雅与恬静衬托得如此虚假。

一枚花瓣中投射出全息人像，数据点阵渐渐拼凑成一位气质淡雅的中年女性形象。井上由美身穿日式和服，头上盘着发髻，眼睛细长，薄薄的朱红色嘴唇立马挂上微笑，双手叠在额头，微微俯身对我行礼。

"苏见雨,你真是个聪明又漂亮的姑娘呢!"

另一枚樱花投影出一个对话框,悬浮在我面前。井上由美做了一个邀请手势,"没想到这么顺利就和你见面了,风语者。你知道吗?只要有更多风语者加入,我们便能将失语者的能力开发成武器,这是一股坚不可摧的力量。"她眨了眨眼,"这不是交换,是共赢。"

"自由。"我在对话框上回复她。

"自由?这是一个很抽象的词,你真正理解过它吗?"

"自由,正因为不能被理解,就更不应被剥夺。我来这里不是因为害怕,相反,我很同情你们。现在我要求你们,停止一切针对失语者的实验,解散管理中心。然后,我会告诉所有人,我们是谁,我们是怎样一群人。在这个世界上生存的方式,将由我们自己来决定。"如此低效率的交流让我感到疲乏。

"可是,你不想知道天赋从何而来吗?没有我,你们会失去很多机会。"

"找到答案,是我们自己的事。"

"你知道,中心有不少人也不赞同我们的做法,他们是保护派,特别是中国的保护派。他们认为失语者带着某些天外来的启示,他们和你的想法一样,自由。"

我忽然想起陈以然的爷爷。

"对了,你有筹码吗,见雨小姐?"

"筹码,人类进化的方向。"

她"噗嗤"一声笑了:"可这个,不是掌握在我手中吗?"

"那你呢，你有吗？"

在她身后，一朵樱花投射出一幅巨幕影像，密密麻麻的方格从中间如雨点般弹出，渐渐铺满整个投影，数据格里的画面来自世界各地，里面是普通的场景，一些努力生活的普通人。"这些人，是失语者的家人，他们的资料也在失语者数据库里。"

我捏紧拳头，远方的海水掀起浪潮。

"直接一点吧，见雨。在联合国的许可下，中心将在全球各大城市展开全民公投，让所有人来决定你们的命运，这很公平，不仅是保护派，其他政府机构也无话可说。也许，在此之前，我会把那些你们闯出的祸、你们的危险和善变全部公开。我会在太平洋的四座小岛上建立新学校，能容纳下所有失语者，在那里有很多事要做。长远看来，这可是一支全新的军队呢，而这支军队需要更懂他们的人来领导。所以，你现在可以选择，是成为我的伙伴，还是……"

"被奴役的对象？"

"你这么理解也无妨，不过，你还有时间考虑。在给出答案之前，就在这里待几天吧。嗯，我可是真的很喜欢你呢！"

井上由美的画面收束回粉嫩的樱花花蕊。治安官在门口等着，重新为我戴上头盔和手环。在这世界布满谎言之前，我该做点什么？

我被软禁在大厦的某间住所，两天时间足够我思考很多。反抗，需要耐心和时机。而通感单元，才意味着真正的自由，这个能将所有失语者连接在一起的设想，是时候酝酿了。房间里的陈设适合用来在脑中建构思维宫殿，竹制柜子、蓝釉花瓶、被炉桌，在上面放上不同的数字、符号和向量，在组建的时候方便取用。

说到底，宇宙也不过一个容器。

通感单元需要一个最基础的方程式模型，目的是达到一种个体与个体之间关联共享的状态，这是一条可行且必须的路。这取决于世界的本质，它存在复杂的相互作用，我们不可能逃开这样的缠结，因为物理世界的最终实在正是能量场，而失语者则是这股能量场中最稀有庄严的虚拟粒子云团。

陈以然的知识在我脑海里像高能电子一样冲撞，我在原有基础上很快有了新发现。忽而，一些细碎的童年往事从记忆中浮现，我暂停建构工程，阅读这段遥远时空中传来的涟漪。

八岁的某个夜晚，我在爸爸家度过，准确说是借宿。妈妈要出差几天，把我送到他家后叮嘱了许久才离开，那时他已经有了一个一岁的小男孩。我不想为他添任何麻烦，可是却在半夜发起高烧。深夜的医院令人畏惧，我第一次看到爸爸那样着急，他想打电话给妈妈，我流泪摇头。消炎药起了作用，墙上的时钟在我眼里变成人生的轮盘，中间再过曲折，最终总要归零。

而妈妈，据她后来说，她在那晚辗转反侧，感觉浑身难受，像是一场大病的征兆，直到早上才知道原来是我病了。

即使距离遥远，在原子和粒子的基本层面上，一个物体可以同时处于两个地方，它们甚至可以同时向两个不同方向运动。尽管时空间隔使得信号还未在其间传递，但它们仍然互相纠缠——以一种量子版本的心灵感应，通过某种方式即时地远程感知，并影响对方。

妈妈总是给我很多灵感。基本模型的建构工程进行到一部分，我还需要厘清一些关键线索，或者说，只有更新的知识才能帮上忙。在此之前，我必须做点别的事来缓冲一下。

让我去见一次爸爸，我对井上由美提出条件。以此交换，我必须先配合他们做一次大脑神经元组测绘。

阻滞剂的成分跟眼泪有些类似，当它顺着针孔流入体内时，我察觉到它将会产生的效用。三分钟内，它会暂时麻痹我的副交感神经，让神经脉冲和电化学过程组成的庞大网络断绝联系，与之产生的一系列复杂响应亦会停止，接着，四种语言的能力暂时被阻绝，药效会持续六到十小时。

视线里是纯白的天花板，灯光刺眼，我躺在试验椅上，一位身着白衣的技术人员将一针阻滞剂注入我的静脉血管。即使痛感像蚂蚁咬啄一口那样微弱，我也能将由皮肤传至神经上的疼痛反应调校至0%。

他叫赵枫楠，名牌上写着，眼镜镜片反光，看不清他的眼神，但他皮肤外激素里发出的信息却很清晰，对我有一丝怜悯。即使可笑，但比起井上由美一类还算真诚。在他以为药剂起效后便扶我起身，动作温柔，跟候在门口的治安官一起将我送至这栋楼的中枢主脑。

走廊上只剩下脚步声，他不经意回头，发现我眼角滑出两行眼泪。

"你哭了？别害怕，不会疼的。"他语气带着歉意。

阻滞剂从左臂的静脉血管流入后，我控制体内的生物磁场，对这股密度不同的流体的走向进行引导。原本它将抵达我的大脑神经，但在此之前，它还会经过颈内动脉。我改变了阻滞剂在神经脉络中的方向，它先停留在视神经的外侧，在上直肌的下方越至眼眶的内侧，在滑车上动脉稍作转向，最后通过外直肌上缘前行到泪腺。阻滞剂伪装成眼泪，流出体外。

我抬起头，看了看他。很多次他想提出反对意见，但却不敢，跟之前的我一样，他需要一点勇气。

井上由美会后悔把我带到这里，在这间测绘室不远，就是失语者全球共享数据库。她对我俯身行礼，似已等候多时，她的脸是典型东方面孔，柳叶似的眼眶飘向鬓角，一道细眉卧在上方，柔美、清冷，不易接近。比起和服，这身洁白工作服让她显得多了些攻击性。在确认阻滞剂注射后，她薄薄的嘴唇卷起一丝笑容。

赵博士在一旁调校设备，为我戴上一个脑电波传感式头盔，密密麻麻的触点紧贴在头皮上，每个触点前段发出幽幽的蓝光，通过复杂线路连接到一个终端，在主程序里面，正对我的大脑活动进行测绘。

人类大脑有约八百六十亿个神经细胞，每个神经细胞通过轴突与树突及其他神经元相连接，它们通过化学物质相互传递信息。这套测绘程序叫作"多电极阵列(MEG)-皮层脑电图(EcoG)磁阵造影脑成像系统"，根据麦克斯韦方程，任何电流都会产生一个正交磁场，而它主要通过测绘脑内神经细胞脉冲电流产生的生物磁场，来推算大脑内部的神经电活动。用这样的方式来了解失语者是片面的，但我的通感单元建构工程能从中获得一些启发。

我感觉大脑皮层一阵酥麻,舌根似乎被针扎了一下,传来微苦的味道。日本国际电气通信基础技术研究所曾开发出了通过非侵入式测量的脑机接口,它将时间分辨能力高的脑磁和空间分辨能力高的核磁共振结合,达到该领域顶尖水平。井上由美主导了这个项目,此后不久,她便创立了拓维公司。失语者的出现,无疑给她的研究提供了绝妙素材,而她的野心绝不仅限于此。

初步测绘完成,一幅璀璨星图呈现在眼前,如果有人能读懂它,我相信他便知晓了宇宙的一些秘密。赵博士的眼神流露出一种教徒般的虔诚,跟当初的高维一样。

"天啊,她跟沈夏不一样,跟其他失语者都不一样,我从没见过这样的大脑。快,全部录入、建模!"井上由美抑制不住激动开始说日语。

"嗯,好!"

赵博士望向我,继而忙碌起来。我起身,静静注视着操作台上投射出的全息测绘脑图。这幅图没有所谓的边际,像一片汪洋大海,又像一篇永不完结的立体乐章。在虚空中,千亿带电神经元持续闪烁,通过各端的沟回桥梁将电信号释放,这使得每个功能区之间的壁垒正在渐渐打通、弥合。

如果上帝也会画画的话,那这幅伏藏在我脑中的画无疑出自他之手。超越画笔和线条的细密工整,点与阵的完美嵌合,在适当处稍稍留白,密布的生物电磁场宛若丛间惊鸟,被这难以言尽的美感激起,谱成一曲没有乐器能演奏的音乐，在恢弘如众神的英灵殿里，留下永恒的回音。

井上由美不停调整图像方位，无限拉伸或缩放，如同射电望远镜观测到的陌生星系，几秒之内，视域便从星系外围直逼到某个行星之上。那些平滑舒张的区域主管情感和认知，就像平原与海洋；那些深深的沟壑与回路渐次围绕，组成意识和记忆，就像森林与山脉；而那些头端薄壁的膨起部分，则用语言和学习与外界紧密沟通，就像城市与乡村。

"她的左右脑，竟然不是靠胼胝体来沟通，她应该随时可以把左脑关掉！用语言方式、用线性和规律来思考的左脑，关心着过去和未来。而用图像和运动形式来学习的右脑才是答案，右脑只关心眼前和此刻，将意识和现实经验相分离，外界的一切都以能量的形态流进感觉神经，然后在体内拼凑出当下的模样。气味、触感、声音种种，无不如此！"

"所以，失语者的秘密就在他们的右脑！"赵博士又看向我。

她说得没错。我现在可以有意识地关闭左脑，而靠右脑连接一切。我呆呆望着这幅三维图像，它像是静谧宇宙缓缓睁开的一只巨眼，悲悯地凝视着我。

光是这幅脑图，她便能把我列入最高等级的失语者之列。录入工作还未结束，接下来是不长不短的沉默。全球共享数据库就在隔壁。井上由美的神经通路并不容易被阅读，她不像其他人那样直接，过于精明、充满防备，这个世界给她灌入了太多冗杂的信息。

"你很快就能见到爸爸了，我会找人陪你一起去。"井上由美从激动情绪中抽离，表情似笑非笑。

在他们将这幅脑图上传共享之前，我被同意进入数据库。井上由美有最高权限，这是一个掌握中心所有进展的绝佳机会。不过，跟她的神经通路博弈花了我好些时间。

这里更像一个图书馆，只不过每层数据柜都由灰暗色金属制成，镜面操作台上方垂直悬挂着成像仪，四周不同的终端上有光点闪烁，仿佛盘旋在夜晚草丛间的萤火虫。这个空间保存着关于我们的一切，在同一天蒙受恩宠的人，那些面孔和人生在我脑海中越发清晰。此刻，脊椎上传来一阵神圣的战栗，提醒我该做点什么。赵博士正准备将脑图上传，在数据输入端口前，我挡住他的手。

我让他们睡了一觉，这里暂由我接管。我独自待了很久，像一个潜入洞穴的冥思者，浏览、下载、演算，直到一枚方形芯片被填满。我还在数据库里设置了一个"后门"，能让我在另一处路径端口上随时连接并操控这里，完成这些步骤需要不少时间。在他们醒来后，会忘记自己沉睡过。

井上由美依然会履行她的承诺，在那以后，我会给她一个答案。我同样也会给沈夏一个，他现在正在这栋大楼里接受军事训练，以便今后更好地领导失语者。

安全离开后，我并未停止回想。

太平洋的四个大陆小岛位于中部偏西的海域，在地理分布上相隔不算太远。他们已经开始在那里建设学校了，似乎笃信全民公投的结果会如他们的设想。联合国召开过很多次关于失语者决策的联席会议，不少保护派成员来自科学界，虽然他们还在发展壮大，可掌握话语权的依然是那些沙文主义者。

保护派中有科学家提出，造访地球的那场神秘光雨，很有可能是来自一千多光年外被命名为 KIC 8462852 的恒星产生的虹光闪烁现象，这证明存在一个环状行星，掠过恒星前的不规则运行轨迹使其亮度降低了 15%。有一种观点认为，这颗恒星表面可能存在"外星人建筑"，或许是用于开采恒星能的"戴森球"。保护派进一步推论，如果存在高级外星文明向地球发出信息的可能，可联络方式并非是熟知的电磁波，那有可能是引力波或中微子，因此人类暂时无法有效监测，但并不排除虹光闪烁携带着一些未知宇宙辐射能量，这也许是赋予我们四语能力的关键。

关于起源，尽管还停留在猜想，却有种见惑思惑的通透。我相信，在一切结束后，我们会更接近那个起源。

至少现在，比起第一次看到失语者名录时，可供解读的坐标系更加完整。此刻，我从飞机窗口望出去，机翼之下，这座海边城市被密布的灯光勾勒出影影绰绰的轮廓，像是倒影在海岛上的澄亮星空。虽然那些星星不在视线内，但我感觉它想要透露的秘密就在头顶，仿佛触手可及。

当飞机升至同温层后，我感知到一股高频段电波，那是一颗承担航天飞机通信和数据传输中继业务的人造卫星，它把地面的测控站升高到了地球静止卫星轨道高度，可居高临下地观测到在近地空间内运行的大部分航天器。这给了我灵感,我的通感单元工程兴许能仿照这样的结构,将风语者的脑电波信号覆盖到所有失语者的信道,相当于没有界限的连接。

去爸爸家的路上,我继续在脑海中进行建构工程。

当车辆接近那栋公寓时,我发现窗外的风中有一丝不安分的跃动。在三个街区后有一辆车跟着我们,是陈以然和阿凯。我嘴角不经意间露出笑容。

天气很好,比起爸爸离开的下雨天,今天的阳光似乎带着某种暗示,毫不偏心地倾洒下来。街区的人不多,治安官的出现,还是让他们收起目光、加快了脚步。我站在草坪边,默数着风中的节拍。

陈以然的车停在路口。阿凯向我飞奔过来,像一颗流星,我冲上前紧紧抱住他,他眼神中带着责备和思念,我将头埋在他的肩膀里,像是埋进一片柔软的海洋。

治安官面面相觑,掏出便携式电磁力场枪,陈以然没用几下便将他们制服了。我点头对陈以然表示感激,他还是那般昂藏,没有多余表情,食指扶了下眼镜,示意我去敲门。

我和爸爸都是习惯逃避的人,逃进雨里或别的地方,但现在我不再害怕会让他失望。阿凯和陈以然站在身后,像两片护甲,我知道他们还有很多话想问,但这一刻,他们会安静陪我度过。

开门的是个十岁左右的男孩,是那个新男孩,我见过。那时他才一岁多,现在已经长到我胸口这么高了,我对他笑了笑。他眼睛很大,肉肉的小脸上印着两个酒窝,他小嘴上翘,盯着我,又探出身子看向我身后的他们,小眼睛转了转,回忆是否见过眼前的陌生人,"你们找谁?"

你爸爸。我嘴唇开合,拼出简单的口型,他能懂。男孩一溜烟跑进屋里,随后,爸爸走出来看见我们,略带惊喜和担忧。我们的交流以断断续续的沉默为主,他能看懂一点手语。

客厅的全息墙面弹出一些新闻窗口,把沉默的时间拉长——"失语者破坏公共安全事件还在各地上演""失语者管理法案全民公投在即,你是否支持他们迁离大陆?""失语者是本世纪以来最大的全球性政治难题"……

爸爸慌乱关掉那些窗口,举起杯子将水灌入喉咙,他的喉结上下起伏,发出微弱的颤音,"见雨,不如你在这里住一段时间,那个公投不会……"

爸爸,不用担心我。

阿凯将杯里的水搅起一阵微缩水龙卷,逗得男孩开心大笑,他又把水泼向空中,右手一挥,水滴全都凝结成冰块,捧在手心递给他,像一颗颗钻石。

我们该走了。

爸爸点头,他现在知道我们有能力保护自己。离开前,我看到电子相册里的她,短发、皮肤很白、笑起来眼睛眯成一条线,那男孩跟她很像。爸爸在门前停下脚步,欲言又止,落在我身上的目光转而又收回。

他想说,对不起。

门关上了。几秒后,身后响起他指节轻轻叩门的声音,"嘀嘀,嘀嗒,嘀嗒嘀嘀……"

"叔叔在里面敲门?"阿凯问。

爸爸敲完最后一个音之前,我的眼泪忍不住攀上眼眶。

.. .-.. --- ……. .-.- --- ..-

"见雨,你知道'我爱你'怎么说吗?"五岁时的某天,爸爸问我。

"我—爱—你——"爸爸的脸部肌肉扩展到最大弧度,一字一字从嘴里吐出来,像是慢动作。我学着他的嘴型,努力发出声音,但却不能。

他挠了挠头,"见雨,我再教你一句,一定要记得啊。"

他弯曲双指叩在桌上,指节发白。嘀嘀,嘀嗒,嘀嗒嘀嘀,嗒嗒嗒。

"这是摩斯密码的'我爱你',我们的暗号,好吗?"

我点头,笨拙地模仿他的节奏敲桌子,一下、两下,乱了,再来。

阳光很刺眼,眼泪很快会被蒸发掉。

"该回家了。"陈以然说。

"我还得回去,有个风语者背叛了我们,还有很多事要做,他们不好对付。"

"你应该知道,你从来都不是一个人。"

"对不起,我没和你们商量。"

"我们之间不用说对不起。"

陈以然双手背在身后,经过两个晕倒的治安官身旁。"你需要去见一个人,至于他们,只是浪费一点时间再去抓你。很快,一切都会结束。"

他总让我安心。上车前,我转过身,深吸一口气,一个小小的力场在我手中展开,它渐渐变大,悬浮在手掌间。然后继续膨胀,像宇宙一样,这个空泡的边缘覆满带电粒子流,而这些素材都来自空气中的磁波,我只是将其改造成一个透明力场。当它膨胀到足以盖住爸爸那间房子后,我放心离开,一段时间内,没人能伤害他们。

再见了,爸爸,下次我会记得带礼物。

8

再次回到基地,伙伴们为我准备了丰盛的晚餐,快乐如同一个膨胀的气球在我心口炸开。我们分享了一切,包括从拓维带回来的那枚芯片。关于保护派,陈以然显然知道更多,他的爷爷陈思尔是物理学家,也是保护派成员之一。关于失语者的自由,他的思考不比我们少。在我被中心带走后,是保护派的几位博士将信息传达给了他。

在全息视讯里见到他时,我明白陈以然给人的安全感是从谁那里继承的。陈思尔博士更像是寓言故事里的智者,眼神藏着洞察一切的光芒。我们的交流免去了多余的部分,直达核心。

"见雨,我几乎和你们感同身受。关于这份礼物,我相信是来自头顶那片星空呢。失语节不久前的虹光闪烁,实际上在公元前600年也有出现过,它降临的地区集中在北纬30度上下,在那个被称为人类文明的'轴心时代'里,各个文明都出现了伟大的精神导师——古希腊的苏格拉底、柏拉图、亚里士多德,以色列的犹太先知们,古印度的悉达多,中国的孔子、老子,他们相隔万水千山,提出的思想却有很多相通之处。而失语者的地域分布也集中在北纬 25～35 度之间,虽然时间上更加集中,但在我们看来,并不是巧合。"

"可是,那些哲人并没有失去什么。"

"那次虹光闪烁可能只是对他们的大脑生物电进行了微小调校,即使这样,就足以让人类文明走出蛮荒。而这次,它选中了更多年轻的、纯粹的、易连接的大脑,通过转换恒星能发送四维光波束,以超越极限的速度到达三维地球后,光波束展开为高能中微子,关闭了你们脑神经中的语言通路。随之而来的是,所有通路打开,你们肩负着更伟大的使命。这也是保护派坚信的。"

我在拓维数据库看过虹光闪烁的负片测像记录,那些光束呈现在底片般的背景上,光从不可视的波段中跳脱出来,仿佛一条幽灵般的巨蛇,模仿极光在大气层上闪射、舞动,然后将耀眼的虹辉垂直洒向地面,大地瞬间成了托住无数光柱的圣殿。但肉眼分辨不出那光柱绝对真实的颜色,也看不见形状,更没有一丝声音,像是蒙住了我们的眼耳鼻,在大地上留下一些途经过的痕迹,接着又向地球外溢去。

宛若神启。我感到心室传来一股震颤,望向身后的伙伴,在那一双双眼睛里,我看到了未来。

"发出虹光闪烁的恒星,那里有别的生命?它们的目的是什么?而您,好像能提前预知这一切。"

陈思尔眼中透出一丝亮光,呢喃着,"灵魂游舞者……"

"什么?"

"事实和猜想之间存在一些鸿沟,如果真的有高级智慧文明,我想,它们会再次传来信息。不过,宇宙始终能量守恒、自负盈亏呐!当你们尽可能地去发现自身,这个目的会主动找到你。"

从他的眼神中我感知到,关于他自己,关于那颗恒星孕育的生命,在那以后,我们将知道更多。"接下来,我们该怎么做?"

"我相信你已经有答案了,我尽全力来帮你们。"

"您现在在哪儿?"

"不用担心,我们很快会见面。"

阿凯牵住我的手,还有陈以然、顾向东、杨烈雪、胡冉、韩严、韩跃……在我身边的同伴们,一起上前,我们互相凝视,在彼此眼中看到自己。

"愿你思如大海。"陈以然说。

"你收到了?可那是我在离这里很远的海边留下的。"

"有些信息能超越物理空间,就像……"

"量子纠缠?"

"先来看看这个。"

在地下基地的实验室里,我看到了那些透明晶体颗粒,它们很细微,呈不规则形状,被放在实验箱中,周围缠绕着线圈和电极。"这是?"

"这是一种特殊的超磁感晶体,这种天然晶体能感应到高频信号,能从众多的电波中选择所需的信号进行放大，体积小却具有很高的感应电动势。而我们的脑电波，脑神经元连续的自发节律性放电，完全能通过这种介质得到放大。把它们聚集在一起，再联结成阻容耦合电路和共模驱动电路，通过高通滤波构成放大电路，而我们脑电波可供放大的倍数，则取决于晶体数量的多少。"

我看着它们，宛若凝视天上的星辰，"它能让我们……"

"连接。"陈以然用手指卷起一股风送到我面前。

"高维呢？"我注意到很久没有信息弹出的通信手环，某种意义上，她是第一个帮助我们连接的人。

陈以然沉默了，阿凯也是。阿凯递给我一副眼镜，是高维的。当我指尖触碰到它的那一刻，无数碎片涌向我的感知皮层，内脏如狂浪翻涌，一种不知从何处生起的疼痛感扭曲着神经。他们从我的反应中解读出，我已经能从一件物品上，接收到来自它主人的信息。

高维死了，跟沈夏有关，井上由美为了掌握我的行踪，调查了每一个跟我接触过的人。在他们找到高维时，确认她曾经帮我出逃，还隐藏了很多关键信息，她是保护派中的保护派。审问对她没有任何用处，在一群治安官面前，她始终保持缄默。在治安官的视域里，指挥官沈夏脸上浮起一丝决绝的表情，然后勾勾手指，他们便领悟接下来该怎么做，是那把电磁力场枪要了她的命。

应该有一阵风，像音乐一样温柔地弯下身，拥抱她跌倒的身体。在生命力远离她的肉身时，它会像一位老友陪伴着她到最后，她触摸过的，这风同她一起触摸，在她最终跌下去时，风又变成海洋，包容了她身上某种只有 21 克重的东西。

然而并没有，她逐渐平息的疼痛依然悬在半空，像海潮一样在我的动脉壁上涌动，那痛感如锋利的荆棘钻入心脏，只要心跳还在继续，刺痛便不会停止。

我整夜没睡，眼泪没有用处，我们都明白现在不是悼念的时候。我面对墙壁，盘腿而坐，思维穿过地、穿过风，穿过遥远的水与火。在破晓前的至暗时刻，我感觉自己身处一个温柔、清明的果园里，被掉落的觉醒之椰砸中、棒喝。

高维让我明白，我曾经缺失的勇气可以从哪儿寻回。那些失声之久之轻，却在一刹那让我沉痛又激越。我想寻一条新途，像瀑布无惧断落，我想，这短暂的思考里，有我长久的愿力。

通感单元的建构工程被读档，我从窗户往外看，院落将夜空合围成四方，有一颗启明星独自闪耀着，我将那些安放在头脑宫殿各处的数据和向量移到夜空中，进行更广阔的演算。这模型里缺漏的部分，是一个常数，一个算法，一种难以被言诠的东西，或许是爱、是勇气。

我知道要给沈夏的答案是什么了。

清晨之前，我们四五十人继续分享知识，第一个通感单元即将诞生。

林间的雾还未退散，陈以然带领我们朝山顶走去，那儿有一处信号传输基站，也是陈思尔建的。在我的建议下，它被命名为"高维基站"。不远处，一个如莲花台般的巨塔从薄雾中浮现，基座内壁镶满了超磁感晶体，它们正合力捕捉周围的每一束电波信号。

我们抬头仰望，这座塔让人心生敬畏。互相咬合的机械花瓣次第打开，伴随着引擎启动的轰鸣，一道蓝色电离束垂直于基座中心，射向薄雾渐渐消散的天空。

我们站在莲台下方，围成一圈、手牵着手，各自发出同频脑波。超磁感晶体迅速撒下大网，风语者作为巨网的桥接点，开始率先调整神经通路，在建构模型的指引下，我们的神经元突触自动排成点阵序列，与其他失语者的脑电磁场做接驳，一个、两个、三个……没有一种网络拓扑结构能解释我们这样的连接模式，我们变成了模因网中跃动的字节，量子和比特互相嵌合，不留一丝缝隙。

我们是终端，亦是一切的源头。太阳高照，一组通感单元已经形成，整个过程像是古老而庄严的仪式，我们在地与水与火与风的注视下，完成了连接。

愿你思如大海。所有人同时说。这声音，在无限反射的镜面中回响，永不消散。

夜晚来临，我们围着篝火庆祝。橙黄的光映在阿凯侧脸上，我感到安心。火语者将燃烧的火焰变幻成各种形状，像红萤、像流星、像万物。我们一起将清澈的水洒向大地和空中，以此作为对高维的告别。有风起，细而凉，银河远远来到跟前，还有山林中的蝉鸣和蛙叫，此刻，我们期待黎明永不降临。

距离全民公投日不到一周。

关于失语者的新闻准点投送到每个信息终端，语言充满煽动性；

街上有游行队伍举着横幅，要求将我们流放到荒岛；井上由美发了疯一般寻找我，丢失一个重要筹码将影响她的计划；中心几位主席轮番发表演讲，争取公民手中神圣的一票；保护派也在秘密组建力量，迎接最后时刻的到来；而爸爸会告诉妈妈我的近况，然后各自祈祷。

在莲花巨塔的帮助下，我们能定位并连接上全球各地的风语者。我们同时跟几千人沟通，将那份脑图以及通感单元的模型分享出去。他们欣喜若狂，接着，各自连接地语者、水语者和火语者。

对于沈夏，我想好了。在"高维基站"下，我将高维临死前的感受压缩成一个感知模块，然后通由脑电波信道精准传输到他的神经突触上，并且关闭他调节疼痛反应的接口。他会在一段时间内反复感受高维的痛苦，这种痛苦包含肉体和精神两个层面。他会明白，对外部世界所做的一切最终会回到自己身上。

"对不起，你会明白我。"我在感知模块里留下一句赠语。

连接还在继续。

我听陈以然提过，曼彻斯特大学曾研究出一台能模拟大脑神经元活动的计算机 sipNNaker，通感单元数学模型的关键，就在于 sipNNaker 对基底神经节的模拟研究成果。这一次，不是计算机来模拟我们，而是我们去模拟计算机的矩阵演算模式。

我们的大脑互相连接，组成一台拥有一百万个处理器核心和一千二百块互连电路板的神经形态计算机。一共有三十万失语者，我们就此模拟成三十万个核心处理器来模拟神经元活动，同时执行二百万亿次级别的运算。在人类大脑中，一千亿个神经元同时放电，并向数千个目标神经元发送信号，在此基础上，每个核心处理器又是一个独立的信号传输系统。

因此，通感单元能架构支持处理器之间的特别通信。如同数不清的星系聚合在一起，成为一个坚不可摧的整体，而每个星系又是一个独立的天体运行系统。通感单元还将呈指数级扩大，来自全球的失语者很快做出了回应。

连接。连接。连接。连接。

……

9

这场盛大的仪式始于凌晨。日出之前，夜幕承担了隐喻的职责。

我们再次聚集在莲花巨塔下，大脑各区的壁垒全部打通，无数束脑电波汇聚在巨塔的蓝焰中心，以光速向外飞射，接着展开各自的独立信道，宛若一颗正在爆发的超新星，将携带无限信息的原生原子撒向宇宙深处。

澳大利亚、日本、法国、希腊、尼泊尔……失语者静默地站立，微闭着双眼，仰起头像是迎接快要落空的吻。我们调节脑电波传输接口，接收由风语者作为信使传来的消息。恒温层飘满了跃动的磁场，我们像无数兴奋的高能电子，在整个宇宙空间里横冲直撞。

通感单元变成分形几何式的矩阵结构，像城墙上的烽火，被逐一点亮，每一根带电神经元将信号传递，如细胞分裂，如宇宙膨胀。似乎冥冥之中有双巨手,拨动了宇宙中心的琴弦,音波荡漾开去,光速跃迁到我们面前,让乍泄的觉醒之流冲垮名叫"自我"的堤坝。

世界不过是地与水与火与风的容器,我们也一样。但最终,这晦涩的容器不是我,能被定义的不是我,我也不是我。他们是我,他们每个人都是我,而我也同样是他们。我们的人生似乎都在等待这顿悟的时刻。

此时,我们的左右脑被雕琢成曼陀罗坛城的彩色沙画,自由而庄严。我们可以进到右脑意识里,身体则成了意识的单人囚房,此时的我们成功越狱,由五千兆个精妙细胞组成的生命体与万物合为一体,我们时刻能见到宇宙与自身能量产生的生动、和谐的运作。

我们感受不到自己身体的范围,它是浩瀚的,如果再把这个巨大的自己,压缩回小小的身体里,我们会窒息。

每个失语者都能随时进入这个空间,成为彼此思维的触角,凭借地与水与火与风,超越物理空间而即时感知对方生命的律动,像妈妈和我的心灵感应一样。当然,我们也可以随时进入左脑意识,重新变回独立个体,在需要时树立起边界,不再与周围世界发生微妙联系。在任何时间、地点,我们都有能力去选择,这一刻我们要成为什么样的人。

安静许久,数千公里外,一个风语者男孩传来一句话:"我们,现在是什么?"

有人回答:"场。"

当我睁开眼,又有风起,细而凉,像梦的柔,像蒙面的羞。一种觉空赤裸的智识如海潮拍打在胸口，心里住着的那只细嗅蔷薇的猛虎，也从无处栖息的虚空，降落在这片觉性大海之上。

各个通感单元最终形成一个场，统一的思维场。

接下来是一场盛宴。无数条思维波在各自信道中穿梭，交流悄无声息，我们一秒之内得同时处理上万条信息。问候、分享、感叹，我们作为联合体，驰骋在星际间的超光速航道上。

有个棕色皮肤的混血少女说："曾经有位伟大的中国科幻作家把宇宙比作一位瘫痪的病人，而现在，他的一根手指头已经有知觉了！"

几万人对她的观点表示赞同。

"或许有一天，这个病人会痊愈呢。"我说。

"终于，自由了。"阿凯把侧脸留给我，嘴角扬起弧度。

是啊，自由。用彼此的眼睛去看、耳朵去听，用同一个意识去感受，同一种频率产生共鸣，没人想到我们可以这么做。

从前，我们只是路过万物，像一阵风吹过，万物对我们缄默，仿佛有种默契，视我们半是耻辱，半是难以言喻的希望。那个老造物主曾缓缓张嘴，问我们，痛不痛？我们站直了身子，拍着胸脯说，不痛。而现在，我想起一句话——"我与世界相遇，我自与世界相识，我自不辱使命，使我与众生相聚。"

"接下来我们还有很多事要做。"陈以然在风里的语气像极了高维，我想起了她，三十万失语者都想起了她，我们的心脏同时微微抽搐。

在跳回左脑意识之前，所有人给予彼此祝福——愿你思如大海。

新时代要来了，思维场将我们对自身的理解引入更深的层次，在继续探索之前，我们必须同管理中心做最后一次交涉，以整体的身份。并且，我想送给他们的礼物，也准备好了。

全民公投前夜，我切断了拓维大厦的共享数据库。联合国发布公投声明，秘书长布莱德利的肉脸挤满了这世界上所有屏幕。在他翻动厚厚的嘴唇之前，视频传输信号瞬间被切断，所有视讯频道、流媒体网络、终端屏幕、个人增强视域全都暗下来。几秒后，画面重新闪动，接着，字母一个个跳动着，伴随着鼓点的节奏。

R、E、V、O、L、U、T、I、O、N。

革命。是我要给井上由美的答案。

联合国会场、纽约时代广场、东京、香港、巴黎……人们在街头，在客厅沙发上，在喧嚣的酒吧中，在前往终点的路上，这个单词一遍又一遍，在他们眼前跃动。

然后，一张脸出现在所有人的视界里，那是三十万张失语者的脸拼凑在一起，形成了一个每分每秒都在变动的形象，是我们每个人的脸，跟他们慢慢述说。那个声音经由程序精准调校，听上去像一个天使。

后来，他们把今天的话称为《失语者宣言》。

"我们的大脑先于身体长大成人，这场革命源于对自身的进化，而不是依靠反抗或掠夺，这是人类文明有史以来的第一次。我们的失语不是病症，而是一种馈赠，很遗憾，有人误解了这一点。失语节之前，我们对照着去看世界是什么样子，在那之后，整个世界随时都在告诉我们它是什么样子。就是这样简单。

"从自然中习得知识,并与之沟通,是一种古老的本能,地、水、火、风,成为我们的桥梁,这些元素早在亿万年前就存在于宇宙和我们的身体。当我们不能发出声音时,所想和所言之间却渐渐弥合,思维跳脱语言的框架,处于没有界限的浩瀚宇宙中,进化随之产生。

"不得不承认,站在人群面前需要勇气,而勇气感召魔力。勇气最根本的一面是不要假象,同时又对彼此带着无限善意与关怀。你可能会疑惑这如何带来魔力?你眼中的魔力是指可以征服元素,将土变为火,将火变为水,或是可以不受重力的束缚而飞翔。而真正的魔力是真相的魔力,如实,土中之土,水中之水,和元素不断沟通,在某种意义上它们成为自身的一部分。当你发展出勇气,就可以和组成存在的元素特性发生连接。勇气开始提升你的存在,焕发出你周遭和你本身那真实,多么精彩的特质!

"你现在在爱人、父母、孩子身旁,你在想过去和未来,在想如何抓紧拥有的,又如何避免失去。你会失望,因为当代世界的一切都被设计成让我们彼此疏离。所以你忘记了现在,最接近本质的当下。

"从出生到死亡,我们与他人紧紧相连,我们的每个念头都与宇宙息息相关。如果你相信这一点,那是时候做出改变了。这个改变,可以从对我们的称呼开始。"

我们适时地停顿,人们的第一个疑问是:你们是谁?

"超语者。"我们说。

10

交流本该到此结束，但是，我想在此刻打开这份准备已久的礼物。

Om

aā— iī— uū— rīrī— lilī— eai— oau—

aṃ aḥ

Kakhagaghana cachajajhaña ṭaṭhaḍaḍhaṇa

Tathadadhana paphababhama yar al ava

saṣasahakṣa

依然是天使般的声音，所有人都听到了。

这份礼物，是一种语言，我设计已久的语言。一个 Om（嗡）音为开头，曾有毕达哥斯拉主义者认为，Om 音是圆的旋律，吟唱便能从中吸取能量，而在射电望远镜探向宇宙深处时，收到的声音也是 Om 音，天文学家称其为宇宙微波背景，是大爆炸之后持续到现在的回响，它代表着宇宙的起点、进入实相世界的入口。然后，这套语言的主体部分由七个元音字母和辅音字母组成，在此基础上，能发展出一套独立且完整的全息语言系统，这意味着每个单字都能代表全部的语言。

我们使用的地语、水语、火语、风语，在这个系统里应被叫作"超语 A"，而这份礼物则是"超语 B"。或者说，思维本身成了一种语言，而两者互为对方思维的映射。

"超语B"的发声部位跟地球人类语言都不同，对超语者来说，"超语B"是让其他人跟我们连接的桥梁，这便是这份礼物的意义所在。他们需要花一些时间练习，我相信爸爸和妈妈一定会很努力，因为，这七个字能打破我们之间所有隔阂。

"超语B"符合数学理论的"信息论"，也符合齐夫定律的特殊范式。齐夫定律反映了语言在复杂和简单间巧妙的平衡，展示了语言的语法——一种始终如一的组织文字顺序的方式，用简单常见的词——冠词、代词、介词，搭起语言的脚手架，然后用更具体的词汇令之生色。

它还有一样名为"条件概率"的属性，外星生命也可能显示类似的语言模式，以克服宇宙中的干扰，这就是使用它的人可以量化的部分。通过"信息论"的数学方法，可以计算出语言中熵的数量级，一个信号中熵的数量级越高，就意味着这种语言更加智能。

至关重要的一点在于，"超语B"能在人的左右脑中产生不同的映射，也就是说，这是一把能随时打开左脑或右脑意识之门的钥匙。当人们能够熟练使用它时，便能超越物理空间，感受到说着同样语言的人的所思、所感，和我们一样。

"万物一体呵……我以前还喝过呢。"后来，陈思尔博士告诉我，那一刻，他首先想到的是在家乡喝过的一杯酒，那杯特调酒就叫作"万物一体"。在他年轻时，喝完它之后，他遇到了一个人，也迎来了生命中最重要的时刻。

该结束了。超语者从屏幕消失,所有信号恢复正常。十几秒后,一个选择界面弹出在他们的增强视域里,蓝色和红色的按钮。有人选择让我们离开,有人选择让我们回家,但更多人没有按下按钮,他们认为选择权在我们自己手上。

这是地球上最漫长的一个夜晚。

我们继续忙碌着,意识还在深入。与此同时,我们开始基于逻辑、情感、伦理等要素对未来人类社会进行推演,建立了一门崭新学科——"未来学"。当部分人类成为整体时,科学、哲学、艺术,各类学科研究彼此并入。基础理论也以更快速度发展,而每一项新发现不再需要传播,技能与知识的传承也一样,将沿着脑电波信号伏藏在我们的统一思维场里。随着共情力的提高,很多东西会消亡,比如战争。

大多数超语者提出,我们应该在一起,未来还有很多事要做。

"不如就在那四座小岛吧,那儿靠近大海。"有人说。

"好。"

一种即将归乡的甜美涤荡身心,很快,各地超语者踏上了回家的路。似乎有一个充满魔力的声音,指引我们跨过森林与山脉,路过城市与乡村,就像在说:"来,到银河系的中心来。"

地之岛,水之岛,火之岛,风之岛。

几月后,我们见到了彼此,那是一张张年轻的面庞,是那幅浩瀚云图,想到他们和我仰望着同一条星河,被同一个太阳照耀,简直让人高兴得落泪。那些我坚信却又令我时常陷入自我怀疑的东西,原来并不虚无,单纯如一个信念,跟妈妈当初相信我会好起来一样。

我见到了陈思尔博士,他和陈以然一样喜欢把手背在身后。"欢迎回家",第一眼看到我们时,他的笑容像是见到了久违的好友。他还准备了很多故事,在往后的日子里,会慢慢讲给我们听。

有段时间,布莱德利势力正在扩大核武器储备,还派出了舰队驶向南太平洋海域,在四座小岛附近巡视但没有靠近。很久,他们都捕捉不到有价值的信息,因为在舰队来之前,我们在岛上升起了一个坚不可摧的屏障力场,在他们下次以更友善的方式来拜访时,我们才会像对待客人那样,打开灯塔,燃起烟花。

沈夏就在某艘舰上,像一只远离鱼群的游鲱。

"等你回家。"我卷起一阵海浪。

很快,外面世界出现了第一个使用"超语B"的人,我仿佛看到未来。就像一百多年前,我们还活在一个经典宇宙里,随后,量子理论的出现,让我们必须适应新宇宙。曾有物理学家构想出复杂的哲学理论来讨论量子纠缠的内涵,这要求把纠缠的离奇性和更实际的相对论时空观统一起来。

悟道中的爱因斯坦从未放弃万有理论。

当越来越多的人学会"超语B",原先经典物理学所诠释的世界,现在用量子物理才能解释其一。超语者在继续,思维场开始形成自身对万物的深度理解,意念加速度使人体出现强大的"自我感应效应",当这种链式反应拓展到一个集群,科技的飞跃进步便成了超语者进化的附属品。

"未来学"推演结果表明,空间站上的强子对撞机很快可以证实,意识可被当作一种物质,像庄严的虚拟粒子云团;更多宇宙飞行器离开太阳系,在虫洞附近逗留时,逃逸速度有望达到光速的 2.5 倍,因为不同维次间量子的相互作用就接近这样的速度;接着,超弦理论将得到证实,高维宇宙曾经坍缩的证据会被探测器捕捉;暗物质的秘密最终会被揭开,意识和宇宙场的连接几乎能呈一种正相干状态……

在这背后,大统一方程式将掀开神秘面纱。

这个老宇宙曾经对人类三缄其口的秘密,很快就要对我们耳语。实际上,在无数规律背后,"超语"只是消磨掉了语言中的"能指"和"所指",远离二边戏论,越过表达,与万事万物的本质丝丝入扣地对应着。

比如"我爱你","我"是"能爱"的本体,"你"是"所爱"的对境。所以,在我们说"我爱你"的时候,实际上,只有"爱"。

爱本身成为一种语言。就像,宇宙的终极,是宇宙本身。

只是爱。只有爱。这就是答案。我们失去语言的答案。

妈妈要来了,她收到我的邀请,终于能用"超语"回应。当我再次见到她,天空中飘着小雨,像是复刻了梦里的场景。她长长的头发被风吹起,有些湿润,我奔向她怀里,身上还是那股超新星爆发的好闻味道。

"见雨,妈妈来晚了。"她还说了很多,即使句法有些生涩。

盐里一定有某种神圣之物,它在我们的眼睛里,在雨里,也在大海里。

海岛上的星空澄亮、清明,不知从何时,仰望星空和等待日出,成了超语者的仪式。一些时候,我们就那样站着,站在天幕下,宇宙的秘密仿佛伸手可及。

"茫乎天运,窅尔神化,"陈思尔指了指夜空,用"超语"说,"看,那颗恒星,她孕育的生命……"

"灵魂游舞者?"我问他。

"对,她给了你们礼物,而你们又把这礼物送给所有人,就像几十年前我和她喝过的那杯酒,也算是一种礼物吧。"

"'万物一体'?我也想喝一杯呢。"陈以然站在爷爷身后,目光越过他的肩膀,落在海面上。

"还有一首歌,一首叫《荧惑》的歌……"陈思尔说完,轻轻哼唱起来。

不时有一两颗星刺入银河,星尾摇曳着或白或黄的光,整个夜幕都晃动了一下似的,群星也跟着发出动荡的光和热。妈妈在我身边,阿凯在我身后,我们站在小岛的高地,抬起头,海与天失去了彼此的参照,我们仿佛是向下俯瞰星空。

起伏的海浪声像银河哗啦一下倾泻下来,如妈妈希望的那样,我终于从一滴雨里看到了整个大海。我们闭上眼睛,细细听着光年之外那颗恒星的回音,那浩瀚空灵的声音,跟宇宙一样无远弗届。

11

多年以后，我们在这岛上看过了无数次日出和星空。我们会在这儿建立起全新的超语者文明，继续等待更多人加入这宏大的语言之中。我们不会停止用思维场去连接宇宙和一切，然后耐心等待，等待两束距离数千光年的信号在宇宙中相交。

它们来自宇宙深处，向着更深处而去，而我们的路，又何尝不是如此。当我们向宇宙中遥望得越远，同时也向内心挖掘得更深，当两条分开的探索之路合二为一，我们便拥有了整个世界，一个充满魔力的世界。

岛上刚刚破晓，海潮澎湃如昨。

此时此刻，阿凯紧靠着我，右手搭在我肩上，他望向大海，依然把侧脸留给我。我怀里抱着她，一个漂亮的女婴。日出的光辉在她瞳孔中闪耀，我轻轻吻上她的额头。

我知道，我们不用再说我爱你。在超语里，没有我，没有你，只有爱。可我还是忍不住翻动那波浪，为她送上一句祝福。她的小手指也微微卷曲，一阵浪潮翻滚而至——

愿你思如大海。

重庆提喻法

重庆,已经不是原来的重庆了。

当我看到这句话的时候,我正在想该如何度过这糟糕的一天。传统媒体落幕的速度比大多数人想象的都快,《重庆时报》在最后一版刊登了一封言辞恳切的信,有点像不舍离开舞台的演员,唱出一个略带埋怨的尾音。我的记者生涯也就此告一段落。然而,在最后一天,电脑上弹出的信息,让这个告别日变得离奇起来。

这是一封奇怪的邮件,比起告别信,它更像是一首诗、一些不知所云的闲篇,似乎好心提醒你不要变得跟写信人一样。现实世界给你制造诸多困境,最明智的方法就是暂时远离这世界,特别是在像立体迷宫一样的重庆。

这是我从信中诸多华丽的比喻中解读出来的一小部分。

邮件最后一句,又有点像一篇侦探小说的开头——"他们都希望我死了,你也是吗?"

他是谁?落款没有留下姓名。希望他死了的他们又是谁?最关键的是,这一切是如何跟我扯上关联的?

办公室的电器一个接一个被关掉,像是失去光亮的群星。直到头顶的灯光暗下来,我才意识到,该走了。

编辑老李抱着箱子挤进电梯,问我也问其他人:"接下来咋打算呢?"

顺其自然,似乎是最好的答案,大方得体且能终止对方的盘问。

跟他们不同的是,我还带走了一个谜,一个暂且看不到来路和去路的谜,在谢幕前的最后一秒,它以恩客的姿态从天而降。非要用比喻的话,它就像一个彩蛋或是一张地图,把我从暂时的伤感和沮丧中拽出来,随手抛给我下一个目标所在。

重庆的太阳明晃晃,压得人抬不起头。

天气炎热得能融化一切,空气潮湿而黏腻,在皮肤裹上一层让人无法呼吸的膜。接下来的几天,我窝在房间跟空调相依为命。

我已经能把那封信背下来了,短短几百字,没有任何时间、地点、人物的提示,除了知道那人跟我生活的城市有密切关联之外,其余一无所获。

"你也是吗?"这句话像是"顺其自然"的一种变形,作为文章最末或对话结束时一个漂亮的收尾。我不知为何如此在意，或许，秘密，在平庸生活里总是稀缺的。

但很快，我又对自己的自作多情感到羞耻，这可能是一封发错地址的邮件，或仅仅是一个无聊的恶作剧。

我就这样跟夏天僵持着，直到她再次联系我。我都快忘记了，自己是如何失去她的。

阿棠跟我是一年前分手的，那个夏天热得让人想哭。她寄给我一个包裹，里面全都是刊登过我文章的《重庆时报》，她在报纸缝隙上写道："我搬家了，无意间找到你的东西，就全部寄还给你，祝好。"她甚至都懒得用一张新的纸来写下这些话。

我重新翻看那些文章，似乎能在黑色铅字上找到她目光停留过的痕迹，有种跟她重新对视的错觉。

在 2017 年 10 月 8 日的报纸上，我看到一篇报道。三年前，我曾注意到一部在重庆拍摄的老电影，跑了好多资料馆才找到尘封的胶片。我花了几个月时间查资料、做研究，写了起码三万字的笔记和评论，提交给报社的文字报道也有两千多字。我当时认为这是个独家，那个电影男演员身上藏着一个不为人知的重庆，可最后报纸发出来只有一个豆腐块。

后来，我把关于这部电影的文章全都匿名放到网上，有不少人知道了他，这位民国时代的男演员、导演——封浪，名字里都带着一种江湖气质。他出生地不详，来自动荡的北平或是十里洋场，是国内第一批出国留学的知识分子，后来在战时来到重庆。

拍电影对他来说是一件机缘巧合的事，或者说是一种注定。

重庆，已经不是原来的重庆了。

这是一句台词，来自封浪拍摄于1945年的黑白默片《坍缩前夜》，片长四十分钟。由于年代太过久远，破损的胶片中只留下二十分钟左右的内容。《坍缩前夜》虽然没有对白和复杂场景，但我感觉它更像是一部带着喜剧色彩的科幻片。

封浪在电影里饰演一位科学家，前半部分是他在地下基地做实验的画面，墙上挂着一个巨大时钟，中间是一个类似反应堆的装置。他摆弄着各种工具和图纸，动作夸张、表情滑稽。没多久，实验室进来了几位衣着破旧的难民，有母子、有夫妻。封浪让他们站到那个装置上，围成一圈。他按下一个按钮，一束强光从装置上方射下来，一瞬间，他们竟然全都消失了。

接着，几个日本兵闯进来，像是在找谁，封浪举起双手表示自己没看到。张牙舞爪的日本兵还是把他抓了起来，离开前，他盯着那个装置说了一句话，像是在自言自语。这句无声的台词在字幕上停留了整整十秒——"重庆，已经不是原来的重庆了。"

画面在这里戛然而止，后半部分的胶片完全损坏了。我对故事结局有过不少猜想，科学家绝地反击，更多难民被拯救，战争提前结束……当然，是大圆满结局的可能性比较大，因为电影本该如此。

除了类型上的独特，最吸引我的还是封浪本人。他是这部电影的演员兼导演。当时，重庆正值大轰炸的紧张时期，一部喜剧科幻片显然有些不合时宜。不过，也可能是战时用于政治宣传，像1940年正处于战争阴霾的伦敦，每天都有空袭，到处满目疮痍，可比城市更残破的，是人心，电影成了人们唯一的心灵慰藉。在当时，英国资讯局电影部为了提升国家士气、安抚民心，拍摄了不少政治宣传电影，比如《敦刻尔克大撤退》。

封浪拍《坍缩前夜》时，西南边陲地区民风守旧、信息闭塞，科幻这种超越常识的概念对人们来说不亚于巫术。在战争结束前，他可能也想用这种幻想中的胜利来慰藉人心，思议不可思议之事，对饱受痛苦的人们来说，的确是一场精神疗愈。

《坍缩前夜》中的镜头大多都是远景和中景，几乎没有特写，让人看不清封浪的全貌，他脸上滑稽的胡子和宽大的眼镜，成了辨认他的最好方式。他似乎刻意为之，将身体语言变成整个画面的主角，晃动的姿势、步伐，表现情绪时不自主的小动作，都变成与观众交流的工具，想让我们从这些特征直接看到他的内心。

几年前，我费了不少劲找到看过《坍缩前夜》的观众，他们当年只有十几岁左右，故事结局早已记不清，其中一个人说，封浪在那以后陆续又拍过一两部电影，可最后好像被特务暗杀了。

可那封邮件的结尾，否定了封浪已死的说法。如果他还活着，现在也有八十多岁了。

"封浪……的确是死了，不过，他有不少追随者。"

"追随者？"

"有人认为电影里那种技术真的存在,能把人带走。"

"带去哪儿?"

"反正离开重庆吧,没有战争的地方,当时甚至有人偷偷缠着他呐,求他施法把自己带走……当然,也有人想要他死。"

"为什么?"

"因为,他是个好人。"

我重新研究那些笔记,他之后拍的电影《狂想曲》《幻化网》,都没有留下胶片。我对此也有过过度的猜想,"曲"与"网"不仅在字的形态上有些类似,意象上也同样有着广大、细密的感觉,容易让人联想到时间、命运之类玄乎其玄的东西。我想,这些电影存在的意义不只是安抚人心,或许,像是他的胡子和眼镜,他跟电影本就是一体,就成了一个标志、一个符号,代表着幻想本身。

而幻想,理应是每个怯懦时代最宝贵的意志。

> 谵妄的重叠景象消失于火焰,曾睥睨一切的国王消失于众生,这才是放逐。山与雨互为遮羞布,城之上还是城,城下住着逃兵,我像个逃不掉的孩子,重庆像是布景。

这些句子,让我想起毫不相干的从前。

在那个最应该逃走的年纪,我却被困在一个由自我打造的窠臼之中,十八九岁,我跟一个名字里带有"夏"的女孩反复恋爱和分手,在宿舍床上写着张牙舞爪的诗,在电影院做着张牙舞爪的梦,在火锅店制造比隔壁桌更张牙舞爪的嘈杂……我还常常故意把小说读到一半、然后放下,像是只谈了一半的恋爱,或是在只认识了一半的她们面前搬弄着文学典故,做任何能让别人对我刮目相看的事,却毫无意义。每个人的青春似乎都是这么过来的,仿佛布景一样被安排。

可很多时候,我想像电影里那样活得危险。

封浪的生活可能远比电影危险,我刷着论坛上关于他的旧文章,突然很想再看一次《坍缩前夜》。几年前为了那篇报道,我拜托朋友从档案馆调来胶片,然后再去几千公里外的电影资料馆才找到机器播放。主编对我的执着不以为然,我半开玩笑跟他说,我们的独家精神已经失踪很久了。

我常常不告而别,像从前对阿棠那样。而这次,我对着空荡荡的房间,好像没有可以说再见的对象。电影胶片也早早跟这个时代悄无声息地告别,像报纸一样变成一种纪念品。

我鼓起极大的勇气挺身迈入重庆的夏天,为了再次看到那卷胶片上的电影,这是值得的。

很多人都以为这个城市的奇异之处,是那些纵横交错的路与桥;是你站在一栋大楼的顶部,发现自己实际上位于山的深谷;是穿过一条依稀可见的小径,马上就抵达繁华的城市腹地;或是穿行于随着地平线起落的建筑带,不时被湿漉漉的云雾掩埋。的确,它在如此压缩的区域中集结了自然界各种地形地势,让穿梭于其中的每一个人都能体会到多倍于其他地方的江湖感。

但这并不是全部。

那些车马纵深、摄人心魄的纷繁景观，只是重庆的一个注脚。在我眼里，她就像电影本身，每一栋建筑、每一座桥、每一条街的沟回与曲折，都跟情节、故事丝丝入扣地对应着。电影里标准的起承转合构成了这座城市的主体，赋予她生命力和镜头感，磅礴而又鲜活。这些彼此互文的元素，像天空一样横亘在城市之上，共同组成了一个标志、一个符号。

我从路的起点走到路的终点，站到更高处才发现，根本不存在起点和终点。我常常这样一个人走，上次经过一座桥，从长江大桥往上，又经过高架桥，萦回、漂移，在这个角度能环视所有楼宇，让我有种要飞上天的错觉。然后，再驶入另一条轨道继续下一个盘旋或攀升。重庆总是这样，容易让人想起那条咬住自己尾巴的蛇，开始和结束不过是个谬论。

接着，我往城市边缘行进，感觉内心开始变得空旷起来。繁密的城市群落消失于高速公路，我嗅到一种若有似无的危险，电影里的那种危险。再次闯入封浪的幻想世界，是我逃离目前平庸生活的唯一出口。不断倒退的路牌坐标告诉我，离那卷胶片越来越近了，我竟隐隐感到一阵兴奋。

那间档案馆位于重庆城郊，倚靠在一间历史纪念馆旁，里面保存的都是些古旧的文艺资料。我到达时已接近夜晚，这栋低矮的木楼如同对大自然卑躬屈膝的隐居者，一位老人刚巧走出来将门锁上。

"您好，请问下……"

"明天再来吧。"老人双手背在身后，脚步轻盈，像个隐士。

"那……您知道附近哪儿有住的地方吗?"

"都没有,"老人缓缓抬起头,他瞳孔有些浑浊,单薄的身躯被一件深灰外套包裹着,声音却浑厚有力,"我看你是来找资料的吧,倒是可以到我家先住一晚。"

我欣然接受他的邀请,很奇怪,两个陌生人能在一两句对话后快速达成信任,或许跟炎热的天气有关。

他叫老姚,负责看守纪念馆,平时很少人来参观。他说,他一眼就看出我不是普通游客,是带着一件事情来的。不知为何,我对老姚也有同样的感觉,他也像是因为一件事而留在这个僻静之地,安心当个看守人,在等待谁或是保守着什么秘密。

不过现在,我心中的独家暂时只有一个。老姚家就在附近,房屋有些旧但很干净。晚餐后,我向他打听那卷胶片。

"那是很久之前的东西了,"老姚眯起眼睛努力回忆,"纪念馆曾经要修复一些老的影像资料,你说的那卷胶片因为时间太久远,没法儿弄。不过,现在有了一个放映厅,明天你可以看看复刻的胶片版本。"

"好,那部电影,您看过吗?"

"没有,你说的那个演员也没听过,我就是个看门的,这些东西不太懂。"老姚揉了揉眼睛,"你要是这么喜欢电影的话,不如……"

"不如什么?"

他没再说,起身回到自己房间,像是场景骤然暂停、接着跳至下一个,让刚刚的问题悬在半空。

陌生的床上有一股被阳光烤过的味道，我梦到了阿棠。

我承认自己不够爱她，甚至记不住她最爱的颜色，或许只是因为她不够危险。我曾经拉着她站在重庆的最高点，俯瞰着城市被无数灯光勾勒出动人的轮廓，两条来自不同源头的江水在半岛外相接，怎么看都像是一个紧紧的拥抱。

我看着黑暗中她的侧脸说……我好像说的是，我想变成奔马落入未来，我想等到下雨，我们困倦得像一对纸象，就可以继续烂在一起，我还想去做很多很多不可思议的事，最好变成不可思议本身。

等结束了，重新上路，你愿意陪我一起吗？

她没看我，嘴唇轻轻开合。我不记得她说了什么，只感觉那时她的声音同样悬在空中，像蜘蛛，结了网又飘散，我就站在最高点，看着那声音飘散。

我依然不善用比喻，所以她离开了，头也不回。

> 过去和未来是接通就烧毁的电路板，火光蔓延未及的地方，住着鳏寡与孤独。我幻想着变成他们的形体，练习飞行跟迫降，恒星的轨道开始变得扁长，北纬30度的重庆进入漫长黑夜。

胶片包装袋上印着封浪的名字，它就躺在黑暗的储藏室里，像是在等我打开封印。老姚把它拿到暗室，无数个24格被一一铺展开来，然后卷进古董般的放映机。这卷复刻版的《坍缩前夜》还是只有20

多分钟,不过,我希望这 20 分钟足够漫长,就像黑夜。

我坐在最中间的位置,视线里除了大银幕没有其他,黑白画面开始跳动。此次此刻,我比以往任何时候都更容易体会到一种仪式感,跟第一次抱着目的来看不一样,这次更加纯粹,像是准备入侵他的思想,在那段被复刻的时空彻底坍缩之前。

几十年前的电影摄制技术只停留在视觉语言,粗糙程度可想而知。正因为如此,运动的图像承担起所有叙事功能,给到观众类似于纯文字一样的想象空间,屏幕上的世界存在于二维,而另一个维度在我们的脑子里。

《坍缩前夜》前 20 分钟的精彩程度不输任何电影,没有声音和色彩的介入,反而让封浪发明了用眼神和表情造句的技巧。他只用了短短几个镜头拼接,就成功把自己塑造成一个搞怪而神秘的科学家,他的胡子和眼镜,爆炸发型和宽松白大褂,都是这个形象之下的附属品,而不是这些元素去丰满了他的形象。

这 20 分钟的情节全都围绕一个母题——"时间",即使不知道结局,我也能猜到,时间,是扭转局势的关键。

我作为银幕外的观众,也很快与其他角色产生了同频共振。这种暧昧的距离感,让我学会用一种悲悯的眼光来看待他们。

天空被黑灰色浓雾遮蔽,轰炸机咆哮着展开死神的披风,街道像一张被扭曲的黑白底片,有火光散落的地方就有尸体。空气在活下来的人耳边轰轰作响,他们弓着身子,不断涌入布满城区各处的防空洞。母亲把孩子抱在胸前,骗他说这声响只是摇篮曲;丈夫和妻子一同哭泣，为了刚刚失去的家和良田；还有那瘦骨嶙峋的老父亲，惦记着前线参军的儿子；更多的是陌生人与陌生人挤在一起，瑟瑟发抖，然后祈祷——

我们最好一起重复：小心翼翼地／我们随时失去生命／草木躬身地／我们原地等待奇迹。

导演会原谅我们以"我们"自居。他会在那个地下洞体安静地等待，扮演好一个拯救所有人的角色。

我能看出来封浪骨子里有一种英雄主义情结，在这个由他制造出来的困境里，紧接着又自己给出解决方法。及时的救赎，如同精准故事线里的第三幕高潮，对每分钟都在上演死亡的战争时代来说，这意味着神降。

于是，封浪把那个时间透镜反应堆也变成了一个角色，一个奇迹的象征。在故事情节里，时间本身成为一种英雄式的反哺，作用于拯救者和被拯救者的身体与心灵。

电影比生活更伟大的地方在于，它允许任何幻想中的神来之笔，即使不符合当下的现实，只要故事需要，都没问题。

我把自己想象成一个闯入者，通过对银幕的凝视而钻进封浪的角色躯壳里，跟他一起，等待那个最危险时刻的到来。反应堆上方的光线收缩回去，那些难民们消失得无影无踪，接着，我们被士兵抓走。最后，给观众留下悬在半空的一句话。

尽管我和封浪之间隔着时间与空间的鸿沟，但这个幻想故事却能让我远离自身的原点，抵达另一个无限接近自身的边缘，这就是电影的魔力。

我觉得这二十分钟已经足够，只是，我还没参透"坍缩前夜"的意思。

当那句"重庆，已经不是原来的重庆了"再次出现在大银幕上，我感觉自己的人生也迎来了第三幕。

滔滔不绝的胶片向放映机冲进最后一格，这部电影在我面前画下一个潦草的句号。一切宣告结束，周围变得异常安静，燥热的空气也停止对我的侵袭。

老姚坐在最后一排陪我看完，我感觉他才是一个纯粹站在第四堵墙外的观众，看着我参与到故事其中，变成《坍缩前夜》的一部分，与这间母体似的暗室形成一种互文关系。

他缓缓起身，目光没有离开那行字幕。我努力从银幕里抽离，经过他身边时，他轻咳了一声，胡子牵动嘴唇，继而牵引着喉结上下滑动，"不如，你自己把剩下的电影拍完吧。"他依然没看我。

老姚的语气模糊不清，不像要求，更不像建议，可就是这句漫不经心的话，在我心中播撒下了一颗种子。这种子蠢蠢欲动，仿佛能孵化出《坍缩前夜》的完整命运。

"可……我要怎么拍？"

"有勇气就行。"

暗室外的光如同箭矢冲向全身，我闭上眼睛，数着开始变得灼热的呼吸，顺便掂量一下自己的勇气。比起现实生活，电影既超然物外又和光同尘，在观众生命里扮演着一种拯救与被拯救的暧昧角色。

我一直觉得，电影是更高维度世界蜷曲在我们这个世界里的微观投影，那些创作者想要表达的，那些跋涉过自己和他人的自我意识，都被转换成另一种语言，幻想抑或谎言，曲曲折折地讲述出来，最后都要直抵真相。

我不知哪儿来的勇气，竟然想要帮助封浪，或者说帮助我自己去完成《坍缩前夜》。

> 玫瑰的耳旁腾起一股喧嚣，花蕊早已干透，无法承受的美四处散落，只能借由别人的故事拯救自我。时间也已经干透，偶尔停滞，在这缝隙，我无处藏身。我，是最肮脏的空气，是最干净的灰尘。

老姚帮我准备了很多东西，一台摄影机、一台电脑，还有灯光和其他机器。我问他，还需要什么？

你的意志，他说，让电影按照你和它的情理去畅言吧。

我点点头。老姚不像是一个什么都不懂的人，相反，他什么都懂，可能只是在等待什么。

他把我带到一个地下防空洞，这附近有高山做屏障，有坚固的山体构造，又挨近乌江水源，整个洞体隐藏于金子山200多米深的地层。洞体外部坡陡林密，四季云遮雾绕，除了一根150米高的烟囱外，从外表看不出任何人工痕迹。

洞口看上去很平常，可进入内部简直令人震惊。经过曲曲折折的石板路，最后到达有着二十多层楼高的人工洞体中心。老姚边带路边介绍，这儿以前是"国营建新化工机械厂"，曾是甘肃生产原子弹核装药的404厂的升级版。一个深处西北大漠，一个位于西南腹地，却因为共同的原因，成为一段特殊的历史记忆。曾经在那场四千万人的大迁徙中，重庆涪陵聚集了六万人，随后，这个地名从地图上消失不见，就像地图上无法找到的404厂一样。再后来，这个洞体就被改造成了防空洞。

老姚停下脚步，回声也渐渐平息。我站在洞体中央，往上望去，最顶部有一处山体裂开的缝隙。周围的一切都被封藏太久，一股破旧、衰败的气味像一首发霉的歌钻入皮肤，但此刻，我却有种踏入圣殿的错觉。

不知来处的一束光像是计算过方向，在这方空间内铺撒下一张光的网，这熟悉的一幕宛若胶片自动卷入我的大脑，我一眼就认出，这儿是《坍缩前夜》的取景地。

　　防空洞，日，内。科学家、逃兵、难民、敌人。

顺着封浪的故事，我想象着后面的无数种可能性。在夜晚来临前，我开始将脑中的画面变成文字流淌到纸上，这是一种奇妙的创作体验，跟从前完全不一样。我写过很多篇新闻纪实稿件，见过很多人，当我的笔锋无限逼近眼前的现实，幻想的翅膀就会被重力向下拉扯，虽然我知道两者并不矛盾。

有的时候，我甚至觉得是键盘在牵引着我的手指，而不是我在操控它，这跟角色和创作者的关系一样，有时分不清楚到底是谁在拉着谁前进。

重庆日与夜的界线仿佛被悄悄抹了去，我像一把犁在桌上耕耘。故事很快写完，但手里的稿纸还只是半成品，唯有将它变成画面才有意义。

"有没有一种时间理论，能把两个不同空间连通的？"我像是在自言自语，盯着手里的分镜图，眼神落在虚空。

老姚在我背后，为晚餐忙碌着，漫不经心地说，"我记得，美国曾经有一例时间透镜实验，能让时间产生间隙，那次吧，好像也是首例实现物体在空间和时间上同时隐形的实验。"

"你是怎么知道的？"

"看报纸。"

"这个实验能让《坍缩前夜》里的剧情实现吗？"

"你倒是可以这么写，反正不都是科学幻想吗？"

"嗯……"

接着，我查了所有关于"时间透镜"的理论。曾经有科学家采用相似的方法，在一个场域上产生了一个时间漏洞，尽管只是一瞬间的事，时间停滞的效果持续约为每秒的四十万亿分之一。

就像密不透风的宇宙被撕开一个小口。

这个小口透进来的光，让我重新生长出翅膀。望着布满黄色浸渍的天花板，我开始想象，如果真的有一种设备能够将光线转向，让时间变慢，然后再加速，这样就可以在光束中产生一个缺口。这种情况下，发生于那一瞬间的事件将不会散射光线，看起来就好像……那件事从未发生过。

"探测器照射出一束激光束，然后激光束穿过一种名为'时间透镜'的设备。和传统的透镜能够在空间上将光线发生弯曲一样，时间透镜能够使得光线出现非空间上的暂时分隔。"我盯着电脑屏幕，一字一句念出声，"在时间域中，这是一种能够真正控制光束属性的方法。"

封浪没有在电影里解释这种理论，但在后面的剧情中我觉得很有必要。

在我的理解中，他在戏里那个"时间透镜反应堆"的发明在某种程度上扩大了时间场域，让相对时间停滞的效果得到持续。或许，他能等到多年后战争结束，再把难民传送回来，而他们消失的真正时间却只有几秒。

可这也许会产生无数时间分支，而且每个时空都是极不稳定的。

"会不会出现悖论呢？"

"真正的未来是无法改变的，因为源头早就注定了，多出来的部分，就像是主路上突然出现的岔路吧。"老姚回答。

"嗯，有道理。"

老姚接着帮我找来几位邻居当演员，服装、道具都由他来制作，他还负责在摄影机后掌控开关机，而我则要扮演、或者说是继承封浪那个角色。所有环节我都已经在脑海中预演过了，就等着画面像浪潮一样被卷入镜头。

　　我从前以为拍电影是人类发明的最消磨心智的一种工作，如今看来的确如此，不只是电影，只要跟自我表达与艺术创作有关的，都是。

　　按照他的思路，后续剧情我有颇多设计，"我"将会被日本兵带走拷问，然后与他们反复斡旋，上演逃离与追踪的戏码。而剩下的难民会安全抵达另一个时空，为了避免两个时空在能量交换后可能产生的裂缝，其中一位难民将会主动留下来，作为这一段时空的守护者。最后，他将继续维护那个反应堆的正常运转，再接着帮助"我"完成剩下的事，悄悄带更多人逃走。

　　比起我的阐述，镜头和画面组合起来会更有紧张感。

　　开机前夕，老姚准备了几道精致小菜，邀请我喝一杯。几口酒下肚，我问他，你的家人呢。他拿筷子的手停了一下，然后随便夹起一块什么塞进嘴里，含混不清地说，走了。我继续喝酒。

　　"不过，还会回来的，"他咽下去，接着说，"她……会回来，我都快想不起来她的样子了，但她肯定不会老，不会像我这样，呵呵。"

　　"嗯，她会回来的。"

　　后面几天，我们投入拍摄工作中，我感觉得心应手，台词和表演都尽量保持着封浪的风格。而在后面的叙述中，我加入了一些属于自己的精神碎片。

　　于是，故事里突然多了一位名字带有"棠"的女孩，她是整部黑白电影里唯一的亮色。浪漫爱情在乱世里总是可贵的，英雄气概也需要一些绕指柔来作为调和。阿棠在戏里是一名单纯少女,一直默默帮助着他,她是他见过最无所畏惧的女孩,他是她见过最善良的科学家。她会在他的墓前献上一束鲜花,当然也会献上眼泪。

一周的拍摄很顺利,我们最后把重头戏放在时间透镜反应堆的场景。老姚跟演员们提前把地方收拾好,一切准备就绪,我们一起等待最后那个魔幻时刻的到来。

在这个地下洞体孜孜不倦,反而容易让人活在一种身不在场的状态中。我们的声音回荡在空腔石壁,像是轮船触礁,坟墓与子宫的意象接连不断拍打着我的脑门,这里什么都有可能发生,只要我想。

当"我"再次站在摄影机后,镜头开机,我仿佛看到一只来自宇宙深处的眼睛,正温柔地凝视着这一切。

直到洞顶的一束阳光透过缝隙垂直照射下来,尘埃开始起舞,触礁的光晕似水纹荡漾开去。此刻,空腔内壁好似发出微微共振,我们一起抬头,目光虔诚。即使黑白影像不能完全呈现光和这方空间交缠的神奇,但我们依然把那光当作集体入戏的隐喻。在故事结束之后,只需用一些剪辑切换的技巧,就能让科幻这件事变得令人信服。

电影里的时空之门即将开启,这一刻,戏剧和现实的边界被轻轻擦除,就像两个时空之间产生了细微裂缝,对我来说,这缝隙意味着全部。

棠站在反应堆中央,光仿佛一层薄纱降落在她肩上,接着完全包裹住她,像一只柔和之手在她身上来回漫游、摩挲。我从摄影机后移步到一旁,眼神追着那光,甚至能看到她皮肤上的细微绒毛在飘飘起舞。

在最接近结局的时刻,她被升华成一个象征,一个符号,用来歌颂自由、缅怀牺牲。

我只差一个对"坍缩前夜"的解释,一个大圆满结局。

> 越是想要说什么,喉咙就变成一口干涸的井。时间成了第二颗心脏,微弱跳动着,伴随着想要赌一把的勇气。每一秒和每一寸变得难分难解,最后一段胶片被长久的沉默浇筑。生活,是电影的预备役,电影,是灵魂的暂住证。

杀青来得比想象更早,我留了一段空白胶片在结尾,在彻底填满它之前,我会先把上下两部重新剪辑在一起。

老姚忙着收拾剧组在地下洞体留下的痕迹,我特意找了一个机会,单独去跟扮演棠的女孩告别。她是一位单纯的大学生,短发齐肩,身上有股淡淡的柠檬香味,私下里跟面对镜头时是一种相近的状态,谈话间总爱把侧脸留给我。我没什么能送给她的,就用一段复刻的胶片做了一张书签。

送她离开前,我们正好看到山那边的夕阳变成一团沸腾的糖浆,"谢谢你……"她说。她的睫毛也沾上了一抹暖黄,像是从天边偷来的。

"我应该谢谢你。"这一刻有点像刻意重复,让我想起站在重庆最高点的那个夜晚。现在,我和她同样站得很高,同样看得很远,面对着同样的魔幻时刻,我们彼此道谢。

"谢谢你的电影。"她笑了笑。

我回以微笑,脑子想的却是那一套艰涩的时间理论,如果此刻,我们都身不在场,我们会像奔马一样落入另一个未来吗?

所以只能是电影,让我相信有些幻想会有成为真实的可能性,特别是在我幻想了一个跟她拥抱告别的场景之后。在未来的日子里,我一定分辨不出来,那个拥抱到底存不存在。

太阳全部隐匿了下去,带着一丝羞涩,但若有似无的光线已经不再是先前撞击着她胸膛的那道光线了。我呆呆看着她的背影,在黑夜降临之前,我成了一只手足无措的飞蛾,切切地追逐着最后一缕微光。

剪辑和后期的工作相当枯燥,老姚已经腾出两间房间给我当工作室。杀青后,我的胡须越长越密,干脆就留起来。某次我对镜自照,发现嘴上这抹弯曲的造物,竟然跟封浪那会说话的胡子越来越像,不过,比起他,我还差一个英雄目标。

谁都不知道,在那段历史中他到底扮演了一个怎样的角色,绝不粉饰太平的慈悲导演或是真正的斗士,而他的电影和生活又是如何互相影响、互为注脚的。我猜测,他也有过一段没有结果的感情,在那个时代,满溢的才华会让人变成一个靶子,连同周围的人一起。他始终没有足够的能力保护好所有人,除非,时间真的能产生裂缝。

所以,我在下半部分的戏中加入了棠这个角色,当作是一种伟大而又自私的补偿。让他这部剩下一半的电影,不再像是只谈了一半的恋爱。

关于结局，我决定在坍缩前夜牺牲自我，为了那女孩，也为了战争赢得胜利，这对"我"来说的确是一种双重救赎。最后的最后，再留下一点悬念，关于"我"的死会有颇多解读空间，开放式结局又何尝不是一种大圆满。

在定剪之前，我准备去地下洞体拍摄最后一段素材。

今天比往常更加炎热，老姚告诉我他还有别的事，就不陪我了，如果我需要拍摄反应堆的戏份，就把摄影机架在对面的石壁中央，那个角度最好。太阳高照，我眯着眼睛，点头。

其实，老姚你很有演戏的天分，你演的难民，动作、神情，整个状态都太真实了。

也许我真的是呢，呵呵。他笑着说，露出老无所依的牙齿。今天就杀青是吧，对啊，也到时间了，快结束了呢。他接着说。

我扛起机器再次闯入这个洞体，它就像一个巨大的母体，洞口诱人的清凉空气使我加快脚步。走下一段迷宫般相接的楼宇通道，需要几次弯腰侧身的回转，才能进到洞体中心。我按照分镜的构图调整好摄影机，除了几个意象化的空镜，还剩下角色表演的部分镜头。

当我站在时间透镜反应堆中央时，阳光正好在头顶铺开。我已经设计好了一组寓意着自我牺牲的蒙太奇，按下开机键，显示屏上的红点亮起，一切都那么完美，连打破寂静的方式也令人感到惬意，就像用柔和之手轻轻唤醒石穴巨兽。

但似乎有一个声音在提醒我，它可能从未沉睡过。

接下来发生的一切,一如电影中悬而未决的高潮部分,似乎封浪此前的所有作品都在为这一刻暗中铺垫。

我开始明白,他虽然不在场,却是整出戏无可置疑的导演,而我,则像个傀儡。

机械启动的声音在这方空间显得尤为刺耳,如同触礁的涟漪。我不知道是什么触发了时间透镜反应堆的开关,光线位置、反应物质量、DNA远程识别、时间预置或是别的什么。在此之前,所有人都把这儿当作一个虚假的布景。

实际却是一个极具耐心的塞壬女妖。

声音越来越大,连空气都轰轰作响,我像一个失去重心的水手,正要被这个巨大的母体渐渐吞没。轰鸣引起了不小的共振,反应堆周围的石体开始显露出机械化的一面,石壁次第向内收缩,脚下的土地也分裂开来,一圈蓝色的等离子光束垂直伸向空中,将我团团围住,像是海面上聚拢来的发光水母。

在我做出任何反应之前,周围仿佛被抽成真空,任凭双手和双脚在空中呈现出滑稽的姿态。

接着,是坠落,永无止境的坠落。

这口通往世界尽头的干涸之井,是封浪身上藏着的那个不为人知的重庆。

老姚的朗读声犹如山谷回音,他提前对我宣读过时间的荒诞与不确定性——

"博物馆有时会利用激光束扫描来保护艺术珍品,探测器的激光束不断来回扫描，如果某种设备能够让一部分激光束加速，一部分激光束减速，这样就会出现瞬间无激光束的情况。此时，探测器就发现不了相同位置发生的任何事。"

或许是我特有的命运在召唤，而每当我试着聆听，它却改用我无法理解的语言在说话。

"有人利用这种方法，通过改变激光束的频率与波长，从而使其以不同的速率传播，这样就能产生一种时间间隙。然后，时间漏洞的另一侧还有第二束脉冲激光，这束脉冲激光的作用，便是从相反方向改变激光束的属性，从而让激光束恢复到原有属性。在实验中，发生于时间漏洞之中的事件，都可以逃避探测器的探测。"

现实世界就像是这样一个探测器，我成了漏洞中的"我"。

这一切跟《坍缩前夜》的剧情无缝粘合，我还不敢去猜，真正的导演可能正是戏中那位科学家，他发明了那种装置，之后又拍摄电影，两种身份完美地契合、又接着互换。封浪，以一种身不在场的方式，跨越几十年的时间尺度，将真实与虚幻的边界轻轻擦除，最终完成了这部伟大的电影。

但是，他却让我觉得自己像一位英雄，从逃离生活，到重新坠入其中的折返跑，然后守着坍缩前夜的前来，与他完成了某种意义上的交接仪式。

   最后，写诗、拍电影或者别的，留下些什么当作路标，
  用骨与血，用记忆与虚妄。我抬起布道者的脚，奔入未来，

一掌推开看不见的星群,给她留下无数影子作为抵押。

可此时此刻,我在哪儿?

我在混沌的虚空里,在时间的缝隙里,其中自有一个宇宙在膨胀与坍缩,我们似乎真真切切地将意识在无数帧里不断切换,从而创造了移动和改变的幻觉,以及叫作"时间"的副产品。此时,我仿佛成为另一个觉照之人,透过无数摄影机的镜头看见我自己。

从前的影像和话语无数次浮现,将虚空填满,接着,我看到不同的时空图景像24格胶片一样在眼前滔滔不绝,如同在第三维度上增加了一个时间的变量。我看到不停有人坠入那个反应堆,我看到重庆的战争、看到无数生死在上演,我看到不规则的时空拼图随意排列组合,拼凑成全然不同的人生,有过去的过去,也有未来的未来。

时间不过是一种持续不断的幻觉,就像电影和爱情,前半句来自爱因斯坦。

他们都希望我死了,你也是吗?

我不确定在我刚刚消失的那个时空里,是否有人发觉此事。可能没人主观地希望我死了,或者,是死是活无关紧要,就像那只科学家饲养的猫。

如果我稍加注意,会在老姚的话里找到答案。他是难民,如果是真的,联想起我现在的混沌处境,那《坍缩前夜》的剧情全都是真实发生过的。封浪并没有虚构什么，他只是用电影复刻出那些真实的事物。

舌根传来的一阵苦涩味道，让我想起了开机前夕的酒，想起老姚的妻子。如果时间场域真的被改变，他妻子作为难民顺利逃离，那个集体消失的时空只存在几秒，而选择留下的老姚却在这里独自经历了一生。

"她会回来的，但她不会老……"我嗫嗫嚅嚅，在这缝隙里。

而我是谁，我没告诉过任何人我的名字，我也许可以被叫作封浪。在无数个裂开的时空之中往返跑，只为了那些悲悯的拯救。

是啊，关于时间的荒诞性，我也是身陷其中才知道。

1944 年 5 月 10 日，时间透镜技术第一次实验前，重庆。

我几乎是下意识地张嘴说话，在虚空中自言自语。

语音似乎触发了一道指令，指令直接返送给了不知在何处的时间透镜反应堆，也许是源自量子级别的超距作用，谁知道。

我还在下坠抑或扬升，时空裂缝渐渐出现混沌外的秩序，而秩序，来自我的意志。

我通过一扇门进入一个场景，那是封浪的实验室，坐落在校园外的某处空地，里面放满了精巧的仪器和装置，正在进行的小型实验似乎远远超过那个时代应有的科技水平。他穿着修身西装，一副圆形眼镜架在鼻梁上，似乎刚从国外回到十里洋场，然后又来到战时的重庆。

有人敲门，是一位年轻姑娘，她一头短发、面容姣好，看上去十七八岁的模样。

"你真的决定了吗？"她说。

"嗯，我必须这么做。"这个时空应该是一种复刻，此刻我钻进了封浪的身体，看着对面的她。

"你就不怕实验不成功？这次回来，安心做一名老师不好吗，我们可以……"

"这不是实验，夏棠，这是一次拯救行动，你看，重庆已经不是当年的重庆了……战争短时间内是不会停止的。"

她叫夏棠，名字里同时带有"夏"和"棠"。

"我还是不明白，你为什么又要……"

"拍电影？"

"你不觉得电影这件事，在这个时代无异于戏法么？没有人会懂你的意图的……"夏棠微微踮起脚尖，双手想要触碰什么，却又收回。

"在之后的时空，一定会有人懂的。必须有人，我是说……"封浪，或者说是我，侧过身躲避她的眼神，"我不知如何跟你解释，能量在不同时空里发生置换，需要维持相对性的平衡。根据质能方程式，时间可以进行物质和能量之间的相互转换，我们可以将三维的空间与时间进行一种等同转换的换算，这样的话，时空就会分出岔路口……因此，必须有人做出牺牲，在 N 时空需要一个守护者，保护那个反应堆装置。然后在 $N+1$ 时空需要一个跳跃者，他就像一根线，穿起所有针的线，跳跃者会不断往前跃迁，直到……而电影，只是一个比喻!为了找到那个跳跃者。"

夏棠拿起桌上的稿纸,上面密密麻麻的图形符号能比交谈更快走入封浪的世界,她的指节发白,"直到什么?"

"直到原始时空的我,找到让时间停止分裂的方法。"

"这太冒险了!对他们来说,只有几秒,可对你就是……你真的确定吗?"

封浪只是看着她的眼睛,不说话。

夏棠忽然意识到什么,捂住嘴,"所以,跳跃者是……你?"

封浪抱住她,把头埋进她的瘦弱肩膀,"无数个我。"我闻到一股淡淡的、忧伤的柠檬香味,我不由自主闭上眼睛,开口说话,和封浪的声音重叠在一起,"无论如何,这是值得的,所有难民都会被拯救,他们会安然无恙,在战争结束后,再回来。"

她哭了,很轻。她知道,他想要变得危险,任谁都阻止不了。

我不知道在混沌中待了多久,我不断被推着往前往后走下去,直到穷尽所有可能性。那个原始时空的时间透镜反应堆上,一定有什么,和我身体里的某个部位紧紧相连。

路过一个岔路口,我选择回到一切开始时的原始时空。

彼时彼刻,轰炸正酣,封浪没了之前的儒雅,穿上粗麻布衣,跟所有人一样。地下洞体收容了数不清的难民,他们的眼睛湿润、低垂,夹杂着瑟瑟发抖的恐惧和希望。

随后,一批又一批,他像个魔法师,变戏法一样将他们送走,一个没有战争的时空,探测器扫描不到的地方,即使只有几秒,他们却在那里安然无恙。

《坍缩前夜》是他在轰炸间隙拍摄的。悲与喜不断交织，没人理解他。

我决定回到第一次见到夏棠的场景。

那是一所学堂，那时的封浪不过是个愣头青，却是她父亲最得意的学生。黄昏，天空低垂，光线争先恐后撞击着她的胸膛，睫毛上那一抹暖黄仿佛是从天边偷来的。

"听你爸爸说，你很爱看电影？"

"对啊！"

"那我知道毕业后要去哪儿了。"

"嗯？"

"法国，我要去学拍电影。"

"可是，你的时间透镜研究项目很快就要批下来了，而且正好有个防空洞可以给你做模拟实验场，你以后是要当科学家报效国家的！"

"两件事对我来说都一样，都是魔法……阿棠，你放心，我很快就会回来。"

世界逐渐缩减成一片无垠的星空，山城的风像是没有明天似的叫嚣，他只听到胸腔里的狂热，和她的心跳。

就这样吧。我就最后停留一次吧，然后就回归到我该去的地方。

最后一次见到夏棠，是在《坍缩前夜》放映后不久。封浪被隐匿在重庆的特务抓了起来，被冠以各种罪名。除了他们，还有不少人想要他死,他的电影被当权者、叛国者、入侵者当作传播巫术的巫术,可那些饱受战争折磨的人却认为他是英雄,于是,他拼死保护住了那个防空洞和那卷胶片。

夏棠不顾父亲的阻止,执意去救他。她只能跟时间赛跑,循着那个危险的方向,尽管她相信封浪有足够的智慧和能力脱身,却还是奋不顾身。拯救行动要是没有封浪,就像宇宙没有造物主。

"我愿意跟他交换……"夏棠的胸膛起起伏伏,似有一团异物卡在她的喉咙间。

敌人发出哂笑,眼神转而露出令人胆寒的光,他们齐齐盯着夏棠,像饿狼盯上了羔羊。

"你快走!"他大喊。

"他们,不能……没有你……"

"我知道我知道,夏棠,你走啊,我有办法的!我有办法……"他哭了,像个丢了玩具的小孩。

"不,你不知道……你什么都不知道……"夏棠眼神低垂,看向脚尖,右手轻轻抚在腹部。

他还不懂那个下意识的手势意味着什么,只知道,夏棠,在数学公式里,不是一个变量,而是一个常量。在他们眼里,对方即是一切的源头。

等结束了,重新上路,你愿意陪我一起吗?封浪曾经问她。

好啊。她看着远方糖浆般的夕阳说。

时间,却是一个变量。封浪在实验室里早已参透,而无数个生命与无数重世界,不过是正弦波叠加出来的相,投影源永远都在那个原始时空,在那里,爱,是常量。

后来,没人知道封浪去了哪里,就像凭空从世界上消失了一样。如果,跳跃也是必要的使命,我相信他不会停下来。

重庆这座母体的庞大与虚无正在逐渐影响我的时间观,分钟和小时在这里渺小得无法计算,我不得不用世纪的观点来思考,百年不过钟声上的一滴答而已。

刚刚上路,我从产生了无数次时空涟漪的原点启程,发现距离外在的原点越远,抵达自身的原点就越近,仿佛一个坚定的量子物理法则。

接着,我在这些时空的记忆像一根灯芯抽离灯盏,像转身就漏光的水桶。有什么在开始褪色,重叠的时空和重庆的布景,亦渐渐填满了对方的隐喻,一层层,一重重。其实电影,也不过是个比喻,一种提喻手法,我和电影,仿若两面镜子互相对照,于是衍射出无限个镜像,每一个都带着一些不同于本体的微微变形。

我拍了所有的电影,《坍缩前夜》《狂想曲》《幻化网》,还有很多,为了保护那些时空难民,我成了跟细胞一样必须不停分裂以维护平衡的跳跃者,重新在另一个时空裂缝以一个全新的身份活下去。直到我找到让其停止分裂的方法,也许,我在未来很快会找到,然后,像个盗取火种的英雄,把它送到原始时空里去,这样就不会……

夏棠在无数个重庆,一次次与我分离。

想起她的眼神和右手那个动作,后悔像若有若无的影子笼罩在我头顶,不过,转而又被无畏的阳光驱散。快结束了,时间裂缝快要清洗掉我所有的记忆,接着,牵引着我,一步步走进这个盛大的提喻法中,渊薮般的重庆。

不愿稍停,直到我被强烈的亮光刺得睁不开眼睛,那条地平线上摇晃的白线,是我和过去时空的最后一丝联系。

结束了,我纵身跃入梦寐以求的未来。

重庆很快就要进入雨季,我困倦得像一只纸象。

在坍缩前夜,我去看了一部电影,那是来自封浪导演的《你的电影,我的生活》,故事发生在过去的重庆。讲述了一位失业记者发现了一部老电影,他开始追寻那位导演的足迹,接着遇到一位守护者老人,被他引领到一个地下洞体。在那里,他鼓起勇气继续拍摄只剩一半的电影。

在今天,电影这种艺术有了更新的呈现方式,影像画面从二维屏幕跳脱出来,能全方位地与观众互动,甚至能让角色和我们上演一些额外的桥段。

这依然是一个发生在山与城的故事,带着些新浪潮的色彩。夏棠的出现,创造了全片的魔幻时刻。在他与男主角分离的场景,我忍不住代替他拥抱了她一下。

愿我们之间孤立的情爱,住进世上最拥挤的住宅。

这句话，并非来自那封邮件，是我想对夏棠说的，在再次忘掉她之前。

我看完那部电影，往回走，在暗蓝夜色的陪伴下走到重庆的最高点。在这里，一片倒悬的星空坦坦荡荡地连接到地平线之外的地方，像是世界尽头。我伫立良久，身下的城市正市声鼎沸，制造着层层叠叠的重庆式喧嚣。

我已经在不停地问，不停地找，那个方法……时间还没到，还不是这里，不过快了，我有种直觉，只用再跳跃几次，就能够结束这一切。

我一直走，从傍晚走到深夜，仿佛故意用脚去惩罚地面一样，直到看见月亮在黑暗中找到了自己的位置。我回到铺满虚拟晶屏的家中，AI 管家不知何时学会了猫的谄媚，音乐自动打开，空气里加入了精心调制的柠檬香味。

在躺下来之前，我感觉身体被一双巨手从背后拧上发条，似乎是一种被寄予厚望的交接仪式。于是，我又坐到电脑前，准备发出一封奇怪的邮件，开头便是——

重庆，已经不是原来的重庆了。

初夏以及更深的呼吸

最后一次见到父亲是在初夏,我刚放暑假,收到他病重的消息。我在县城当语文老师,工作离家后很少回来,在我十多岁母亲去世后,我和父亲常以沉默填满时间的缝隙。

车停在路口,一个单薄的人影伫立在太阳下,阳光晒得他直不起腰,汗水浸透胸前,黑白相间的头发被风吹乱,脸庞瘦削,眼神干涸如井。天蓝得像一面镜子,树丛鸟声稠密,我远远叫了声"爸"。

他上前抓着我:"儿啊,快完成了,我的最后一件作品,做完就可以……"

"可以怎样?让妈妈活过来吗?"

"不是一个道理,我……"

"好了爸，我们走吧。"我轻轻挣开他冰凉的手。

"嗯。"父亲转而低下头，走在前面，双手背在身后，仿若一根秒针在大地上倾摇。

微风轻拂，我仿佛听见他身体里时钟滴答的声音。从父亲迷上钟表的那时起，几十年的时光就被框定在那些细密的零件之中，他再没为任何事物付出过热情，包括我的成长。他每天伏案在桌前，研究那些互相咬合的齿轮，猜想宇宙到底是张开还是闭合，这个问题曾令他发狂。他制作过无数个形状各异的钟表，在无数次静止的呼吸中捡拾那些碎片，似乎能将自己散落的灵魂一片片拼凑成形。

每个人生下来都需要为什么东西着迷，才不枉来一趟这无尽亦无解的世界。我上大学时迷上了汉字，在对美的寻索中，懂得了一部分的他。可父亲着迷的却是时间，无人知晓它是张开还是闭合，如同夏日终将散去。我站在桌旁看着他轻轻拨弄齿轮，感到一种不可抵抗的虚无。

回家的路不远，我们复无别话。走在熟悉的乡间小道上，浮动的花香如同路标，一阵虫鸣在耳边响起，将我带回童年的瞬间，萤火虫、池塘、自行车、野果，悠长的假日和孤单的夜晚，还有对母亲的思念、对父亲身不在场的不解和埋怨。

我们路过那处废弃的基地，它还是那样，静静伫立，无人打扰。我曾听母亲说，几十年前，那是知青们做科学研究的地方，里面偶尔会传出巨响或是发出淡淡的光晕，村里人刚开始害怕，但他们解释说这是正常的实验现象。知青离开后，实验基地因为特殊原因没被拆除，空置很久，渐渐地，村里传出那儿闹鬼的消息，于是再没人敢靠近。父亲倒是不怕，偶尔去捡回一些金属片和零件，在家里继续他的研究。

我在家里待了几天，父亲的肺病有些好转，呼吸稳定的时候，他会在房间继续忙活，里面有三张桌子，被图纸、零件和工具铺满。他从前在镇上开了间钟表店，除了修理手表，还制作毫无用处的"时间仪"，他如此称呼，现在，这些东西依然是他的全部。

我给他递去药，他放下手中物什，自言自语："我小时候啊，常听村里的知青讲科学知识，后来他去世，给了我一个笔记本，上面记着密密麻麻的公式和图画，我那时看不懂，等看懂一点时已经来不及了，本来想交给你，可你不喜欢……"我只是应承，对他的精密世界毫无志趣。

深夜起床，听见父亲翻身，梦呓着时间、群星、多维世界和宇宙模型云云。我摇摇头，躺回床上，蝉鸣在屋外起伏，半梦半醒间，儿时记忆如薄雾围拢。父亲喜欢一个人站在田野间，宽松衬衫和长裤将他拢住，他只是看着，看麦子饱满成熟垂下枝叶，看成群的鸽子聚集又飞散，看夜里的星辰如音符般排布……他的铅笔夹在耳后，时不时写写画画，兴许计算着时间的运行，在万物有灵的背后寻找那些看不见的齿轮。他总是一个人。

父亲跟我们相处的时候，心神泰半飞到了另一个世界。好几次，他在饭桌上盯着秋葵的切面或田螺的壳，喃喃道："宇宙就是这样被精心设计的……""是啊，快把你的宇宙吃下去吧！"母亲用筷子敲他的碗，笑着说。她总能用天生的幽默乐观消解掉这些隔阂，在她眼中，这世界没有任何谬误。

母亲就像一只小小帆船，生活流向哪里，她就去往哪里。她会在周一早早起床，打开账本用一个早晨清算一个星期，然后塞些零钱给我，叮嘱我要放在衣服内兜。我喜欢陪她去买菜，看着她死命捏紧碎花小钱包的样子，穿梭在菜摊中间，扭头问我想吃什么。她牵我回家，总会在牵牛花旁停下来，从花蕊上掐出一点花粉，抹在我嘴里。有一年我发烧半月不退，她背着我走山路，搭班车去县医院，她眼里满是急切，问路都带着哭腔，我勉力忍受着病苦，眼泪光滑无依，落在母亲背上。我最喜欢在睡前听她讲古人的故事，听曲水流觞的雅宴，听游子临行的乡愁。

母亲常年盘着头发，穿一件花裙子，饱满的圆脸上有一对深深的酒窝。她总是细心为我们安排好一切，站在门口目送我和父亲离开。她爱笑，也从不跟人争吵，每逢节日，都要提着自家的菜和油挨家挨户给乡亲送去，为了父亲的店，她还曾四处找亲戚筹钱，忍受他们如针的目光。四季更迭，她要我学会在施与时悲悯，在索求时自谦。

我长大后为母亲写过不少诗歌和文章，这些未说出口的话语，带我潜入不息时流里的避难所，在时间的两端，母亲刚好都是听众。我多想亲眼看着母亲老去，牵着她的手陪她走过那些山路，如果她有眼泪，也能落在我背上。

每次回到家，对母亲的想念越是强烈，面对父亲就越觉得疏远。所以，很长时间以来，我故意想和他不一样，我不喜欢那些框定的规律和法则，我所欲寻溯的是那些随性且浪漫的东西，我喜欢的是文字，能工笔描摹浩瀚星海，也能一语照彻人间情爱。世上并无多余的字句，无论诗歌、小说，词语与意象的呼应，人物与情节的嵌合，如同枝叶连理枝叶，行星环绕恒星，我泅泳在那些诠释美的绝美之中，感觉全宇宙尽在我的心和眼。

天微亮，我继续研究我的古诗。不久前，前辈赠我一本古籍拓本，我拿到手后痴迷不已，里面有一首骈体长诗，句与句对仗工整，玄妙极了。如"开琼筵以坐花"的对仗句是"飞羽觞而醉月"，"天地万物逆旅"对"光阴百代过客"云云。但这拓本因年代久远，书页折损，中间损失了许多字句，我执迷于将其填补完整。"佳咏"对"雅怀"，"日星隐耀"对"山岳潜形"，除了平仄，还要考虑工整背后的神韵……这首诗仿佛没有尽头似的，从寄情天地到发问太虚，字汇成词，短句组成长诗，互相交错又对偶。不管是着眼于细微处还是整体，都隐藏着一种神圣的秩序，我着迷般地研究它，如同沉溺在与恋人耳鬓厮磨的欢愉之中。

照顾了父亲几天，我接到学校通知，要回去一趟。跟父亲说明，他顿了顿，眼神落在虚空："我看到你那本古书，挺有意思，你看那些对偶句，像不像两个平行的世界？"他低头继续摆弄一只手表："咳咳……你从小就喜欢古诗词，这么年轻就当了老师，爸爸为你骄傲。"

"嗯，爸……"

父亲把那只手表递给我，和他手上的一模一样，我仔细看，里面并不是普通的十二点钟面，而是由两个相互交叉的椭圆面构成。每个椭圆面有四根长短不一的指针和二十四个数字，而且每一格数字间的距离并不均等。在两个圆的交叉部分，又有极细的零件嵌在下面、细细运转，金属和石英的质地构造凝聚了这件器物的魂，整体看来有种奇异的美感，但每部分暗藏的含义却无从理解，"这是？"

"这个你戴着，我还有最后一件作品，快好了，还差一点……下次你回来，我肯定能完成，到时候……咳咳，就不一样了，包括你的诗篇，也会完成的。"

"这个……有关系吗？"我不明白两者之间有何对应，那首古诗，填完它不会给我带来任何益处，我只是想，宇宙给每个人都留下了一个秘密，解开它的过程不过是遣有涯之生的一种方式。对父亲来说，这个秘密是他的钟表，对作曲家来说，是音乐，对画家来说，是画作，仅此而已。

"万物之间的联系，超过我们的想象，儿啊，有的时候，一个点通了，所有的都会变得简单。"父亲的手放在我肩膀上，如一团轻轻的云。

印象中，父亲从未单独和我说过这么多话，我也鲜少与他交换我的世界。母亲离开后，我们之间的联系变得愈加松散，父亲亦失魂了许久，母亲的东西谁都不让动，时常在厨房里、田坝间喃喃着轨迹、量子、秩序云云。一段时间过后，他把那间房间关上，把我交给乡亲照顾，买了张火车票直奔城里。

那年夏天结束，他带回一箱子物理、数学和哲学书，然后又钻进那个房间。我站在门前,把耳朵贴在门上,听见里面细碎的声响,以及他沉默如迷的呼吸。我猜房间里另有一个宇宙在持续着日与夜的运行,那里的探险是他一个人的,与我无关。

我工作后有次回家,父亲喝了点酒,跟我说起母亲的身世。她是个外乡的孤儿,被人从河里捡起来带回村里,从小吃百家饭长大,受过很多苦,被打过被赶过,还差点被山里的野狗吃掉,最后靠着老天爷的疼惜活了下来。尽管如此,母亲依然乐观善良,从不埋怨,遇见父亲后,她漂泊的人生从此安定下来。她没有别的愿望,只是想知道自己父母是谁,这是她在生命最后都没放下的念想。父亲背过我抹了把眼泪,说他很愧疚,早年到处托人打听,最后还是没能圆她的梦。

之后,我痛哭一夜,我残缺的诗句有了第一行。

回忆渐远,有些疼痛大概只能在时间深处发出些低伏余响。离家前一晚,夏夜雨水轻轻拍打屋檐,父亲把我唤到床边,眼里满是急切:"我之后又见到过你妈妈,就一次,就一瞬间,在另一个世界。我想要抓住,却不行。现在,还差一点就可以……"

他又提到了母亲,我不由得感到一阵揪心之痛。片刻,我伸手触摸他的额头,并无异常。他接着说了好些我听不懂的话,他说:过去、现在和未来,都在那个时间仪里,在万物运行的秩序中隐藏着一把钥匙,可以打开不同的过去、现在和未来,在那里,我们同时存在着,有着相似或全然不一样的人生。你的此时,在彼时有无数种可能,我的也是,就像镜子里无限反射的投影,那个老知青悄悄告诉过我,有一种时间模型,能够让这些世界全部摊开在我们面前,你相信吗儿子？只需要一台机器，比钟表更精密也更庞大，却和它有同样的原理，就好比抬手看时间一样，能瞬间看见时空的对应和交错……

我只是听着，不说话，眼神悬停在左手的奇怪手表上。如果这些胡言纯属他精神压抑下的臆想，也只能任由他如此。此时，我看着一位充满矛盾却又自洽的衰朽老者，仰躺在乡村的卧榻，花费一生时间打造一把钥匙，在暮年时，站在那扇大门前试探，却迟迟不得入。父亲说完最后一句："因为宇宙就是这样被精心设计的啊。"

接着，他双眼昏沉，呼吸变得缓慢，安静了一会儿，又梦呓着"雨停了，儿子会回来""最后一句诗就是开关""我们一起去过很多地方记得不"……我没太听清，离开他房间，潮热的地气蒸腾上来，皮肤微感黏腻，我轻叹一声，没留下一句话。

吸入的第一口清晨有些清凉，我踏上回城的绿皮火车，脑子尽是那些"梁下燕""清影渺难即"的字句。我绕开雾中风景，渐渐领悟诗人口中的简省，每念诵一句，就仿佛听见他们对我说："我只说了一句，而你的理解广阔无边。"也许正因为这座避难所的辽远，我从前谈过几次恋爱都以失败告终，不知为何，对我来说，有人在侧，喜欢或不喜欢，孤独感都会更深。此后很长一段时间，我宁愿躲进一个纯粹如镜花水月的世界，跟父亲一样，暂不闻问它是镜中的哪个投影。

此刻，对面的轨道也出现了一辆绿皮火车，有节律的轰隆声催人入眠，两辆火车平行地在同一空间交错，竟呈现出一种视觉上的错觉，到底是谁在向前、谁在向后？而手上的诗篇，哪句是开头、哪句是结尾？到底是母亲已走向新生，还是我在走向死亡？无从知晓。

恍惚的梦中，我看见对面车厢一个奇怪的陌生人，梦见母亲笑眯眯地递给我一朵牵牛花，梦见她的双手让日子生出日子，让我一天天长大。还梦见那些我对不上来的诗句，低徊愧人子，不敢叹风尘，却入空巢里，啁啾终夜悲，声中如告诉，未尽反哺心，应似园中桃李树，花落随风子在枝……

回城后，我的生活平淡如常，偶尔参加一些诗会，那位前辈很是热情，他知道我在完成那组长诗，发觉凡常的文学积淀不足以令我突破，于是邀请他的数学家、物理学家朋友来参加。我提到这组诗中的很多字句是来自别的诗词、曲、赋、骈文、骚体、格律等，包含万有，须对仗极工整且完成含义上的闭环，一旦有缺漏的地方，则很可能要全部推翻重来。这不是普通意义上的文字游戏，更像是一组能解开什么谜题的密码。

有人提起分形函数，他说，两行诗句如同数字间的对称关系，中间建立一个同步的符号，这个符号类似乘除或降幂，在诗句中则是平仄跟隐喻；有人提起全息宇宙理论，说一句诗包含着世间所有诗的信息，所以，这首诗没有中心和起始的部分，它的主题涵盖了所有主题，既要精心设计，又要随其律动；还有人谈到热力学第二定律、熵增、统一场云云。

我略有不解，也不多加掩饰："诗意，岂能如同公式般被机械地定义呢？"

"我的学生都相信原子是一个有电子环绕的小小的核，但我告诉他们，没人知道电子是什么，有学生问我，难道电子不是带电的概率波吗？我回答说，我更喜欢把它设想成一场舞蹈。"物理学家兴奋地说。

"宇宙的美，也许就在于一种秩序，万老师，诗歌通过物与情的互动去传情达意，向外的维度和向内的维度达成统一，在我看来，任何美都没有区别。"数学家淡然地说。

我忽然想起父亲。

那天过后，我试着重新审视手中诗句，它们组成的宇宙到底是张开还是闭合，这个问题令我抓狂。然而现在，我试图去衔住万物之间隐秘的联系，落日与飞花，爱恨与离别，春逝之殇与亡国之痛，一朵蒲公英与一抹燃烧后的灰烬，种种情思与意象的对应，经由精心裁剪后的音韵缓缓呼出。按照美的通用定律，1、3、5、7、9……是一个有规律的数集，而夏、鸣翠柳、返景入深林、独在异乡为异客、夜光彻地翻霜照悬河……整体上包含着数集规律的美，而其余种种张开或闭合的美亦由规律演化而出。

再次接到父亲的消息是他的悲讯，雨停了，盛夏的月亮升起时，他攒够了自己的一生。我连夜赶回家，绿皮车装载着坏朽的引擎，缓缓驶向他故事的结尾。乡亲说，父亲倒在了那个房间，发现他的时候，右手紧握在左手戴着的表上。

我记得小时候，看着父亲收拾母亲遗物，我扯着他衣角哭喊："妈妈去哪了？我要妈妈回来……"他默不作声，片刻后也抽泣起来。而现在，他的遗物如同散落一地的叶子，我不知从何拾捡，甚至没有眼泪，机械般地参加所有仪式。夜里，几个乡亲陪我一起守在他棺椁前，我咀嚼着悲哀的分泌物，想到这世上再无一人与我有骨血的联系，那般孤独感如凉风浸入骨髓。

在这当下，我繁复的诗句独剩最后一个词语。

出殡前一天，来了一位村外的陌生人，他的到来就像是打开父亲世界的那把钥匙。他拨开嘈杂的村民，手捧一束菊花献到前方，举止优雅，他看起来三十多岁，身穿深色衬衣，脸部棱角分明，眼中独有的澄澈让我想起与父亲见面的那个初夏。他叫封浪，是父亲的学生。可我从未听说过父亲还有学生，这样一位气质不凡的精英能从父亲身上学到什么。我问他是何时认识的父亲，他抿了抿嘴唇说，好像很久了。

"您父亲曾在我最迷茫的时候帮助过我，很感谢他。这次来，除了送他最后一程，我还想亲眼看一看他最后的作品，不知您方不方便……"封浪的语气诚恳。

我这才想起父亲口中"只差最后一点就能完成"的那个时间仪，竟有人把它当真。"谢谢您记挂，可我从来都没看见过……您说的那个作品，我不知道它在哪儿……"

出于对他一种本能的信任，我带他回家。他在那个房间里待了许久，细细琢磨那些零件、笔记本以及两只手表，"应该就在这里……"他在房间里来回走动，站在柜子前问我："可以打开吗？"我点头。不过一会儿，他真在里层翻到一个大皮箱，把它抬到桌上。

直觉告诉我，封浪是为此而来，这也许是父亲最后的秘密。我的声音微微颤抖："打开吧。"

金属的摩擦声如有节律的音符，中间折叠的两个金色圆弧伸展开来，有蓝色的电流流窜，我上前两步细看，里面复杂精密的机械令我想起父亲凝神修理钟表的模样。一个柱形装置上下起伏，旁边几个阶梯状的细小部件如多米诺骨牌被一一推动，圆环下部的齿轮张开又嵌合，使整个装置连成一个永不停止的机械造物。我恍然发觉它蕴藏着一种规律之美，一种万物互相呼应的韵律，密密匝匝处有留白，齿轮般的词语被精心铺陈，连接成永动的诗句。美的气象果然是相通的，而这让人难以相信是出于父亲之手。我看向他："这是？"

封浪捂着嘴："小心呼吸，微弱的气流都可能影响它的运行。"他稍退后，把那个笔记本递给我："你父亲可能制造了一把钥匙，能打开另一个世界……"

我看见密集的公式旁还有不少新笔记，是父亲零散写的：紧凑 μ 子线圈的数据显示质量为 125.3 GeV，超环面仪器探测到的质量为 126.0 GeV；一种基本粒子都会对应与之相适应的量子场，希格斯玻色子对应的量子场即希格斯场；电磁相互作用与弱相互作用的性质不同，因为自发对称性空缺……

封浪接着说："这个装置能制造出希格斯场，铯得以大量增加，电磁脉冲使它内爆，而这能形成一个虫洞，原理是这样，但还需要一些东西。"

我有种坠入梦境的错觉："他，跟你说过？"

他点点头，拿起父亲的手表："应该就是这个。"

我抬起手："那要怎么用？是不是可以打开一个镜像世界，在那里，他们都还活着？"

"这不是普通的手表，更像是驱动两个世界运转的能量源，"他转过身，双手交叉在胸前，陷入一种冥想状态，片刻后，他说："上帝粒子，对，是上帝粒子！你父亲的导师在那个时代参与过政府的秘密实验，实验意外发现了上帝粒子，他悄悄把它留给了你的父亲。还有那本笔记，制造这台机器的说明书，只要有了它们，另一个世界就会被发现。"

我细细思忖他的话，还有父亲往昔的自言自语。一句诗的对仗，亦是世界的另一镜像，此刻，我似乎看到了那组诗篇的无限可能，去国怀乡春江花月夜十年生死两茫茫不采而佩于兰何伤……只需要最后一个词语，宇宙的奥秘便能揭开！

"能不能，让我再次见到妈妈？"

"我不知道，但我想带回实验室研究，如果一切都没错，你父亲也许能名垂青史。"

"那不是他要的，他只是想圆梦，"我犹豫片刻，"带走吧。"

他收起皮箱，两个金色圆环收束回去，"谢谢你的信任，我……"

"我爸爸还跟你说了什么？"

"他常说，宇宙是被精心设计的。他还说，想让你们看到一个不一样的世界。"

我一夜无眠，盈满虫鸣的夏夜安然无恙。

封浪带着时间仪离开了，我在村里多留了一段时间，去到那个废弃基地，里面有几个早已生锈的大型装置，还有好多布满按键的操作台，灰尘和蛛网将这里的秘密尘封住，我只能靠想象还原当年的声响与光晕。我从老一辈乡亲那儿打听那位知青，他是一位天性浪漫的科学家，但有人说他还有别的身份。我翻遍早年的县志，许多资料已模糊不清，关于他和基地，只剩些只言片语。我试图拼凑出父亲镜像般的人生，他从知青那儿学到了什么？关于秘密实验他了解多少？他制造的时间仪是否也是实验的一部分？他做的一切是为了母亲吗？

探索没有结果，却让我对父亲梦呓般的话语产生深深认同，在时间的两端，我也刚好成了听众。

回到城里，我试着去研究那个陌生领域，在和封浪往来的书信中，我了解到爱因斯坦－罗森桥、双缝干涉实验、量子真空涨落云云。我还问过他好多问题：倾倒在过去容器里的那些秒钟，它们怎么样了？我没得到那本古书、父亲也没得到笔记，母亲可以选择父母投生的那个宇宙，南方村落从未出现过不明声响与光晕的那个宇宙，它们怎么样了？DNA没有激发自身生命力的那个宇宙，电子沿其他路径而行，思想、行动与眼下这个宇宙不同的其他宇宙，大爆炸后的几个刹那，在自身质量重压下摇摇欲坠的那个宇宙，意识打破了物质的法令，统一体溃散成的所有可能的宇宙，它们怎么样了？

他回复了很多，像在代替父亲作答，最后一行写着："把你的耳朵贴近时间的海螺。"这令我时常想起那台时间仪，而且感觉身体的一部分越来越像父亲了，甚至一些不喜欢的动作和习惯，掩也掩不住，我忘记的，身体却记忆起来。

夜里，我把那本笔记摆在我的古诗旁，自发对称性空缺，我自言自语着，努力理解我们世界的交集，如同那两个圆环。打开两边的书页，灯光照彻下来，那一刻，我顿觉两者毫无分别，甚至没有过去、现在和未来之分。科学像切分物质一样把时间切分得越来越细，一秒钟有无数个刹那，如同微积分，无限的连续变量中，那个接近零又不等于零的当下，就是两本书的答案，而所有当下相加，就是我们的生命。

合上书的瞬间，我忽然明白，我们都在竞逐一个不被理解的宇宙，而所有的世界与诗句，只要用心若镜，一切便如是。

几个月后，封浪再次联系我，说要去另一个地方，把时间仪交还给我。我买好票前去赴约，却不见他人，留下机器、父亲的手表和一封信，他说：万老师，谢谢你，原物归还，这次就不见面了，未来我们还会在夏天相遇，这台机器在你真正需要时打开。你有一个伟大的父亲，祝好。

我还有好多尚未明了之事，如秋风浩荡的慈悲，唯落叶知其一二，却也无暇停留，只好提着沉甸甸的箱子独自踏上返程路。

火车行进了一夜，我在卧铺上醒来。窗外的景物向后飞驰，晨光熹微时，一缕白光如箭矢般冲向眼睑。就在那一刻，最后那个词语霎时迸现，所有的诗句在我脑中一瞬间成形，如同自动嵌入的最后一粒拼图。我仿佛听到咔嗒一声，宇宙的齿轮紧紧咬合，开始有序运转。

那首长诗的起势不疾不徐，中间磅礴大气亦含藏极致的情与景，结尾处回甘无穷，又如同另一首诗的起始。整体首尾衔接，起如"色"，合如"空"，起承转合宛如色空对照，又如以太真空归一。

无首无尾，无始无终，万事万物，各从其命，各行其是，玄妙极了。

此刻，我坐在驶向故事结尾的绿皮车上，不由得想起一些人和事：记忆中的母亲，时常和我聊起她幸福的童年，念叨外公外婆的勤俭与慈悲；而父亲，他最喜欢带我一起去山野里冒险，去看鸽群的聚散、麦田的呼吸，工作时，总是把我唤到一旁，跟我讲每个齿轮间的距离都对应着精准刻度的时间；我还想起了一个人，我心爱的恋人，她就像一座灯塔，在路的终点等我归去。

黎明来临，我深深呼吸，吟诵那首万物的诗。

尚可思想的宇宙在此留白

在思度星祈祷

思度星上的生命会定时祈祷,祈祷时间四十二秒。

祈祷仪式是与宇宙联结的修辞,祈祷,源于这颗星球时间的静止。就像连续的时空之间产生了一个缝隙,缝隙时长正好四十二秒,之后,两颗恒星完成任务交接,世界又再度重启。起初无人发觉,直到他们通过计算阴影的位移找出了规律,世界虽然突然静止,但恒星的光芒永不消歇。

他们之后才知道,在宇宙绝大多数星系里,不会再有第二颗如思度星一样的存在，它就像同时活在两个世界的孩子，一次次在自我错认中怯怯凝视诞生的初地。那个神秘的时间暂停现象每隔36天出现一次，因为极度神秘，促使他们学会了祈祷。这样的祈祷仪式如同固定的节日，从文明初期一直流传下来，他们好奇自身的命运，感叹为何受到两颗恒星的恩泽，祈求宇宙的齿轮被拨回原位，为他们显化一条正确的攀升之路。

在人文主义时代，科学家普济通过观测和计算大胆推测：思度星位于一条分项轨道之上，这条轨道横跨两个宇宙的恒星系，每36天经过轨道的交点，就像一扇门，穿过这道门时会有短暂的时间驻留，星球随后从A宇宙进入B宇宙，在A宇宙的时间是36天，B宇宙不同的参考体系则会把几百几千年压缩至这同等的时间。因此，文明在不停加速。昨天还是一片荒芜的丛林，没几天就变成飞行器肆意穿梭的赛博城市，宇宙之轮运转不歇，思度星的生命只是这齿轮里的润滑剂。他收回探进深空的目光，这个结论搭乘群星散射的光抵达他的大脑，霎时，他从苦闷中释怀了，喃喃道，这不过是又一次为混乱而不可知的宇宙提供佐证。

在智能信息时代，考古学家在地底发现了大量奇怪的图形文字，解读后确认为上一次文明遗留的信息，而这证实了普济的猜想——

> 如果这颗星球的文明还在延续，如果你们找到了这段信息，那么，你们应该已经发现了四十二秒的秘密。我想告诉你们的是，我们的文明是永劫复归的文明，你和我，以及未来

的他们，我们在无止境的轮回中一直重复着文明生灭的流转，看似无始无终。这颗星球位于分项轨道之上，也就是说，它的公转轨道横跨两个位面的宇宙，一个是普通位面的宇宙，另一个则是背面的不可知宇宙。从生命诞生到文明出现一丝微光，从青铜时代到帝国时代，从智能信息时代到新能源时代，对相对宇宙而言，只需要三十六天的时间。思度星文明每三十六天进行一次技术与时代的更迭，就像是把遥不可及的未来一把拉至现在，我们曾经庆幸于文明的飞速爆炸，但最终明白，一旦触达巅峰，衰落和毁灭也近在眼前。成住坏空，依然是宇宙的铁律。

根据上一次文明留给我们的信息，他们终结于星际拓荒时代。在每一次快速的生灭递归中，这颗星球的生命共同参透了这个秘密。

我们进行过无数次思考和推演，不管是离开母星，远征至宇宙深处，或是脱离分项轨道，回归本位面宇宙，都无法摆脱轮回的命运，一切繁盛都毫无意义。曾有诗人如此形容我们的宇宙："我们精心缝制着一条地毯，但地毯下是完全不一样的花纹；我们在镜子前端视自我，而镜子里的我一秒钟年华老去；我们虔心称颂头顶的造物主，造物主却在我们身后模仿我们的样子。"哲学家将两个宇宙分为显宇宙和密宇宙，指出宇宙的真相是性（本质）相（显象）不二。数学家不断调校计算出的宇宙模型，天文学家对两个恒星系的行星系统和运行轨道对比分析，各自得出的结论和诗人、哲学家的猜想有几分接近。可是，我们每每以为快要触达真相，而宿命似乎不可摇撼，直到这一次文明的尽头。

宇宙为何将我们悬于未测之间？这颗星球是被祝福还是被诅咒？如果不明过去未来，是否依然有一条终极之路，可以让我们出离这无止境的游戏？无论如何，母星的继承者们，恭喜你们跋涉至此刻，这颗星球上的生命形态经过无数次演变，为宇宙带来了万花筒般的文明，我们创造的生命、社会、艺术，无可取代，宇宙曾由我们自由定义，可是，生与灭终究对立。过去的历史被尽数书写在宇宙中，未来将由彻底找到真相的生命改写。

如今，我们将傲慢带到了群星之间，前方未知星云的电磁暴正漫过头顶，我听见体内的挠场磁线感应装置发出混乱的电流声音，因为思维母体集中制的优势，我们的痛苦、无助和对母星无限的留恋，会即时传送至星球的每一个生命。我随即启动末日模式，一艘告别舰即将返回母星，为你们留下这些信息。我的文明即将终结于此，但令我感到无比骄傲的是，我们从未放弃寻找出路。孩子，将这渺小的希望传递下去，定会有出路。

祝福你、母星和宇宙。

第一批得知信息的人无可避免地陷入一种惊惶的愁绪中，即便如此，即将发生的下一波技术爆炸会让他们无暇多顾。此后，科学家普济的学术成果由他的后代继承，他的孙子依然叫作普济。普济家族的荣耀让他成为最具权威的文明观察者，他的工作地点在思度星近地轨道的空间站，他依然继承了祖先对宇宙的敏感度，在星群的黑丝绒背景下遥测和猜想，思考两个宇宙之间的关系，思考自己脖子上的星形胎记到底来自哪颗星球的祝福，他一直以此为荣。

他沉溺于星体之间的秩序美，在非凡洞察力的指引下，所有信息在他脑中有序排列重组，接着，自然发展出一套宇宙文明观。普济在空间站的晚餐时刻，不经意间与众人谈起：宇宙文明分为 T0～T8 九个阶段，T0 是在大爆炸之前，宇宙和星系还未产生的混沌阶段；T1 文明还未认识到物质的分子层面，尚有原始崇拜；T2 文明已有基本的社会形态，能认识到部分微观层面以及星际间的粗糙逻辑；T3 文明发现可控核能，可实现太阳系内旅行；T4 文明已实现超光速旅行，能做星际的空间跳跃和穿越；T5 文明接近纯善，能以全景视角看到宇宙边际，明白现有文明体系里的所有逻辑和规律；T6 文明能跨越维度，至纯至善，不再需要能源、科技，接近生命的本质；T7 文明已回归本真，认识到宇宙真相，不再有二元对立，时间和空间的概念全部失效；而 T8，则能任意折返于 T8 以下的文明世界中，能恒顺所有阶段的文明，T8 文明的终极目的是令宇宙中所有文明都攀升至 T8。

他几乎在一瞬间明白，所谓的出路，就是达到 T7 以上的文明。而母星的文明大多数毁灭在科技极度发达的 T3、T4 阶段，用物质科技丈量宇宙，因此难以突破文明的界限。要找到一条通往 T7 以上文明的路，不如绕过中间阶段，至少要从 T3 起直通到 T7。

普济在惊惶中继续猜想，转换轨道时的四十二秒留白，或许藏着宇宙对他们三缄其口的秘密。此时，离下一次轨道转换不到十天时间。

思度星的困惑在于对时间迭代的感知，不管在哪个宇宙，时间和空间都不是绝对的，三十六天是一种感知，在四十二秒的暂停之后，这种感知会再次被混淆。而每个身处其中的人，即使活过漫长的一生，感知里也只是活了几天而已，他们的生活、感情、历史，一切无所驻留，就像心甘情愿为虚无的车轮献上身躯、铺就道路。文明亦如朝生暮死的蝉。在第二个七天，思度星的文明又会重新经历开天辟地、生命初醒的历程。如果有一个集中的思维能感知一切，他会对此感到惶惑和伤感吧，普济想。

时间不多了，他回到地面，将此理论编入世界通讯网，看着脑互联时代的磁网巨塔在夕阳下状如墓碑，一座一座将城市包围起来，而几天之后又会化为残垣，下一个时代新的思想和建筑将接管这里。祈祷吧，祈祷我们能照破这混沌无序。他继续编织信息。人们在每一天的祈祷中快速老去，在悬停的觉知和低吟的称颂中，感受宇宙的灵性被消磨又重组。

普济盘腿坐在窗边，AI 管家会在黄昏时刻自动播放音乐，这些作品来自不同时代，甚至不同宇宙。徐徐升起的旋律在虚空中自由流淌，如同一股暖流灌入他躯体的容器，是一支协奏曲，最初清亮、磅礴，细密的音符如自动排列的星体，在深空中勾勒出一幅若隐若现的轮廓，他完全融入音乐的世界，忘却自己的形体。协奏曲起承的部分继而变得婉转、肆意，他的神经丛有节律地跳动着，似乎触摸到乐声慢慢编织成的线条和画面。然而，音乐在准备进入最华彩部分的时刻却戛然而止，如刚成形的沙画被猛风吹散。尚未生起疑惑，他微微张开眼，注意力集中于听觉，音乐不可能就此结束，他坚信。一秒一秒，他默数着。

静止。停顿。留白。仿佛真空压迫耳膜。

瞬时，这支协奏曲在停顿处蓄满力量后再度爆发，如万花筒般的画面喷涌而出，趁着一股势不可挡的劲儿直冲云霄，终抵达星汉之上。音乐就此结束。

衔接处的空隙一共四十二秒。

普济兴奋起来，他回溯整首乐曲的每一篇章，四重奏从听觉窜入其他所有感官，在他眼前投射出没有边界的流动的画面。他恍然惊觉，正是这四十二秒的缺失，才让这支四重奏焕发新的神韵，一如水墨山水画在适处留白，反而令其更具美感。他着了迷似的，疯狂寻找这首音乐的来历，在世界通讯网的声频库中一一比对，终于找到。这支协奏曲叫作《永恒辩四重奏》，是一部电影的配乐。

普济反复聆听，把自己置身于音乐的缝隙中，在某一刹那如顿悟般，看到直通 T7 文明的道路。就像在行星轨道转换的那个时刻，思度星生命的觉知体系都被置换成一种难以言诠的空无状态，而空无中又能生出万有，只是他们一次次错过它。四十二秒是神的旨意，祈祷是有用的。他喃喃道。

他将《永恒辩四重奏》编写入《思度星文明志》，他在与更多人聚会的晚餐时刻分享这一发现，声称自己悟出文明危机的解决之道，那个缝隙是宇宙大爆炸时的停顿，是机会，亦是救赎。而思度星要逃离这无序的循环，不是去往遥远的外太空，而是回归，回到文明的起点，所有的起点和终点。回归，就在那四十二秒之中，找到那个不来不去的觉根本性，就能在瞬间和T7的境界同频共振，甚至是抵达，就这么简单。众人看到他如酒醉后的酣然，各有所思。

几天后，垂垂老矣的普济躺在床上，只剩下最后一口气，众人围绕，他复无别话。在生命终结的四十二秒缝隙，他与宇宙同时停顿，感觉自己的身体和心灵已然回归到一种婴儿状态，畅游在一片光明寂照中。

一个新时代即将在黎明过后降临，他明白，那会不一样。

永恒辩四重奏

音乐，曾令她的心脏重新跳动，如一只满载着意义的手的拨弄。

为了采访神秘的音乐家梁其琛，郑闻夕做了不少准备。网络上关于他的消息并不多，在个人生活全无边界的2045年，他没有社交账号，不接入增强视域设备，便携式智能终端使用率也极低，尽管获奖无数、名气颇响，但很少在公众场合露面，在现代新人类中，算是另类。他能答应郑闻夕的采访邀请，多半是因为她在邮件中表达了自己对古典音乐的粗浅理解，以及自己跟音乐的一段往事。

她暂且放下往事，其实真正吸引她的是梁其琛作品中的一个特殊符号，至今无人能解读。他中年成名，度过一段瓶颈期之后仿佛脱胎换骨，作品明显呈现分水岭的状态，比起从前越加恢弘大气，似有来自宇宙的史诗感注入音律之间，颇具大师之相。最令人着迷的是，他此后的每首音乐在不同地方都有四十二秒的停顿，不仅没有破坏音乐的完整性，反而令其成为绝美的杰作。

无人参透这四十二秒的奥义，在演奏会现场、在剧院、在录音棚、在他的会客室，所有人都问过，他微笑着缄口不言。或许因为太过神秘，梁其琛渐渐被推上神坛，从作曲家、演奏家，逐渐过渡到指挥家的身份。

见面地点约在上海歌剧院的后台，梁其琛作为这部歌剧的音乐总监，最近一个多月都泡在这里。郑闻夕来到声音制作间，站在门口怯怯张望，一眼认出忙碌人群中的梁其琛。他看上去很清瘦，身穿一件宽松的休闲西装，搭配白T恤和牛仔裤，头发中长、略微泛白，脸上冒出不少胡茬，却丝毫不见倦容。他不时跟几位乐手挥手比画，同录音的人交代两句，不时凑近耳机闭眼聆听，脚同时有节奏地摆动。

所有乐声都被他驯服，接着袭向作为听者的她，将她像树一样摇撼，像海面一样吹荡。当他发现郑闻夕时，她已经融入他们的音乐世界。梁其琛正创作一首长达十分钟的舞曲，曲子将出现在歌剧的高潮部分，是绝对的点睛之笔。他放下耳机，似在自言自语："最好的歌剧音乐，不仅要与故事血肉般嵌合，还要为演员的舞台行动提供催化……可能我野心太大啦，不过，你来得很是时候，我正在想最关键的部分。"

"应该要在哪里留白吗？"郑闻夕努力调整略微紧张的声线。

梁其琛的视线从乐谱扫过她，停顿几秒，"你说对了。"

郑闻夕报以微笑，不打算追问，只安心当个聆听者，慢慢走进他营造的氛围中。梁其琛并没有想象中那么神秘，更像是一个极度专注的匠人，音乐在他眼中如同精密的零件，齿轮和齿轮之间彼此咬合，与其说创造，不如说是欣赏那些声音如何从自己的大脑喷涌而出。今天的工作告一段落后，他心情不错，讲起自己小时候的故事——

我十二岁就能听音识谱，在我眼中，声音是有画面的，每个音符都能形成对应的图像或影像。我会把听到的音乐在脑海中剪辑成一部电影，有忧伤的、有激昂的。任何声音在我的耳朵里，只要稍加编排就能成为音乐。课堂上老师的唠叨、窗外鸟儿的私语、风吹树叶的沙沙声、马路街道的人来人往、锅碗瓢盆清脆的碰撞……每当我试着聆听，那些声音会不自主地组合成音乐，音乐再形成全新的画面，覆盖掉我眼前的世界，仿佛感官相通。我时常沉浸在自己的世界里，在众人之中，用一个括号把自己括起来。

爸爸在我中学时患了重病，家里人希望我以后能学医。看见妈妈带着他四处求医问药却不见起色，看她无数个夜晚守在病床边，背越来越弯，泪痕越来越深。我回家后能做的只有简单问候几句，然后回到房间关上门、关上耳朵、关上那个世界，为了考上医学院而挑灯夜读。我念到大四，爸爸没等我医好他便去世了。我常想起他躺在病床的样子,那是一首低沉、忧伤的音乐。此后,我决定走自己的路。

重新打开那个世界并不难,但因为没有系统学习过,更没有专业背景,我只能拿着一些原创作品到处寻找机会,后来在家附近的小城市找到一份音乐老师的工作,教孩子最简单的音乐课。空余时间自己创作,把一些曲子递给各大音乐公司,却无人欣赏。那个时候,写了很多民谣和流行歌曲,只能在课堂跟孩子们唱一唱,不过那样简单的快乐以后都不会再有了。

第一次采访很顺利,梁其琛愿意回忆过去,对她来说很意外。每个人都想第一时间知晓那个秘密,郑闻夕却不着急,如果世人只执着于表面符号,会错过背后那个无形无相的核心。她接着收集到他不同时期的作品,租了一间视听室,准备以一个全新视角进入他的音乐世界。从早年的歌曲到之后的钢琴曲作品,再到后来的42秒杰作,她逐一欣赏。

音乐在不大的房间里流淌,那是他故事中的青春时代,在他的歌声中,她听到一个彷徨少年的心事。还有早期的乐曲,用钢琴或小提琴演奏,简单而又清澈,那是他初见世相的青涩与试探。郑闻夕全然沉浸其中,音乐抛去生长的意图,在弥散中甩掉了时间,一波波推皱水面的涟漪,套嵌着他的故事、他各个时期潜意识里的不同景象,直到夕阳从她手边滑出了房间。

郑闻夕的注意力从音乐浮潜至那段往事。

她经历过一场地震,当她在废墟中醒来,断裂的墙体、金属、木器挤压着她的身体,意识若一丝微弱烛火,在布满尘埃的缝隙中游走。她第一次预感这器物世界的重压,终将人拖拽至深渊。疼痛感包覆着每一个毛孔,心跳在减弱,搏动的节奏感不见了,一生的影像还没来得在眼前回放,母亲的眼泪、父亲的沉默,生活种种失衡的造景。她将要入睡,呼吸已经不会逆反自己。

忽然间,她失去知觉的手无意碰到了什么,一段音乐从手机里流出,是一首钢琴曲。琴键在跃动,仿佛有一只手在轻轻拨弄水面,节律感重新被召回,滴答滴答,音符成为连接生与死两个世界的船舶。身体机能自动将满身被动的感官全部集中在听觉,乐声流动,耳膜收集这振动频率,它接着钻进胸膛,唤醒了心脏跳动的本能。心室重新灌入血液,与这音乐共振着、合奏着,咚、咚、咚……她身似潜水钟,灵魂却似蝴蝶,轻盈得忘记了时间。她最终活了下来,后来知道那首音乐来自梁其琛,是他最失意时候的创作。

她因一段孤独的人生而得救。此后,她总能在音乐中听到些什么。

歌剧公演的第二天,梁其琛约她在歌剧大厅见。舞台上的布景、道具还是演出时的样子,像一座奇幻世界的城池,这方空间将那些人物的一生融进两小时之内,让他们的心识得以向舞台的前方无限延伸,然后抵达观者。梁其琛和郑闻夕坐在观众区的红色椅子上,看着工作人员陆续走上舞台,对各处置景检查确认。

"所有人都问过我,为什么要有空白,很多评论家骂我是异类,说我背弃了音乐。同样想找答案，你和他们不一样，当然，很荣幸，我的音乐曾经对你产生这么大的影响。"梁其琛双手靠在前面椅背上，欣赏舞台上那个奇幻世界被旁人如修复钟表般安抚。

郑闻夕似乎能听到他身体里音符运转的滴答声，"我重新听您的音乐，就好像音乐中还有音乐，一个音符包含着整首乐曲，这部歌剧的主题曲也是一样，主人公在戏的最后部分等待神启降临，他就站在舞台中间，直接和观众对视，停顿就在此处，全部的音乐也都在此处，太妙了！"

梁其琛起身，领着她走向舞台，他将故事抛给身后——

当音乐老师的第四年，我接到一份工作邀约，去上海为一档无聊的节目做现场伴奏。我犹豫很久，那时觉得人生就这样了，创作就当爱好吧，音乐老师至少稳定，又能方便照顾家里。上海对于我来说就像未知的海域，而且那时并没有人真正欣赏我的音乐，我也一度怀疑自己的天赋是否早被消磨殆尽。一个巧合，我看到一部短片，是一个国外小孩子用DV拍的，看完之后，我决定离开。

短片叫作《完美末日》，故事很简单，画面开头是一排不对称的脚印，然后镜头摇上来，一个12岁男孩的背影，走路一瘸一拐。桑切斯的腿有先天残疾，但却掩盖不了他的聪明灵性。有天夜里，他梦见外星人告诉自己世界末日快来了，但是守护者会在那时将地球所有生命转移到另一个平行宇宙。梦醒来，他觉得饶有趣味，约上小伙伴一起去寻找外星人。后来，循着信号，他努力爬上一座象征他生活的高塔，终于再次遇见它们。一月后的夜里，也就是外星人说的末日之时，桑切斯感觉有些异样，他打开DV，朝着能看到日出的方向拍摄。第二天，DV里竟然出现一段雪花画面的空白，时间正好在黑夜和黎明的临界点，四十二秒，之后画面又恢复正常，太阳渐渐升起来。桑切斯看着DV里的影像，表情从震惊到心领神会，画面定格在他看向外面新世界的微笑。

这部电影很童真，但对当时的我来说，意义却不一样。我被桑切斯乐观无畏的精神感染了，很简单，就是这样。来到上海后，一边工作，一边全心投入创作，一切从零开始。渐渐地，我可以开自己的演奏会、出专辑、巡回演出，舞台越来越大，更多人听到了我的音乐。然而，我很快被这一切干扰，变得不像自己，新作品失去了灵魂，我也失去了朋友、爱人。于是，我停了下来，很长一段时间不碰乐器。我四处闲游，把从前的一切抛到身后，直到在一个海边小镇看到一处高塔。我又想起那部短片，那段空白。站在塔下，我哭了。

答案很简单。而放在每首音乐之中，留白都有着全然不同的含义，只要你用心聆听。

他们置身于舞台的造景中，酒红色帷幕降下来，等待再次开启。梁其琛下周的工作是为一部叫作《永恒辩》的电影做配乐，他写了一首《永恒辩四重奏》，需要一支交响乐团演奏并现场录制，郑闻夕受邀前往。

故事似乎应该到此结束，因为她得到了答案。四十二秒并没有世人眼中的传奇色彩，只是两个不同时空的微妙共鸣而已，可她真正在乎的是，他与音乐之间的彼此谐拟。

演奏厅金碧辉煌，乐手们落座，各自翻看乐谱。梁其琛换上燕尾服，妆发也经过打理，显得比平时更庄重，他站上指挥台，仿佛一个磁力中心，将所有人的注意力吸引过来。郑闻夕远远坐在一旁，呼吸悬停，庄严的仪式感凝结在将起的音符之中。

"这部电影需要不一样的配乐，"梁其琛之前对她说，"跟从前的创作不同，在电影里，音乐起到的作用，是用抽象的方式对具象的影像描画做出渲染，配乐的存在，对于观众理解影像表达和故事叙述有很大帮助，但这次是《永恒辩》，这部电影……几乎把我抛向真空。"郑闻夕不急于了解那部电影，她自信能在《永恒辩四重奏》中看到那个故事。

安静，真空般的安静，然后，梁其琛只是开始扬起指挥棒，便把在场的人都丢进《永恒辩》的氛围中。

起初是造物，提琴将乐声的起源定格在宇宙初生的位置，前奏的清朗如雪花般，将她的身体里里外外淘洗了个遍。他手中的指挥棒继续钩挑波撇，将匀整安稳的情态包容至弦乐部琴声的起势之间，奏鸣曲式的宏大规整，在振动的弦与共鸣腔中初露锋芒。她闭眼凝神，分明看到了红色帷幕已拉开，一幕幕繁复层叠的布景在缓缓成形，巴洛克风格的美学意象流窜在布景间。管乐部追随着恣肆的琴音，在虚设的场景之上化为迷雾般的气流，色彩鲜亮，环绕包裹着那炫目造景的主体。

第二乐章变得厚重而急促，打击乐部适时汇入交响乐的洪流，为那些被框进镜头里的鲜活人物，雕刻出各自的命运。第三乐章，从变奏曲到谐谑曲，不同器乐和声部终在此刻完成对彼此的指认，在他的指挥下，浪漫主义、古典主义通通如潮汐般顺应着故事的万有引力，倾泻着香浓饱满的旋律。站立于后面的几位歌手，在乐曲承接部分屏息唱出和声，那是星云间涤荡的气流，从他们口中缓缓吐出，调剂着越加庄严的氛围。主题呈现的第四乐章，回旋曲式令整首乐章呈现出漩涡的形态，演奏者和听者仿佛共同窜入云端，和一个个音符共谋着，干脆一起抖落成雨滴，落入大地的感官。

梁其琛站在指挥台上宛若创世者，肢体与这盈盈动荡的音乐彼此牵动。她遥想着，那应是一个全新的维度，就像从高维看低维，星体在他手中任其排列，音符跃动所产生的秩序之美，和磅礴宇宙一样无法言说。她听到的《永恒辩四重奏》，是来自宇宙深处的回响，一个音符便能解释其余部分，而那部电影是一个试图解释自身与万物关系的故事，是天选之子鼓起勇气去对抗虚无与不公，是一群人的牺牲与救赎。只要能在物质世界里找到定位，音乐，便能在任何时候奏响。

这是一曲献给失落世界的挽歌，她想。乐曲接近尾声，梁其琛手中的指挥棒悬停在半空然后缓缓下落，他闭上眼睛，默数四十二秒，乐手的手指像蝴蝶栖息在花瓣，乐器因此沉默。

不知为何，她流下了眼泪。在地震废墟里，在父亲的棺椁前，在小男孩见到外星人的高塔上，应是同样的眼泪。在这留白中，不仅是《永恒辩》，还有她的一生，他的一生，他们的一生，在此刻于各自面前吐露倾巢的话语。梁其琛身上停顿的力量再度汇聚于右手，指挥棒微微颤抖，继而扬起。蝴蝶振动翅膀，乐音冲出阀门，如瀑布奔流，永不消歇。

她从留白中抽身，心脏继续合奏着。四十二秒，这是一个容器，容纳无限可能，看似残缺，实则圆满，我们只存在过这些时秒，之后不会再汇集，宇宙令我们终成为这一幕，她想。

完美末日

男孩桑切斯最骄傲的事，就是陪所有人一起安然度过末日。

他右腿的残缺是先天带来的，走路时会比别人多一些节奏感，亚利桑那州的风景辽阔无际，他时常在窗边凝望，幻想着等长大以后要用脚步丈量整个世界。十二岁之前，桑切斯已经习惯别人落在他身上的异样目光，妈妈曾试着帮他纠正，在腿上绑上矫正器，用汤药浸泡，却依然无法改变他的节奏感。

妈妈忙于工作，很多时候只能在睡前进来亲亲他的卷发和小酒窝。而身为录音师的爸爸，一年中大多时间都在全国各地奔忙，记录各类声音，自然界的风声、河流声、细微如发的草木抽芽声，嘈杂都市的环境音,片场里的人物对话……如果不是桑切斯的身体问题,爸爸也许就能时常把他带在身边。

桑切斯见过爸爸的工作照,硕大的耳机挂在头上,双手举着的录音杆悬停在虚设布景的上方,他正为一部风靡美国的情景剧做现场录音。除了片场的工作,他把很多心力花在建立"万物音库"上,他总能对万物变迁保持极细微的敏感度,能随时捕捉针尖落地般的声音,跟别人不同,他是用耳朵和心灵去丈量世界的。桑切斯只能看着爸爸从不同地点寄回的照片,遥想着他沿途经过的所有声音,将它们一一收拢至自己耳边。

为了消磨课余时光,桑切斯喜欢在爸爸早年存入的声音库中探索世界,他翻到一盘标记着"Foetal heart sound[①]"的录音带,戴上耳机听到一段胎动的声音,咚、咚、咚……微弱而渺小,随时能被任何声音覆盖,那还未现于人世的啼鸣不如鲜活的心跳有力,却预示生命法则在宇宙中的永恒。桑切斯沉浸在这规律的跳动声中,忽然,声音暂停,可录音带依然在转动。他的心揪紧了,如果空白继续,这会是他第一次隔着遥远时空聆听到死亡。

阁楼寂静无声,他亦屏息静止,似被按下暂停键,转而,录音带里的空白在四十二秒之后被重新填满,咚、咚、咚……那心跳的主人活了过来,似被放逐的流星终找回自己的轨道。桑切斯擦掉眼泪,会心一笑,像是经历了一场相遇与告别,在如此顽强的生命律动前,他

---

① 胎儿心音。

小小年纪就经历的那些伤害与孤独一瞬间烟消云散。那天傍晚,他追逐着公路尽头的落日,双脚踩着一种独特的节奏感融入暖黄的光,如同一只小舟在海面上倾摇。

那些声音让他开心了很久。不久后,他做了一个梦,梦见好几个外星人像光一样流窜到窗边,跟他说着什么,而他听到的并不是语言,更像是脑波盈盈动荡的涟漪。他醒来后努力回想,得到一个近乎幻想的预言——

> 世界末日很快要来了,时间在一个月后,但宇宙中的守护者文明会保护地球,届时会将所有生命转移到另一个平行宇宙。在末日前的转换中,两个宇宙会有引力场的交叉,时间将暂停四十二秒。随后,守护者说,"不要害怕,这是一个机会"。

桑切斯像从前一样去上学,一个人吃饭、走路,他将这个梦告诉妈妈、写信告诉爸爸,他们只说,不过是梦而已。十二岁生日那天,他收到爸爸寄回的礼物,是一台 DV,他有了一个大胆的想法,把心心念念的梦拍成电影短片,算作童年结束前留给自己的纪念。

那几日,天空中总有一些异象,隔几日便出现彩虹或是日食月食,小镇居民并不感到意外,只是偶尔在酒馆、市集顺便提起,然后话题又被琐碎的日常生活冲散。桑切斯以为那不一样,想到那个梦,总是本能地去误解任何风吹草动。于是他将那些外星人画下来,制作成短片的故事板，他嘴里咬着铅笔，望着天空，或是摆弄着 DV，让那些电影画面在脑中自然成形。他鼓起勇气，将故事板拿给几个同学看，优等生莉莉安、足球男孩凯文、亚裔女孩瑞秋、高个子双胞胎达利和希安……桑切斯以小导演的身份，将故事讲得有声有色，他们的目光不再落在他腿上，而是他清澈的双眼。

剧组很快成立，大家一起勘景后，桑切斯定好人员分工，演员、摄影、场记等，短片以伪纪录片的形式呈现，从桑切斯自己的真实生活切入，一个有身体缺陷的小男孩，在日复一日的凡常生活中，努力让父母同学注意到他，努力追上他们的脚步。当莉莉安举着 DV 对着他时，他并不是在表演，而是重现。他设计的第一个画面是一双不对称的脚印，随后，他的故事徐徐展开。

梦境那场戏，他安排在自己家里的阁楼，晚饭后，莉莉安架好 DV，桑切斯躺在床上，开机前，他嘱咐扮演外星人的双胞胎，穿好银色的道具服，电筒拿在背后好制造出乘着光飞来的效果。好几次，他们都被双胞胎的扮相逗得哈哈大笑，桑切斯看着他们天真的笑脸，也傻傻跟着笑，以为自己犹在另一个梦中。

凯文和瑞秋扮演他的同学，从最开始嘲笑他，到后来，接受他的邀请一起去寻找外星人。很快，家里和学校的室内戏取景结束，他们也抓准时机拍摄了不少彩虹的空镜。接着，剧组去到学校附近的树林，这是他们第一次离开大人的视线去探险，桑切斯背上食物和水，细心照顾大家，尽管他走得不算快，在小伙伴眼里都不再重要。桑切斯不确定他们是否相信这个故事，但他知道，这段经历会给他们的童年留下最精彩的记忆。

"嘿，等等我！"桑切斯追上凯文和瑞秋，莉莉安的镜头从他们的背影摇移至空旷而辽远的山间。

午餐时刻，莉莉安兴奋地和大家讨论她在电视节目里看到的UFO，双胞胎也畅聊起自己的奇思妙想，他们猜测小镇周围就有一个魔法世界的入口，在衣柜里面或是站台中间，凯文提起自己最喜欢的超级英雄漫画，他说他们肯定就隐藏在普通人中间，瑞秋说姥姥给自己讲过很多中国的神话故事，她相信龙的存在，它其实来自更高维度的世界。桑切斯听得津津有味，庆幸自己用一个梦换来了更多想象力奇绝的故事。

"我相信，这些都是真的。"桑切斯眨眨眼，一对小酒窝浮上脸庞。

"我也相信，说不定，外星人也正在听我们讲呢！"双胞胎哥哥达利说。

"我就知道你想给自己加戏，达利。"莉莉安嘟着嘴，抱紧DV。

大家被逗笑了，他们的笑声穿过树林乘着风飞向远方，带着对这个世界的好奇和疑问，将那些梦和超越想象的故事一一为万物讲述。要是爸爸在这里，他一定会竖起耳朵细细聆听吧，他想。

最重要的一场戏定在郊外一座奇怪的信号发射塔楼上，旁边有一间年久失修的工作室。桑切斯要爬到塔楼的最高处，再度与外星人相遇，这场戏代表自己完成了对平常生活的超越。双胞胎不赞同，说那太危险，桑切斯望向天空，在心里默默规划，回头对他们说："一定可以的。"

莉莉安也决定跟着往上爬，在他身后负责拍摄，他们俩沿着塔楼的金属阶梯开始向上攀爬，其他小伙伴在下面等待。他们离地面越来越远，桑切斯不敢往下看，他只盯住塔楼高处的那个平台，一步步往上爬，顾不上脚步的沉重和不协调。太阳在此刻发散出炽热的光芒，像是一种指引，他擦掉脸上的汗水，不停地往上爬，他并不只把这当作一场戏，而是证明给爸爸妈妈看他能做到。

"桑切斯，我爬不动了。"莉莉安气喘吁吁地说。

"你先下去吧莉莉安，我一个人可以。"桑切斯接过她手中的DV，继续攀爬。越往上，他便能听到越多的声音，那些爸爸如数家珍的风声、鸟叫声，甚至是心跳声。他被阳光压得抬不起头，不停喘息，视线也些微模糊，他回过神抓紧阶梯，调整呼吸后默数着心跳。想起那段突然暂停又重新起跳的胎儿心音，咚、咚、咚，他的心口似被灌入一股鲜活的能量，让他在这个失衡的世界找回自己的节奏感。

塔楼顶部离地面大概十层楼高，他朝下面挥手大喊，小伙伴为他欢呼着。他将DV放在一旁，镜头以一种旁观视角拍摄，电筒模拟外星人的光在画面一角闪耀。此刻正好，夕阳的光芒也缓缓探入镜头，桑切斯被西沉的暖光包裹着，卸下疲惫和忧伤，他闭上眼睛，享受这一刻。有风吹过，耳畔仿佛响起梦里听到的那句话，"不要害怕"。

一个月很快过去，大多数戏份拍摄完毕。

在外星人预言的"末日之夜"，桑切斯还要拍最后一段画面。他制作了一个DV道具，然后真DV拍下他用道具拍摄外面景物的画面，戏里需要有一个他拍摄的动作，表示他在经历这一切之后，用自己的方式去探寻真相，而戏外的事实亦是如此。

最后，他将DV对着能看到日出的方向拍摄一整夜，因为末日的转换就在子夜和黎明之间的缝隙。

他先睡去，第一次睡得这么安稳，那句"不要害怕"给了他十足勇气去面对任何困境，包括这个完美末日。妈妈在他睡着后，来到床边抚摸他的卷发和脸颊，猜想他最近和伙伴又一起经历了难忘的冒险。她还想告诉他，爸爸很快就会回家，给他带回更多万物的声音。

第二天清晨，一切如常，但在他眼中，太阳金灿灿的光有些不一样。他拿起DV，翻看昨晚拍摄的画面。

在黎明破晓前，光与黑暗交接，在那一刻，时间流速为零，宇宙仿佛被按下静止键。突然，DV画面变成一片雪花，似乎在那时受到电磁脉冲干扰。桑切斯感到些许意外，默数着雪花的时间长度，四十二秒，两个宇宙交替的缝隙。他望向远方，嘴角泛起一丝笑容。

不久后，短片《完美末日》在学校艺术嘉年华上播放，桑切斯的爸爸回来了，坐在台下欣赏他的作品，他和小伙伴一起上台谢幕，第一次被掌声和鲜花包围。桑切斯和爸爸的目光对视，两张笑脸隔着舞台深深烙印在彼此心里，他想告诉他，这世界的一切就像是新的。

叫阮的名

别人都叫她阿阮，她以后要为自己的孩子取一个很棒的名字。

十五岁时，阿阮跟着妈妈从越南改嫁来到香港，说是改嫁，其实跟人口贩卖差不多。妈妈下决心离开贫穷落后的越南，托人寻找香港的雇主，她可以去给人当仆人、妻子，怎样都行，只要离开这里。妈妈从前常拿着一顶破旧的军帽对她说，妈妈的爸爸是中国人，是一名防空兵，来越南帮助他们打败敌人的，她们本就是华裔。小阿阮点点头，一脸骄傲，她也常想念自己的爸爸，他患病去世后，家里一无所有。

香港有位开饭馆的李先生，生意做得不好，还酗酒赌博，快50岁了还没娶妻生子。有人给他介绍了一个越南女人，就是阿阮的妈妈。他看到照片，一个穿着蓝布衫的朴素女人，三十多岁，长发盘起来，圆脸小嘴，眼神柔柔弱弱的。他很钟意，于是花了笔小钱把她买了过来，听说她还带着个女儿，买一送一，他更开心了。

阿阮和妈妈漂洋过海初到此城，被这里的热闹与繁华吸引，那人来人往的街市，走廊和过道相连相通的住宅，夜晚传来动感舞曲的歌厅，路上随时能遇见不同肤色种族的人，他们说着英语粤语国语，互相熟络地打招呼，偶尔能在广场看到名流贵族和皇家军队路过，还有灯火通明的维多利亚海港，像是星星在夜里闪烁着，好看极了。在她们眼中，那个年代的香港就是天堂，妈妈对她说："我们以后就在这儿生活好不好？"阿阮瞪大了眼睛，兴奋地点头。

李先生身材微胖，眼睛小鼻子大，脸上总油腻腻的，他对阿阮妈妈还算不错，把饭馆的生意慢慢交给她，还四处花钱托关系让她们有了公民身份，阿阮终于可以重新去上学了。她们来了之后，店里生意好了不少，阿阮开始学习英语，从女子学校放学后，就回来帮妈妈照看生意，来吃饭的顾客都夸赞说，阿阮和妈妈长得真像，自从有了她们，这家店就像重新活过来一样。可是，李先生还是改不掉喝酒和赌博的习惯，阿阮妈妈劝说，换来的却是谩骂或耳光，在他酒醒后，又对自己的粗暴行为追悔莫及，甚至跪着祈求她原谅。妈妈一直忍着，没跟阿阮说。他在不喝酒的时候还是个挺好的人，不管怎样，先要在这里扎下根，她想。

阿阮天生聪明好学，成绩很好，很快便能用英语跟同学自然交流。之前在越南见过太多战乱与贫苦，那个被固封的童年终于和时间两相遗忘，在她记忆中渐渐褪色。她开始喜欢上香港的一切，试着融入这里的每一寸街景，每天也练习粤语，用香港人的方式去闻寻每一处落脚地。

李先生对阿阮很关心，但她总是刻意躲避，回到家就把房间门关紧，这间屋子是从客厅隔出来的，四平方米，没有窗户她就用彩色笔画了一扇，还有窗外的蓝天白云。时间一天天过去，这一年里，李先生一直想生个儿子，妈妈没能如他所愿。

天气热起来，阿阮走在路上能贴颊感受到越过海洋的凉风，放学回家后，跟往常一样，她在店里的桌上学习，看着妈妈在厨房忙碌，她微微笑着，感到心安，时常想，要是这世界没有李先生的存在该多好。

晚上，妈妈收拾完用粤语对她说："女仔，我去夜市买嘢①，你先

---

① 粤语，买东西。

返屋企①啦，乖。"阿阮点头，回到房间继续学习，月亮和初升的星辰就悬挂在城市夜空，她能想象。

十几分钟后，房间响起敲门声，她问："边个②？"没有回答，那只手继续轻轻敲着。"妈……"阿阮打开门，发现是李先生，一股浓浓的酒味扑鼻而来，他嘻嘻笑着，脸上油光岑亮像抹了一层猪油，两只浑浊的眼珠直直盯着她看。阿阮下意识关门，李先生把脚伸过去，身子一挪挡在门边。

阿阮略微惊吓，"你干七嘢③，请出去！"阿阮穿着白色衬衣，头发盘上来，几缕碎发被汗水浸湿贴在两颊和脖子，饱满的脸庞像极了妈妈年轻时的样子。

李先生醉醺醺地说着什么，好像是他想要个儿子，你今天很靓之类的，说着便作势往她身上扑。阿阮大喊着推开他，可一双肥大的手伸过来，就像排山倒海般的宿命。

星辰运行时，无法带她一起脱身。

阿阮离开了，没留下任何消息。她不知道未来在哪，或许葬身于海是最好的结局。她想做的最后一件事，是去音像店听听音乐，妈妈最爱音乐。她翻到一首来自台湾的歌曲《叫阮的名》，是写给母亲——

  谁在叫阮的名一句比一句痛

---

① 粤语，回家。
② 粤语，谁。
③ 粤语，你干什么。

> 亲像在问阮甘会惊寒
>
> 不需要别人来讲阮心内嘛知影
>
> 是你的声是你的声
>
> 谁住在阮的梦一住就一世人
>
> 尚惊日头会将咱拆散
>
> 虽然离开那呢远阮犹原会知影
>
> 是你的影是你的影
>
> 叫阮的名阮用一生斟酌听
>
> 当初细汉未赴乎你了解你是阮的生命
>
> 叫阮的名阮需要你来作伴
>
> 人生的路途阮爱你牵阮走

音乐就像一片死亡之海上唯一的航标,她原本沉溺的心又一点点被这歌声拽了上来。阿阮那时才知道,"阮"的意思就是"我"。

她之后辗转去到台湾,试着忘记一切,从头开始。她先是在餐馆打工,后来找到一份教英语的兼职,白天上课晚上继续学习,靠自己的努力活了下来。台湾跟香港是全然不同的造景,气候更加炎热湿润,住宅和街道没那么密集,这里的人都热情淳朴,说话也温温柔柔的。

她逐渐喜欢上这个被海洋包围的小岛,就像自己,也需要被什么包围着,才有一种归属感。她时时刻刻都想念香港的妈妈,迟早有一天,她要接她离开。

很快，她再度陷入痛苦，因为有一个小生命在她身体里渐渐成形。她在夜里痛哭，用力捶打肚子，第一次如此讨厌自己的身体。在医院，她拿着检查单，在手术间门口徘徊，她畏惧的不只是抽肠搓斩的疼痛，还有对活着逐渐失去耐性的虚无感。热带风分隔着这座小岛上的林木和草丛，没有给她的悲伤留下任何藏身之处。她从医院逃走，只是因为害怕。

她去海边走了走，借由汹涌的海浪声掩盖哭泣。她想念妈妈，朝海上大声呼喊着，然后回头看自己努力练就的温婉言行，随浪潮复返，变得像是自己天性的一部分。也许有一天，总要游回那片过于深广的海洋，去和妈妈重逢，而且，只能自己一人去。于是，阿阮决定下周去做手术，在这之前，她请好假，准备好钱，做足心理准备，就像是只要删除那个生命，就能删除掉那段黑暗记忆一般。

可有天夜里，她做了一个梦，梦见一颗特别的星球，在不同轨道围绕着两颗恒星转动，不同的时间尺度让那颗星球上的生命陷入漫长的轮回之中，找不到出路。而在星球公转至另一轨道时，时间暂停四十二秒，接着，一切又重新开始，只不过是不同的生命形式，不同的开天辟地与毁灭的结局。

阿阮第一次梦到宇宙，平日连生活都顾之不及，何谈仰望星空，这就像是有神灵故意掀开帘子的一角让她瞥见似的。她在梦中感觉自己是一粒微小星尘，以一种旁观角度去看待那些生生不息的涟漪。定会有出路，她在梦里这样想。

几天后，她独自去医院，手术前需要再次做检查，她躺下来，望着空白的天花板,调整呼吸,让自己平复下来。

女医生问她,"你确定吗,胎儿已经有心跳了哦?"阿阮沉默。那个小生命的心跳声由仪器记录并放大,咚、咚、咚……一张一合,有着属于自己的节奏感,阿阮感觉身体被什么击中了似的,像是有一头小象径直撞向内心。

她闭上眼睛,细细聆听,听见那微弱的心跳在和自己同频共振,仿佛两个生命在同一个容器中完成对彼此的指认。

这种感觉很微妙,仿佛这世界为她打开了一扇惊异且诗意的窗口。

忽然,那心跳停止跳动,女医生顿觉疑惑,将耳朵贴近仪器,一秒、两秒,阿阮咬紧嘴唇,刚刚那种本性使然的欣喜消失了。心跳还在沉默,而这原本是她想要看到的结果,可为何此刻却如此游移?她默数着这段静止、停顿或空白,想象着那颗心脏成为海洋上漂浮的小岛。

四十二秒,一共四十二秒,之后那心跳被召唤似的重新回到这世界。咚、咚、咚……比之前越加鲜活有力,她再次通过耳朵捕捉到,一个蒙上了无尽尘埃的生命正挣脱引力,努力想要看到新世界的太阳。

阿阮忽然间想起那个梦,那个生生不息的文明,在无数个尽头都未曾放弃寻找出路,在此刻,她自顾自地将那当作一种神启,似乎那半截文明史全都束勒在她的一个决定之间。

她不知不觉流下眼泪,片刻后,对医生说,"谢谢你医生,我决定,把他留下来。"

从那以后，她更加努力工作，肚子里的生命和她一样，想尽办法要在这世上得到饱足，然后，回到母亲身边。孩子出生后，她为他取名阮心，她常抱着他去到海边，看着海浪一重重翻卷而至，像是顺应着某种召唤。

阮心一岁生日后不久，阿阮得到妈妈的消息，妈妈一个人离开香港去了中国大陆，去到她爸爸出生的地方，而且，一直以来她从未放弃寻找自己。阿阮就这样站在大陆对岸，勉力遥望着，视线越过宽广的大海，代替她提前靠岸。

叫阮的名，她想，她听到海的声音说着"我"，所有思念都在那个"我"中。阿阮抚摸着阮心脖子上的星形胎记，喃喃唱着——

虽然离开那呢远阮犹原会知影 / 是你的影是你的影 / 叫阮的名阮用一生斟酌听……

镇魂曲

皓月当空,帝国宫殿清凉如昨。

天凌司命匆匆步入廊道,眉间紧皱,太子的宫殿位于主殿右侧,是寰宇大帝的安排。他快步踏入第三道殿门,门后便是太子卧榻,威猛的护卫官对他颔首致敬。他推门而入,空气中弥漫着熏蒸药液的味道,太子身着内衬白衣,侧卧在榻上,周围有三两侍女在伺候。

听见脚步声,太子侧过身来,他二十岁上下,面容俊美却清瘦苍白,身体虚弱无力,嘴唇也毫无血色,见着天凌司命,眼神重新有了神采,"天凌,如何?"

天凌司命眉如春山,英气逼人,身着一席白袍,衣面绣着牡鹿纹饰,他扶太子起身,"殿下,臣为您带来了好消息。"

太子唤侍女离开，看向天凌，嘴角扬起笑意："我就知道，你不会错付。"

天凌司命行跪地礼："自寰宇大帝夺走帝位，五大司命家族只剩我牝鹿家族心向太子，臣和先帝的旧部族暗地招兵买马，为太子筹建大军，期望有一日，能助太子夺回帝位，一统天下。可寰宇大帝似乎有所警觉，他的军队在数量和力量上远在我们之上。不过，臣近日在民间寻得一位奇人，她拥有令机械造物生起自主魂灵的能力，如果将她招入，我们兴许可以打造一支……势不可挡的机械大军！"

太子忍住咳嗽，提起银色蒸壶，吸入药液的蒸汽，"天凌起身，你说的当真？是何能力，能令机械产生自主魂灵？"

"臣听说，是南方国度失传已久的塑魂术，不管是人、动物，还是无生机之物，都能为其重塑魂灵。"

太子向前探出身子，"如何重塑魂灵？"

"臣的理解，令无生命的拥有生命，令有生命的更上层楼。"

"请她来见我，尽快！"

"是，殿下。"

天凌司命正欲转身，太子叫住他："天凌，待我复位，荣耀帝国有你的一半。"

天凌紧绷的肩膀松弛下来，眼神清澈，望向太子："殿下，臣不为家族荣耀，亦不为功名利禄，只求您平安喜乐。"

看到太子露出久违的笑容，天凌司命欣然作礼，随后离开寝宫，打赏了护卫官一些银钱，循着回路，步入秋夜月光的恩泽。

天凌司命返回府上，议事大厅亮着灯火，几位身着军胄的贵族围坐着等他。文青云校尉上前迎接，"殿下的病可好些了？"

他摇头："未见好。"

陆行上将问道："太子的军队在城外密训已有时日，但凭目前的实力，尚不足以匡扶大业，不知你日前提起的江湖之术，对我们的事业可有益处？"

空行上将说道："这等术士我见多了，引入朝堂之上恐怕令人耻笑，我的翼军部队只要继续扩充，相信……"

天凌语气坚定："这是唯一的办法。"

厅内议论纷纷，有人说："七天后的夜宴，寰宇大帝邀请太子出席，可太子身体羸弱，失了君王气度，只怕给五大司命家族看到，会有损他们的信心啊。"

"若太子借口身体抱恙，不出席呢？"

"那便长了伏胤老贼的士气，一旦太子失去五大家族的支持，伏胤再诞下子嗣，太子之位可就难保了！"

天凌从座位起身，目光如剑："三天后，我便领那名女子进宫。"

众人渐散去，天凌望着堂前月影，思忆起那些他思忆过无数次的往事。他和普济太子从小一起长大，前朝大帝待他视如己出，让他做普济的伴读和贴身护卫。天凌知道，普济天生宽容慈爱，心怀天下、悲悯世人，未来一定是位流芳千古的帝王。可太子即将继位之时，他的亲舅舅伏胤暗掌军权，强行夺取了帝位。面对突变的大势，五大司命家族也只能俯首称臣。此后，太子无故染上顽疾，久治不愈，甚至长年被软禁在宫里。

现在，只有牝鹿家族和一些旧部族感念先帝的恩泽，也只有天凌，惦念着与普济的手足情谊，真正相信他是一位未来之君。而这复国大计，在天凌心里如同一座高山，他只能跟随普济冒死攀登，如今，成败就系在一女子身上。

天凌不久前从密探那儿听说了小蝉蜕，并亲自跟踪她了一些时日，他亲眼见到小蝉蜕手握一块湛蓝奇石，疗愈濒死的病人，她家里有好些机械工具帮她劳作，还有几台运算仪，一刻不停地自动在纸上涂涂画画，不仅如此，她似乎还能用意念操控那些机械。天凌震惊于那些波诡云谲的现象，那是荣耀帝国未曾有过的技术，或者，只存在于传说中，但他认定，小蝉蜕能让他们最短时间登上那座高山。

三日后的夜里，天凌司命步入长长廊道，身后跟着扮成俊俏小生的小蝉蜕，她生得清秀俊俏而有灵气，一双大眼睛四处打量宫殿上下，腰间挂着一个皮革制的宝袋。

"司命大人，这宫殿建造得如此……"

"什么？"

"地基四方，面东背西，屋顶八角朝天，对应北斗星象，在几何上实属完美，可唯独缺了圆，也就缺了一股气。"

"什么气？"

"君王之气。"

天凌眉头一皱："你最好别胡乱猜测，这可是太子宫殿。"

小蝉蜕扬起脸,毫不怯懦:"我看你不独是为了请我给太子治病吧,如果需要我做别的,我还得知道更多呢。"

天凌无话,带她进入第三层殿,护卫官拦住他们:"司命大人,寰宇大帝有令,陌生人不得进入太子寝宫。"

天凌掏出更多银钱递与他:"这是诗乐坊的诗人,来与太子吟诗作对,取个乐而已,不必在意,子夜前,我们便离开。"

殿门打开,太子倚在床边,似乎等候多时。他看到小蝉蜕,面露欣喜之色:"便是你?"

小蝉蜕一副古灵精怪的模样,也不作礼,上前两步便说:"太子殿下,听他说,您是整个帝国心肠最好的人,今日见您一面,我便知道。您的病呀,这些药液都是治不好的,"她继续向前,"我有办法……"

天凌伸手拦住她:"无礼!"

"天凌,这小女子机灵得很,由着她吧,"太子抬眼看她,"你如何治我的病?"

小蝉蜕从宝袋里掏出两卷金线,"请司命大人将这两根线系在太子手腕上。"

天凌照办,小蝉蜕盘腿坐在殿中,与太子有十米距离,两根金线一头系在太子手腕,一头系在她镶嵌着宝石的手镯上,这两根线上还分别挂着三个和七个细小的铃铛。她示意大家安静,随后闭上眼睛,不一会儿,一根线上的三个铃铛中,有两个微微振动,一个毫无反应,而另一根线上的七个铃铛,也有一个毫无动静。

小蝉蜕闭上眼,似在吟唱:"心之精爽,是谓魂魄;魂魄去之,何以能久?三魂七魄,本从形气而有,形气既殊,魂魄各异。附形之灵为魄,附气之神为魂。初生之时,耳目心识、手足运动、啼呼为声,此则魄之灵;精神性识、渐有所知,此则魂之神。"

天凌面露惊色:"你的意思是,太子的三魂七魄,各少了一魂一魄?"

"是,应是一种封印之术,令太子脑中的镜像神经元闭合,导致他气脉混乱,久疾难愈。"

"准是伏胤干的,待大业早成,臣一定取他性命!"

小蝉蜕疑惑:"大业?你们要谋反?"

太子轻咳两声:"小女子,听好,我们不是谋反,是回到本来的位置上。这封印之术恐怕也是来自江湖,我的耳目心识、精神性识比起从前确有损伤,这如何能治?"

"需要手术,用一种特殊材料将您闭合的神经重新连接。"

"会不会有危险?"天凌目光急切。

"如果二位放心本姑娘,便不会有大碍。"

太子问:"需要多长时间?"

"最快,天亮以前。"

太子用眼神安抚天凌,"尽快开始吧。"

"殿下……"

小蝉蜕松开宝袋,掏出一颗金属球,慢慢靠近太子,"不管你们看到什么,别问别说,结束后本姑娘自会解释。"

"此是……何物？"

小蝉蜕沉默不言。天凌跟上前，在她身后低语："如果太子有任何闪失，你也别想活着出去，只是，太子一命抵得过我们所有人，但求你全力相救。"

她点点头。

太子注射麻醉液后安然躺下，那颗拳头大的金属圆球由中心散开成十多只细长的触手，触手顶端分别嵌着一颗淡蓝色宝石，整个如同一只发光的蜘蛛。小蝉蜕手镯上的宝石同时亮起，"蜘蛛"爬到太子头顶，开始一番扫描和测量。随后，她的手指悬在半空，似在轻轻拨弄琴弦，那些触手跟她的手部动作全然同步，仿佛拥有了全新的魂灵。

边缘的触手将位于太阳穴的皮肤划开一道口子，鲜血渗出，另一只触手将一颗发光的宝石嵌入皮下，接着，触手继续将微细的宝石嵌入太子的大脑皮层下，从前额到另一侧太阳穴，七颗宝石正如北斗星象的位置，在他头上闪烁着银河星辰般的光芒。她翻开宝袋里的器具，为创口做处理，蜘蛛触手灵活得像在跳一支舞，在黑色发丝间穿梭竟没割断一根头发，这般速度和精准度，令一旁的天凌默默惊叹。

许久，宝石嵌入完成，接下来是无比精细的校准工作，那"蜘蛛"收拢成圆球，球面纹路的缝隙中透出亮眼的光，小蝉蜕闭目凝神，双手控住失重悬浮在太子头上的圆球，像是束着一颗蓝色太阳。

接着，她缓缓吟唱道："陨星陨星，永爱敬之。恒和天河，以沦以涟。贯流绵长，首生熠熠。发之绺之，动搅涛浪。苗火焰火，与明与亮。庭方楚楚，额映辉辉。是饰如皓，是佩如洁。万物生灵，睽睽众目。陨星陨星，英圣嘉惠。可愿求得，喜悦之福。世间万物，永载承之。腰缠天绫，头冠赫巾。窈窕其相，泽泽瑰石。姝秀其相，洋洋斑斓。斯覆衣袍，曜下闪烁。斯披衣袍，君泽天下。"

这歌声婉转空灵，如山涧潺潺流水，又如流星划过夜空。不知过了多久，小蝉蜕唱毕，收起所有器物，退到一边。天凌望着太子安然静好的睡态，躬身向她行礼，"姑娘方才唱的是何曲？那器物为何能悬在空中？太子脑中……"

"是镇魂曲。太子缺失的一魂一魄，是大脑皮质有所损伤，皮质下聚集着无数神经细胞，具有六层构造，含有复杂回路，是思考的中枢，就像这座皇宫中的主殿。而皮质下的联络纤维，则是感觉性和运动性语言的中枢，就像宫殿中曲曲折折的廊道，现在，他的觉知与体魄、思维与情感都已得到修复。"小蝉蜕用手势比拟着，"你知道吗，每个人生起一念，大脑会发出看不见的光束，像跳动的弦，像舞动的闪电，又像翻涌的波浪，镇魂曲的曲调也是电和波，在陨星的帮助下，镇魂曲能重新校准和勾连太子丢失的部分，那魂与魄，是'气'，亦是'神'，更是……"

"君王的心智。"

"对，等太子醒来，你们就明白啦！"

天凌深吸一口气，"这陨星的力量，还请小蝉蜕开示一二。"

已过三更，窗外夜色浓稠，小蝉蜕双手交叉在胸前，与天凌说起陨星的来历。多年前，南方国度的一个村落里，突然出现一块天外飞来的陨星，有水缸般大小。人们发现，这陨星有神奇力量，将一小块碎石放在伤口或病患处，能很快治愈，小蝉蜕的村人就靠着陨星碎片行医救人。久而久之，名声传开了，寰宇大帝表面厌恶江湖之术，下令不许他们踏入都城，却暗中派人查探这方术的秘密。幸而村人誓死保护，所以外人并不知晓陨星的存在，更无从得知它真实的力量。寰宇大帝杀了十几个村人，却依然得不到治病的奥义，就此作罢。

小蝉蜕每夜仰望星空，群星脉动的韵律给了她无穷无尽的灵感。她猜测陨星有着来自宇宙洪荒的原始力量，跟太阳一样能赋予生命，跟月亮一样能召唤潮汐。她在示微镜下看到陨星碎片的结构，是无数个连接在一起的等边六角形，令她想到金刚石和蜂巢的切面。她利用陨星碎片制成各式器具，日晷、浑天仪、重力仪、数术盘、司南车，等等。陨星就像一面镜子，万物投射其上，反应出的是来自其源头的本质。

于是，她测算日月星辰运行的周期，测量黄道十二宫与地磁线的角度，测画出地球的三百六十条经线和六条纬线，计算出圆周与直径比值的几百位数字。这世界的天文地理数术几何，乃至玄学幻术的本质真理，在她眼中越发清晰。之后，她发现了陨星的"气"，一种包含在规律和秩序中却又超越其上的东西，它能塑造魂灵。

"奇哉奇哉！物质和能量的转换尚为难题，依你所言，这陨星却能让能量转换成物质，而且，还能让能量转换成另一种能量？"

"司命大人很聪明。"小蝉蜕对他眨眼。

话至深处，门口护卫刚刚换岗，殿内烛火摇曳。是时，太子醒来了，他端坐于床榻，起身穿上蓝袍，盘上发髻，面容清秀饱满，神采奕奕，仿佛一夜之间脱胎换骨般，全然褪去先前的病态和羸弱。

两人望向明眸皓齿的太子，甚是惊叹，他就像一位从天而降、开口即成典律的仙人，又像一位闻见世间音声、倒驾慈航的菩萨神灵。

"谢谢你们，"太子天籁般的声音如春风拂面，"接下来，我们还有很多事要做。"

天凌忍着涕泪，恢复情绪，向太子禀明了陨星的来龙去脉。

"小蝉蜕，你救我，是为了报仇？"

"小女子不为仇恨活着，而是为万物的美好而活。司命大人说，您要一支机械大军，助您夺回帝位。我想听听，您对陨星看法如何？"

"令我畏爱兼抱，"太子仰望殿穹，目光神往，"有了陨星的技术，荣耀帝国能快速发展扩张，历史将由明主书写。也许有一天，帝国、帝王不复存在，文明更迭至更高处，但现在我想要的，不过是天下太平昌盛，人人平安喜乐而已。"

"好，我答应您。"

"功成之后，你有何索求？"

"我想请太子设立钦天监一司，广纳贤才，专用于参学天象、符经、数术、工学等，万物之间还有许多冥冥中的关联，一个图形、一串数字、一幅画、一支乐曲兴许都暗藏着宇宙的奥秘，小女子此生志在于此。"

太子大喜："好！许之！"

"太子要的机械大军做何相状?"

"高、大,如同这宫殿,无坚不摧如同金甲,数量只要一百零八。"

"需要三年时间。"

"给你三个月。"

"太子说笑了,这怎可能做到?"

"你亲手制造机械的确要费不少时间,但如果是,有魂灵的机械去制造机械呢?"

小蝉蜕言下大悟:"是啊,太子英明!这镇魂之曲,今后便由您吟唱。"

太子的视线从殿内移至窗外辽阔的苍穹,他向外踱步,天凌跟随在侧,神情满是崇仰。此刻,东方既白。

"来,都来陪我看看,我好久没认真看过这宫里的日出了。"太子目光如炬,七颗陨星碎片在他头上熠熠闪烁着。

几日后便是满月,夜宴,宫殿灯火通明、金碧辉煌。寰宇大帝搂着三两宠姬,同一众贵族落座于瑶池赏月宫,珍馐和美酒摆满筵席,五彩花束点缀行道,光影浮动、香气袅袅,令人欲醉欲仙。乐师正欲起音,天凌司命步入席中,朗声道:"恭迎太子殿下!"

寰宇大帝蓦地一惊,从红粉怀里探出身子。只见太子昂昂踏路而来,站立于舞池中央,他一身武士装束,头戴一顶凤羽冠帽,面庞冷峻,右手紧握一把镶嵌着淡蓝宝石的长剑,浑身透着一股空灵与高贵。五大家族纷纷行礼,心绪奋扬,似被那团火焰点燃了一般,所有人都瞩目于今晚的太子,所有人都知道了,那病中的稚子已不见踪影。

"今日花好月圆,普济愿为寰宇大帝和诸位王公献上剑舞一段!"太子抱拳行礼,言语震动八方。

随后,乐声响起,太子挥剑指月周身银辉,宝剑如芒、气顶长虹,即使是舞剑也带着震敌的煞气,剑气如同被赋予了生命,环他周身自在游走,带起衣袂翩跹。和着剑舞,他吟唱起了《镇魂曲》:"陨星陨星,永爱敬之。恒和天河,以沦以涟。贯流绵长,首生熠熠。发之绺之,动搅涛浪……"

颇高的曲调使他不由加快了步伐,剑气破风,身形随着招式游走于庭中,时而轻如燕点剑而起,时而骤如雷落叶纷披。忽然,他用力将剑掷出,那把剑竟然未落地而悬浮在空中,距离地面三尺,他纵身一跃,立于剑上,众人霎时傻了眼。

太子御剑飞行,继续吟唱,那把剑托着他飞腾至数米高的空中,他足不沾尘,轻若游云,在满月映照的庭檐之间盘旋游动,如鱼在水般自在。

待他舞毕,回到地面,席上掌声如雷。天凌司命大声喝彩:"霍如羿射九日落,矫如群帝骖龙翔。来如雷霆收震怒,罢如江海凝清光!太子,舞得好!"

寰宇大帝面前的酒食丝毫未动,掩饰着惶恐神色,不敢正视太子,"奇绝妙哉,太子今日令朕开了眼界。可这,究竟是何江湖异术?"

"大帝见笑了,江湖未必不可登堂,满月既缺,山顶之上还有苍穹。"太子收剑入鞘作礼而退,留下骤凉的筵席。

那夜过后，太子宫殿的护卫官增加了数量，新来的校尉也不再让任何人进入寝宫。天凌已料到伏胤会加强防备，他耳目众多，太子和自己的一举一动都在监控之中，但绝不会有人知道，建造普济大军的基地就在自己府邸的地下。

小蝉蜕在那方小宇宙劳形已有数日，她首先绘制了机械军士的外形和结构图，细至骨骼关节的榫件，大至四肢躯干的体态，复杂如用蚕丝钩织城堡的神经布线阵列，她还在基地中养了一池电鳗，利用这生物电的势能转换，为机械军雏形的运行提供动力。她列出必要的工件、器具、材料，还有远在家乡的完整的陨星，天凌倾尽一切力量严密安排，不到半月，如此浩大的工程有了可喜的进展。

天凌从未见过这样的女子，她思考的速率快如闪电，行动的迅疾猛如狂风，她对每一组数字和公式过目不忘，她将满天星斗的运行轨迹牢记于心。天凌探访过基地几次，望见那些天外来的造物，不由暗暗称叹帝国有此等奇才，是天助普济。他想，她和她的陨星，兴许拥有着一样来自宇宙洪荒的魂灵。

小蝉蜕未离开基地半步，因都城近日实行宵禁，夜巡开始全城搜捕逆贼，宫中局势也越发紧张。天凌曾乔装成护卫密会太子，为掩人耳目，他白天只练剑作诗，夜里暗中召见几位司命家族的人，几番推心置腹，帝国势力的天秤渐渐向太子倾斜。

进入基地的四十九天，小蝉蜕提出须请太子亲自来一趟，见天凌为难，她却自信满满："无须担心，我随你一起入宫接太子，有隐袍，不会有人发现的。"

"隐袍？"

小蝉蜕从宝箧中取出一件晶莹透亮的衣袍，披在肩上，不过几秒，她的身体仿佛融进周围的背景，不见了踪影，只留些光一般的涟漪，层层晕向衣袍的边缘。

"这是何技术？"天凌啧啧称奇。

"这是由蚕丝与金丝织成的锦缎，用陨星烧炼的熔水浸泡三月后，这件衣袍便能在表层反射周围景物的光影。道理很简单啦，因为光并非直线传播，而是一个自旋的场，物质的基本结构，无非是不同频次的光合在一起产生共振的现象。我们和山河、大地一样，都是光，2.93乘以10的8次方，并不是光的速度，而是它的共振频率，是光经由的两种路径——电场和磁场的一种共振关系，就像……就像……"

"就像'气'与'神'……"天凌接过隐袍披在身上，冰凉如玉，轻薄如纱，仿佛飘飘天衣。

翌日深夜，两人潜行宫中，如入无人之境，太子尚未就寝，在案牍前书写着什么。两人从梁下后窗进入寝宫，褪去隐袍，太子见着二人，又惊又喜。

小蝉蜕低声说："太子，塑魂术到了关键一步，需要您亲自指点大军，跟我们去一趟基地，明日晌午前，再将您送回。"

太子轻触隐袍，"这又是你的奇巧技艺，妙哉！"

天凌微微一笑："路上与您细说。"

他们沿着天凌卧榻后的秘密梯道，一路下行至一处曲径通幽的腔室，进入三重铁门后，一幢地下宫殿如蓬莱仙境般展现在眼前，这里足有半个主殿大小、十几米高，四壁铺满了吸音石，地面光滑如镜。太子注意到四周陈列的奇形器具，有盔甲、铁臂，有各式动力、连接装置，还有挂满壁面的精密图纸。另一侧，是一个巨大的数术盘，纵横轴上穿着黑白两色珠子，太子眼中满是惊奇，小蝉蜕说，这个装置日后稍加改进，就能将数术的十进制推进到二进制演算，那将是一次不可思议的跨越！

小蝉蜕按动壁面上一个机关，"太子，还请往后退两步。"

中间的地层轰响一声，地面平整裂开向下回缩，露出一个圆形天井，那天井的井口宽如宫中游池，有几束微光自底部向上透出。未等太子问，小蝉蜕递给他一只七孔短笛，这笛子上泛着淡蓝光泽，如笼上一层薄雾，太子定睛看，上面刻着细细龙纹，那微蓝光晕在龙身游走变幻，曼妙至极。

"这必是由陨星打造。"

"太子好眼力，请您用此乐器吹奏一曲《镇魂曲》。"

太子应许，笛声随后响起，那声音清莹透亮，如芳香沁人心脾。不一会儿，圆井里传来响动，一个庞然大物正缓缓升起。随着乐声进入副调，一副巨大的钢铁身躯从圆井中露出全貌，继而悬停在空中。

三人引颈而望，那巨物赫然悬在眼前，层层金属嵌合的躯干和手臂遒劲有力，头部顶饰刺金冠，肩背束勒钢甲带，它由齿轮和筋带塑刻的面容，则像一位飘然出尘的仙人，透着一股不容侵犯的庄严，它的双眼继而发出淡淡蓝光，机要部位嵌着的陨星碎片也徐徐闪烁发亮。

太子头上的七个光点亦亮了起来，与它相视片刻，"精绝、巧绝，堪与造化同工啊！"

天凌问："如此巨物，为何能因一支《镇魂曲》而悬浮空中？"

"由这只七孔笛吹响的特定曲式的高频波，能向同质的陨星碎片发动固有振动频数，使其产生共振，而这全新动力运作的机械亦是最好的载体。所以，音乐可能是微粒子和能量的共鸣啊，那么，只需将靠固有振动数产生振动的物体放置在合适的静电场中，就能实现反重力悬浮啦！"小蝉蜕嘴角扬起笑容，"只有这一步成功了，才能继续进行塑魂术。"

小蝉蜕拨动另一装置，那机械军士的身躯从头顶至腰部，陆续亮起了七个蓝色光轮，她和天凌退到石壁下，留太子一人站在圆井边缘。

她对着太子的背影说："太子，接下来，制心一处，抛却杂念。那军士的七个光轮就像是人的七个脉轮，塑魂术最重要的部分，便是将您的脉轮与它连接，脉轮激发了肉体与精神两种本性的交互作用，经由肉体上的气轮，接收和传达精神上的能量，所以太子，细细感受七脉轮的气与神，用您的能量去重塑它的魂灵吧！"

太子岿然而立、气定神闲，他轻轻吟唱起《镇魂曲》，曲调悠扬婉转，机械军士的顶轮、眉间轮、喉轮发出刺眼的光辉，在它头顶晕出一圈弧形的光晕，接着，心轮、太阳轮、腹轮、海底轮陆续亮起，那般耀眼与明亮，似城墙烽火被一一点燃，又如灿然星斗一一浮现于天鹅绒般的夜空。

太子高声唱着:"万物生灵,睽睽众目。陨星陨星,英圣嘉惠……"

小蝉蜕和天凌密密注视着,机械军士的七个脉轮点亮的分别是——铜制齿轮传动机构、风机和电驱动组成的轴承、自旋的四面加热器、空心桅杆贯穿的通风柜、电晶体的所有开关、充气器和泵的装置、双铜水管和空气分轮密钥。所有细密的部件互相咬合,齿轮交错,曲轴纵横,精妙极了。而陨星的力量将加载聚合式神经回路,令它像人一样进行逻辑与非逻辑的判断,最后脉轮对照,它便拥有与主人同等的觉知与体魄、思维与感情。

太子和他的忠诚军士如同一个生命的双生,是同样光的能量容载于不同的物质容器中。此刻,静穆的仪式感在这方空间弥散,小蝉蜕感觉自己的人生也被点亮了一般。她想,这是塑魂的神灵借由太子的身体向它吹了口气。

歌曲唱毕,太子缓缓睁开眼睛,收回伸出的双手,像方才对谁送出了一个拥抱。他凝视着它,问道:"你是谁?"

"我是普济。"

之后半月,太子得知都城很多无辜百姓被当作逆贼抓了起来,哪怕是衣着、文章、言辞如此细节,都能被有心之人构陷成谋反的证据。寰宇大帝亲自审讯他们,遑论结果,最后都尽数处决。一时间,朝堂内外风声鹤唳。

太子不顾校尉阻拦，闯入大殿质问寰宇大帝。大帝斜身倚靠王座，手捻胡须、斜眉细目，语气带着些皇权的慵懒："看来，太子的身体好了不少。"

"舅舅可知自己在做什么？"

寰宇大帝冷冷一笑："太子卧于宫中多年，不知这政局权谋之险恶。为了帝国江山的稳固，自然要使些手段，否则，哪有太子今日的舒适安乐。"

太子握紧拳头，胸中生起一团怒火："看来舅舅依然不知何为君王之胸怀！若是如此，我……"

寰宇大帝仰天大笑，目光又迅速锁定在太子发髻边的淡蓝光点："我看太子是中了蛊术！来人，将普济带下去治疗！"

不知从哪涌来的十多个黑袍夜巡一拥而上，将太子擒住，太子寡不敌众，炽烈的目光淹没在一片黑色之中。

塑魂术完成后，机械普济在小蝉蜕的指引下，忙于制造第二批机械军。就在方才，她注意到它动作变缓。随后，天凌匆匆前来，与它对话："太子，您现在情况如何？"

机械普济眼睛闪烁："被关在刑司，除了我，还有司命家族的众多亲眷。勿用担心，时机一到，我会带所有人闯出去。"

"委屈太子了，"天凌忧心忡忡，看向小蝉蜕，"加快速度。"

"嗯！"

皇宫下了第一场雪，寰宇大帝的清缴行动并未停止。此日朝堂议事，唯有天凌司命未出席，大帝震怒："命夜巡将他抓来见朕！"

话音未落，殿外传来一声惊雷般的轰响，那声音来自宫外，愈加大声而稠密，像是千军万马行踏而来，又像是闪电雷霆倏然而至，引得殿内器物簌簌震动。不久，只见一个看不清形影的巨大造物出现在十里开外，接着，更多个一模一样的造物包围过来，声响越来越近，众人惊诧而慌乱。大帝定睛一看："那是……一支机械大军？"

大帝和王公大臣去向殿外，斟酌局势，所有校尉夜巡与护卫守住宫门，其余人如惊鸟四散。机械大军越发靠近，步伐整齐，震动大地，汹汹来势不可阻挡，大帝环顾四周，见一百零八个军士从四面八方将皇宫围成一个圆，它们跨过城墙，越过重门，向皇宫中心围拢，那圆圈的范围还在慢慢缩小。在一片刺耳的惊叫声、刀戈声中，众人还听到一曲缥缈的乐声。

大帝慌了阵脚，宫中兵力倾巢而出，刀剑刺砍、飞箭交坠，欲阻拦这些有了生命的钢铁巨物，可无论何等兵戈铁马，都如同蚊蝇撞上大炮，撼动不了机械大军半分。它们齐齐唱着《镇魂曲》，一路向前、骁勇无畏，坚不可摧的身躯足以令草木胆寒，可它们却只是防守，绝不制造伤亡。那钧天广乐气势如虹，虽非血肉之躯所吟颂，亦喉清韵雅洋洋盈耳。

此刻，空中有三个翼行军从远处飞行而至，翅翼下扬起烈烈阵风，其中一位便是太子，他朗声高唱《镇魂曲》，徐徐在殿外降落。所有机械军士站定，包围在主殿外，双眼发出蓝光，其势威严无比，如神灵天降。

他和它们齐唱:"世间万物,永载承之。腰缠天绫,头冠赫巾。窈窕其相,泽泽瑰石。姝秀其相,洋洋斑斓。斯覆衣袍,曜下闪烁。斯披衣袍,君泽天下……"

太子、天凌和小蝉蜕三人相视、目如朗星,立于寰宇大帝面前,他们的武士装束上分别绣着龙、鹿、鹰的纹饰。机械普济跟随在太子身后,它的魂灵如烈烈旆旗,如披在他心上的铠甲。

寰宇大帝知大势已去,长叹一声,与诸王公退后一侧,让出通往王座的路。

天凌和小蝉蜕望着步入大殿的普济太子,此时,云开日出,荣耀帝国沐日光华,宛若新生。

他喃喃自语:"他是一位真正的……"

"未来之君。"她说。

环日飞行

我想赢一次，就一次。

万力维在增强视域里看见哥哥万凯朝被众人护拥着，他摘下头戴设备，暗暗发愿。

哥哥是飞行家族的骄傲，是母星的光荣，他连续三届获得环日飞行赛冠军，是太阳系帝国炙手可热的名人，连寰宇大帝都常常邀请他参加只有上座官员才有资格出席的晚宴。父亲和母亲每天提起哥哥的次数，超过十七年来唤他的总和，好像那个名字能给人带来无穷快乐似的。

担任飞行上将的父亲希望万力维能成为万凯朝第二，延续飞行家族的神话,可他至今还没赢过一次,甚至是模拟赛。

万力维握紧拳头,强迫自己挺起胸,步入模拟圈,戴上浸入面罩,全息虚拟影像弥散在周围。他钻入一艘飞行星舰,驾驶视角向四周广阔延伸,前方是热闹的太空,太阳在遥不可及的地方发着炽热的光。他侧过头,看见十几艘飞行舰排列在拉格朗日点的舰坞里等待起飞。

"比赛开始"的字样如烟化炸开,所有飞行舰鱼贯而出,气势如虹,万力维的星舰跟他们并驾齐驱。舢板打开,星舰的外壳变得透明,繁盛的太阳系帝国景象一览无余,他背后就是帝国星球,在寰宇大帝的统治下,太阳系开启了长久的和平发展期,从前的几大殖民星也逐渐成为光荣的联邦星,无人不赞叹寰宇大帝的开明和仁慈,就像无人不热衷于环日飞行赛。

他操作动力引擎,将速度推进到十倍标准速,舰尾拖动的光带在空中留下漂亮的尾迹,很快,十几艘飞行舰逐渐互相拉开距离。而其他星舰也陆续提速,无惧前方可能出现的各种障碍,包括小行星带、太空堡垒、卫星及不可见的星球引力场。他们需要躲避这些路障,在轨道内以最快速度完成环日飞行。

他长吁一口气,看着屏面显示的预置航道,继续提速,不断出现的陨石从舰体周围擦过。他屏住呼吸,眼看冲在最前的飞行舰已无影无踪,而前方还有一个巨大的空间站,通常来说,绕过它并不需要减速,只要控制好方向,一个太空环形漂移便能完美通过。

可万力维害怕,颤抖的手悬停在减速按钮上,另一只手控制着方向仪,在距离两千公里的位置,那座状如金属长城的空间站在视线中变得越来越近,他决定向左绕行,并减速,此时屏面提示,左前方有一团电磁暴干扰。他慌了神,所有操作设备在他眼中变成胡乱排列的星星,飞行舰还在向左飞去,他定神拼命向右调整方向,本想再次加速躲过电磁暴的辐射范围,可舱内不断闪烁的光线告诉他,脉冲信号很快会因电磁辐射而消失。几秒内,飞行舰便失去动力,急急坠向空间站的隐形护盾。霎时,一束微弱的烟花在金属长城之上绽放,然后熄灭。

万力维眼前的彩色画面渐变成黑白,他能听到自己的心跳在黑暗中孤独地脉动,又一次失败,这次模拟只是整个环日飞行的一小段赛程而已。我始终没有飞行的天赋,他想。万力维对父亲失望的眼神早已习以为常,他想过放弃,因为从小到大,他从没赢得过胜利,似乎"失败"早早写入他的基因,或是幸运女神从未意识到他的存在。可是,在家族荣誉墙上,父亲专门为他留出一个奖章空位,如果不填上它,那将会是他一生的空白。

夜晚来临,城市像灿烂星空延伸出来的部分,他独自去酒吧买醉,听见旁人对环日飞行赛的纷纷议论,有人说下一次大赛至关重要,如果帝国再次获得胜利,那几个虎视眈眈的联邦星便会安分不少。他会的,他从没输过,万力维心想。机器人酒保递给他一杯麦芽汁,盯着他看了片刻,随后露出由程序精心校准过的惊讶神情:"寰宇大帝啊,万凯朝在这里!他就在……"

"不是,你认错人了。"万力维低下头,拨开人群匆匆离开。他经常被认成万凯朝,他们相差五岁,除了长相,万力维没有一点像他。

他搭上悬浮飞行器离开,外面各处楼宇的全息广告都跟环日飞行赛有关,他点开舒缓的音乐,听到背景音乐下的寂静,以及寂静下的奔涌。又到了赛季,这是太阳系最酷的竞技赛事,所有人都为此着迷,参赛队伍代表各星球的经济和科技实力,寰宇大帝对此相当重视,胜利不仅是荣耀,还是帝国星球权力地位的象征。假如太阳系内不可避免要开战,只要开战前拿到环日飞行赛的冠军,那个星球便可以置身战事外,这仿佛是写入宇宙定律的共识。

环日飞行赛的规则很简单,飞行员驾驶飞行星舰环绕太阳飞行一周,约六个天文单位,最先抵达终点的就是冠军。帝国星球围绕太阳公转一周需要一个标准年时间,而飞行员须在行星轨道内不断提速,途中有舰坞供他们休息补给,比赛全程会在太阳系帝国的每个屏幕、私人视域里播放。

还有星链阵列的所有卫星、空间站、星环上都布满了高速摄影机,确保每位飞行员的比赛画面无死角呈现给观众,飞行员的个人视角,也能供大家观看。在太空中竞速是人类科技的巨大进步,是人类智慧、体能、耐力的终极挑战,围绕恒星飞行,亦是凡人向神明礼敬的崇高仪式。这项赛事彰显着帝国,甚至是人类文明的荣耀,尽管历史上有不少飞行员因此丧命,但有些事比活着更重要,不是吗?父亲常常这样说。

回到家,万力维再次看到陈列墙上的新闻——上届大赛,万凯朝打破帝国记录，仅七十二天便完成环日飞行，他是史上最年轻的冠军飞行员，是备受寰宇大帝宠爱的太阳之子。

他轻轻叹气，我始终成为不了他。深夜，他收拾行李，准备明早便离家，去一颗遥远的联邦星，放下家族、荣耀和胜利，开始一场命定的自我放逐。

黎明悄无声息。旅行飞船抵达冥王星的一颗卫星塔司星，星球表面遍布着人造森林，处处能听见湖水轻舔湖岸的幽音，他一登陆这里，粉色的花突然就开了，泡沫状、宛如幻影，令空气充满精妙的颜色。塔司星远离太阳，却不积雪，因为冥王星附近的太阳帆，会将恒星的光芒毫无保留地遍洒在这里。虽比不上帝国星球的繁华，但他却喜欢上了这里的恬静。

万力维在树屋休憩了几天，擅长心灵疗愈的塔司星人充满禅意地对他低语：你不是害怕飞行，只是潜意识里无形的恐惧，恐惧太阳、恐惧未知和失败、恐惧成为太阳下的影子，但你始终是自由的。无所谓了，反正不会再飞了，他说。

塔司星柔软的空虚令万力维渐渐放下过去，起风的森林像他梦中的大海一样起伏，可命运仿若一条预设好的星轨，将他再次抛掷到未测的半空。不久后，上将军官的飞船忽然降落在塔司星，他一眼认出船体外侧的凤凰纹样，那是他们为之骄傲的家族纹饰。父亲从舱内走下来，没穿制服，双脚蹒跚，面容苍老了许多，全然没了从前那般高贵的气质，仿佛灵魂被抽了去。

"寰宇大帝啊,你哥哥……他死了。"父亲眼眶深陷,抱着他勉力忍住哭泣。

万力维搂着父亲,任凭大脑的空白掠夺他的神智,他从未知晓,静默可以如此深沉,他的心口传来一阵震颤,像是恒星在心里燃烧又瞬间变得冰冷。父亲失去了他心尖的骄傲,帝国失去了给它带来无上荣耀的太阳之子,那个完美的飞行员,像流星一样骤然消逝在宇宙。

"哥哥,他是怎么……"

父亲亲自来找他是有原因的,伤痛平息过后,他要求万力维代替哥哥飞行,去参加三个月后的帝国环日飞行赛。万力维不明白为何非得如此,而且,他知道自己根本不可能赢。

"孩子,你必须赢,必须……"父亲以一种近乎乞求的语气,望着他露出怜爱又痛苦的眼神。

父亲告诉他,哥哥不久前死于一场意外,在从帝国星球去往联邦火星的途中,穿梭机引擎突然发生故障,在太空中爆炸了,而他就葬身于那片烟火中。探审司部长从截传回来的数据及事件前后种种迹象推断,这是联邦金星的阴谋,万凯朝的离世,会让帝国星球输掉环日飞行赛,这便给了几个联邦星可乘之机,而金星上的首席执行官一直对寰宇大帝颇有微词,并且在暗暗组建军力,拉拢其余的联邦星。

寰宇大帝下令全面封锁万凯朝去世的消息,但如果他未能如期参赛并赢得胜利,帝国的荣耀和威严便不复从前。因此,他们想让万力维冒充万凯朝参赛,无论胜算几何,万力维就是唯一的希望。

"你必须跟我回去,立即投入飞行赛的训练!"父亲的眼神恢复坚毅,"你不是为了自己和家族的输赢,而是整个帝国星球,你要扮成他,去赢得比赛,全世界只有你能做到,孩子。"

万力维轻轻摇头,嘴上却无奈应承:"好的,我回去。"他跟随父亲登上回家的飞船,俯瞰塔司星的梦之森林,感觉自己的灵魂被铐上了一副沉重的枷锁。这是宿命吗?我注定要成为他的影子。

接下来的三个月,万力维投入模拟赛和实战训练中,在几位最优秀的飞行上将的指导下,完成超负荷的飞行。无论他怎么努力,还是输多胜少,他知道,万凯朝的神话注定破灭。训练至深夜,他在模拟赛的排名依然靠后。飞行上将泽维尔摘掉浸入面罩,神色严厉:"你应该好好看一下你哥哥的飞行视角,也许能学会……他的勇气,至少。"

万力维点头,不顾困顿袭来,再次进入舰坞,一遍遍观看哥哥的个人飞行视角,他驰骋在深蓝色幕布之上,星际间无处不在的危险潜伏在他左右,还有对手的挑衅、身体的疲乏,太空中的一切都在考验着他。万力维跟随他的视线,坐进了战无不胜的凤凰号飞行舰,眼睛探向深空,双手如弹奏琴键般在操作台上游走,在凶险的第一轨道上加速至光速的二千分之一、侧身掠过密密匝匝的行星带、将等离子光束甩在对手飞行舰的舢板上、在太空哨站前滑行出最完美的弧度……

万力维的热血重新被点燃,似乎有一瞬间,他感觉凤凰号就像是他身体延伸出来的一部分,他就是帝国最优秀的飞行员,是受万人敬仰的太阳之子。他开始想象,所有那些在广阔世界中穿越的人,那些被错置、被忽略,对自己缺乏审视、情思找不到寄身之处的人,他们如何在宇宙中寻得自己的定位？群星在头顶闪烁，他不知黎明何时降临，只知此刻正徜徉在广阔的星空之下，身不在场般地路过万物，也路过自己。

哥哥，飞到终点的那一刻，你在想什么？

飞行不只是一项比赛，更像是一门探讨自我与宇宙关系的高深艺术，万力维知道自己尚未参透。父亲和泽维尔的轮番指导，并未帮他取得更大进步。而他，也只有在哥哥的视角里才能真正享受飞行，因为在那些时刻，他把自己当作全然无畏的万凯朝。

几日后，寰宇大帝亲自来密训基地见他，大帝一身洁白制服，威严又和蔼，站立大厅中央，宛若一座高山。万力维的目光攀上大帝，立马又躲闪开，低着头不敢发一言。泽维尔毫不客气汇报了万力维的训练情况，并建议大帝部署军力，在赛后直面可能发生的星际冲突。

寰宇大帝思忖许久，眉宇间涤荡着荣耀之思的闪光，父亲站立一侧，并未为次子多做辩解。片刻后，大帝的眼神定在万力维身上："尽力吧，孩子，事实比你想象得更加残酷，一些联邦星也暗中加入了金星叛军。赢得一场飞行比赛，也许能将战事拖延好几个标准年，也许能挽救上千万人的性命……我知道将这些强加于你身上并不是一件公平的事，可是默默扛下一切，何尝不是英雄之路的开始。你知道吗，这些年在群星之间穿梭，我悟到了一件事，不为自己活着，不为欲念活着，把眼光放在宇宙深处，那里有真正的自由。"万力维眼中掠过一丝亮光,大帝拍了拍他的肩膀,"万力维,我会记住你的名字,祝帝国好运。"

万力维盯着脚尖,声音颤抖:"是,大帝。"

大帝走后,万力维时常躺在星空下冥想,他试着把目光探向宇宙深处,在那些隐秘的光芒之中,他发现了在帝国星系中从未拥有过的事物,热爱、忠诚、无畏、勇气、责任或者别的,无形无相却又时刻在为他的灵魂塑形。他感觉自己像一颗从天上掠过的人造卫星,立刻看到那条幽深峡谷。

我接受这命运,但我依然是自由的。

环日飞行赛如期而至,太阳系帝国在狂欢中迎来了黎明。群星广场上聚集着来自各大行星的公民,全息投影播放着每位飞行员往日的荣光画面。看台区的助威阵势仿佛海上翻涌的浪潮,拍打着每个人躁动的脉搏,那浮在空中盈盈动荡的光芒和色彩,与恒星的热力融合在一起,将这广场点缀成永不落幕的嘉年华。

来自32个星球的68位飞行员在拉格朗日点的舰坞集结,引擎发动声汰换掉其余冗杂的声音,空气中浮动的节律感如同英雄的心跳。万力维穿着哥哥最爱的飞行制服,坐进"凤凰号",凝望着各处太空堡垒闪耀着的夺目灯光,他知道,此刻所有人的眼睛都在注视着自己,而他依然没有胜利的把握。无论如何,飞吧。

随着寰宇大帝一声令下，六十八艘造型各异的星舰飞出舰坞，舰尾的蓝色推进光束如同彗星轨迹，划过太空。行星轨道上的哨站陆续点亮烽火，为途经的飞行舰指引方向。各星球之间的太空航道变得愈加热闹，驻守在附近的大型商舰提前排成阵列，为他们挡开随时飞来的陨石。

飞行过程是对耐力和意志的双重考验，万力维开程还算顺利，在驶离帝国星球附近的繁华区域后，进入更加危险的第二轨道，也就是距离太阳更近的行星运行轨道。他点开比赛星图，眼看"凤凰号"只排在第三十六名，他决定加速，星舰推进器转换速率，将他推往星空的更深处。最开始他有些眩晕，星星在眼中扭曲着光线，被熨平拉长，直到凤凰号冲过前方那片星际尘埃云，划出一道灰色轨迹。

飞行中大多时候是黑暗寂静的，只有危险，能让他们保持最兴奋状态。但对于万力维来说，未知的危险无时无刻不在提醒他，自己是个替身，他想念塔司星的森林，林间穿梭的风可以让他忘掉自己的存在。

在好几次侥幸擦过彗星、行星力场和星际廊桥之后，万力维变得紧张起来，肩膀紧绷着，双眼疲惫地望向深空。寰宇大帝啊，请赐我勇气和好运。一段危险的航程后，"凤凰号"的排名下降八位，万力维开始减少在哨站舰坞的睡眠时间。在那些短暂而破碎的睡梦中，他总梦见哥哥，哥哥被恒星的光芒包围，看着自己只是笑。

万力维想念他胜过塔司星森林，他仅仅是存在于心，一道没有名字的色彩便足以点亮漆黑太空。他再次提速，座位的加速保护盾钳住他，身体僵硬、思维钝滞，却阻止不了"凤凰号"驰骋于寰宇间，顺利超过几艘疲倦的星舰后，他感觉前方似乎有股神秘力量在指引自己。

十几天后，他飞行至中央哨站进行全面补给，星舰刚停泊便接到父亲的信息。他打开私密通讯频段，父亲的声音低沉而又沙哑："力维，联邦金星已收到秘密情报，猜到你不是真的万凯朝，所以他们咬定帝国星球会输掉比赛，而现在，联合叛军已悄悄集结军舰，包围了帝国星球的所有太空要塞，一旦比赛失败，帝国将面临致命打击。"

"什么？"

"选择第一轨道，然后戴上脑盾，它会让你在飞行中保持绝对清醒，去吧！"

历史上只有三位飞行员飞过第一轨道，万凯朝是其中之一。距离太阳更近，危险系数也越高，但却能更快到达终点，只有顶级飞行员敢如此冒险。

寰宇大帝的话如磐钟声在他耳边回响，他没有选择，只能孤注一掷，补给结束后返回星舰，在舱内找到父亲留下的脑盾——一对圆形金属贴片，贴在两侧太阳穴。随后，他深吸一口气，抛却所有杂念，毅然将速度推进至光速的两千分之一。那一瞬间，他眼前一片漆黑，只觉身体像盐一样融入大海。等他再次睁开眼，眼前的画面变幻一新，星空像流动的银色瀑布，广阔无垠的黑色天鹅绒如画轴一般卷入凤凰号的视窗。

循着轨迹，"凤凰号"顺利泊入第一轨道，太阳光线的折射越加强烈，这条赛道总长五个天文单位，而剩下的路程距离更短、障碍更少。此时，星舰自动开启力场护盾，精准保持与恒星间的引力平衡，如果稍有差错，星舰便会被引力拖拽、坠向太阳。

第一轨道的飞行令他感觉如履薄冰，身体和思维的每一根弦都绷到最紧，但不久，"凤凰号"的排名上升至12名。群星广场上的观众都在为万凯朝欢呼，他的勇气再次激励着帝国星球的每一个人。逐渐适应舱内力场变化的逼仄感后，万力维试着放松下来，仿佛回到当初观看哥哥飞行视角的泰然，群星当空，暗夜寂照，在全然无我的冥想状态下，他似乎忘了自己在比赛，忘了那些星系的争端，他拥有的只有此时此刻，只有当下的宇宙，在第一轨道上，他再次找回了享受飞行的奇妙感觉。

十几天后，"凤凰号"排名升至第五，之后陆续有几艘星舰驶入第一轨道。在距离拉格朗日点和太阳表面垂直的终线仅剩538万公里时，凤凰号持续领先，排名第三。

一切都预兆着奇迹即将发生，然而，几小时后，星舰发出紧急报告，舰体的力场护盾严重损坏，故障原因不明。

他努力保持镇定，启动系统自动修复，一边默默祈祷，一边手动检查各项参数。系统提示修复无效，星舰无法保持原速运行，如不减速，舰体则容易被失衡的力场撕碎。万力维心跳骤升，他在脑中飞快计算着最后的航程距离、飞行速度、引力平衡值等等，预设最好和最坏的结果，但在此刻，似乎没有折中选择，就像生与死的对立。那个凤凰纹饰突然钻入他的思维缝隙，一瞬间，他仿佛悟到了什么。

几乎在同时，眼前的画面出现异样的闪动，万力维下意识摘下脑盾，视线似乎被切换掉，他瞬间明白这是父亲的"计谋"。脑盾中是哥哥从前在第一轨道的飞行视角画面，完全重叠在他的视域上，他以为在经历自己的飞行，实际却是沿着哥哥的成功之路往前驰骋。但也因此，他才得以在一种牵引的力量下寻回一些勇气和好运。父亲知道，第一轨道的航程和飞行方式比较固定，只要他操纵星舰的航行系统不出谬误，便能在哥哥的加持下抵达终点。可现在护盾受损、无法修复，他必须独自面对剩下的一切，他细细观察星舰报告的引擎受损情况，显然是有人故意为之，也许在停留稍久的中央补给站，有叛军间谍潜入，对"凤凰号"做了手脚。他也明白，帝国正受到威胁。

万力维明白接下来要做的事没有任何退路，他重新看了眼凤凰纹饰，咬紧牙，关掉力场护盾，将所有动力推进到加速引擎。"凤凰号"切换到新指令，拖着蓝色尾迹以六十万公里每小时的速度向前飞驰，舱内的力场保护也消失了，加速度令他瞬间晕厥，他看不到"凤凰号"驰骋于众宇、忙得星辰满身的样子，但在做决定的那一刻，他的整副身心已与这艘星舰融合在一起。

"凤凰号"的速度令所有人惊叹，群星广场的画面却只能看到它如箭矢般匆匆的掠影。

没多久，因为力场的失衡，无论再极速运行的物体都无法保持自身的轨迹，而炽热的恒星开始向靠近它的飞行物释放不可挣脱的引力，这是致命的，所有人都明白。现在，舱内温度正在升高，他的全身已被汗水浸透，系统陆续发出多处警报。

"凤凰号"排名上升至第一,塔司星人也在为他祈祷。

距离终点一百二十四万公里,有什么在融化,像水滴一样。

舱内环境变得极端恶劣,系统报告不再适宜人类生存,他能感受到痛苦的神智又被送回身体,皮肤被灼伤,体内水分蒸发殆尽,呼吸就像刀尖上行走。而时间在他眼中,仿佛变成了一种装饰物,上一秒和下一秒的中间,隔着漫长如宇宙创世前的空白。

似乎过去了亿万年,"凤凰号"终于偏离第一轨道,径直向太阳的方向飞去。血液在身体内加速流动,接着变成蒸汽,一切有形之物正在一步步化为无形,从无到有,再从有到无,这也许就是宇宙的目的吧。母亲在抽泣,他好像能听到似的,哥哥的制服被弄脏了,他想擦拭,却感受不到自己形体的存在。

短暂的一生在他脑海里迅速掠过,那些庸常的生活,那些琐碎的、孤立的自我,没有什么值得留恋。而现在有了,就是此刻,我自由了。他鼓起最后的勇气,直视太阳,朝着那刺眼的金色光芒轻轻点头,直到炽烈的火焰包裹住一切。寰宇大帝啊,这是我献上的最后的荣耀,祝帝国好运。

最后路程,恒星引力大过剩余的引擎加速度,"凤凰号"就像它的名字一样,在坠入跳动的橙黄色日珥之前,弥散成灰烬。

此时,环日飞行系统显示:"凤凰号"抵达终线。

"恭喜万凯朝再次获得环日飞行赛冠军!"胜利的消息在最短时间内传遍太阳系帝国的每一个角落,群星广场上旗帜飞扬、彩灯天降,人群沸腾了,高声喊出万凯朝的名字,有人为他流泪,有人为他疯狂。一只巨大的凤凰全息投影在中央跃动飞舞着,飞腾至最高处,然后散落成漫天星光坠落在每个人的肩膀。人们会永远记得他——万凯朝,环日飞行史上最伟大的英雄,他用牺牲换来了帝国星球的无上荣耀。

此刻的帝国中心,寰宇大帝仰望着那颗光芒耀眼的太阳,沉默不语。身为飞行上将的父亲站在大帝身后,眼中泛泪却面带骄傲,耳边似乎回荡着次子的声音——

我赢了,这一次。

全息梦

我是最肮脏的空气,是最干净的灰尘。

——《重庆提喻法》

在梦里,唯一的出口,是入口。他又听到了这声音,像一个咒语。

孟一时常觉得重庆是一个被折叠后又展开的奇异空间,在宇宙的缝隙里,不用和其他星系发生任何联系,就能自顾自地存在下去,直到时间尽头。病床上的日子让他感觉自己和周围的世界产生了些微错位感,一道无形的裂缝横亘其中,在他生活范围内划出一个苍白的孤岛。

出院后,孟一似乎是从黑白底片中被抛回彩色世界,每向前迈出一步,行走就会在他脑中产生一种奇怪的飘忽感,眼前的一切都在晕染移动,仿佛倒影中的涟漪。每呼吸一次,他的肺部就在微微抽芽,而当他试图盯住一件东西,想把它从五颜六色的喧嚣中分离出来时,它就像一滴融入水的颜料,融化、消散,不断向四处崩离。

他很努力,每天出门练习走路,直到精疲力尽,在蜿蜒如波浪的道路上,永远看不到城际线。重庆就是这样。他像一个别人梦里的看客,看着重庆被匆忙的脚步碾过,有好几次,他都觉得自己再也无法组装起身体,投身这山一般的城市。

是那部在重庆取景的电影《你的电影,我的生活》,让他变成现在这样。

拍摄正顺利进行,摄影机还在跟踪焦点,可他却一只脚踏空从高楼坠落,在引力法则的指引下,他倒挂在半空,目睹颠倒的城市躺在自己身下,而俯瞰天空的感觉宛如做梦,那一瞬间他明白,自己的演员生涯就此告一段落。接着,红毯、灯光、绯闻女友、喧嚣的人群,像受惊的云雀暂时离他而去。

还有他的脸,神经损伤给他留下了永久后遗症,笑和哭、悲伤和喜悦、面无表情和丑陋,跟那天坠落的天空一样,全然颠倒。

熬过医院的日子不算什么,重新开始的阵痛如同贴附在他身上一层黏稠的膜,要撕破它,必须在密不透风的光滑镜面上找到一个出口。死亡跟活下来一样需要勇气,而那些以为找到出口的假象,常常被蒙上了一层粉红色彩,像廉价药剂,一滴一滴注入他的静脉里,毫无用处。

直到他在深夜遇见梦境贩卖剧场。

孟一抬头望见剧场大门上刻着的一句话——在梦里，唯一的出口，是入口。他心中的凉意瞬间卸去了大半，鼓起勇气半身探进走廊暖黄的灯光里，这巴洛克装修风格的剧场仿佛有种魔力，吸引人不停往里走，再往里走。一方黑暗空间中，一群人集体入戏总是充满一种仪式感，而今晚，他们看的不是电影，是梦，纯粹而又不经修饰的梦。

大银幕被一束光打亮，开始播放梦主的梦境。这是一些没有任何故事情节的画面，亦没有规律可循，观众猜不到接下来会发生什么，就算你对梦主有百分之百的了解，也不可能找到他梦里的逻辑。这些全部真实、又绝对虚幻的画面，能够活生生地出现在观众眼前，是因为梦境贩卖机的发明。

出售梦境是眼下正流行的一件事，换作以前，谁也想不到做梦还能赚钱。这场梦没那么绚烂，也挺细碎平常，但足够挑起孟一的兴趣，入侵别人大脑最隐秘的空间，可以让他暂时忘却自己糟糕的处境。

这是一个女人的梦。她的梦让他这么久以来第一次笑了，幸好是在剧场里，没人看见他扭曲丑陋的表情，否则，他会被当成怪物。孟一躺在医院做过不少天马行空的梦，那些素材连起来足够拍好几部惊悚电影。即使现在没人在意自己，但诡谲的梦总会成为某种生活的代言吧，他想。

重庆的夏夜湿润且闷热，空气在他皮肤上罩上一层黏腻的膜。梦境贩卖机前有几人在排队，使用方法跟提款机一样便利。屏幕上跳出宣传动画："出售你的梦境，我们都是你的观众……"

他点开，弹出一个对话框："你确定要贩卖梦境吗？"

点击"Yes"。

"请将眼睛对准扫描框。"

孟一探出身子，靠近机器上方的小框，一道绿色的光射出，扫描他的视网膜，屏幕上出现他的头像。

"扫描成功，身份确认。"

机器下方吐出两枚薄薄的半透明圆形贴片，中间嵌着一枚3毫米长的电子元件。他弓着身子，试着从贴片的出口往里看，里面似乎藏着另一个宇宙。他想象自己缩小成蚊蝇大小，一路往机器深处穿行，进入一个处处是奇观的幻想世界。

里面复杂的电子元件和电路板交错排布，形状各异，宛若不规则的金属丛林。跟随着电线的走向，能看到梦境采集贴片的存放区，半透明贴片从上到下层层排布，颇为壮观，整个机器内部宛如一个巨大的奇幻电子城堡。他钻研每一处裂痕缝隙，罗列出每一种零件的颜色跟形状，探究眼前每一个对象的精密几何学。那些光怪陆离的梦打破空间的界线，被透明贴片收容，直至变成无穷个充盈的小世界。

很多时候孟一就是这样靠幻想度过，所以，他的梦才开始变得有趣。

只要在晚上睡觉时，把贴片贴在两侧太阳穴上，当晚做的梦全都会被记录下来，做成梦境拷贝。然后，拷贝里的画面在剧场上映，票房收入的一部分归梦主。他听说有不少深谙此道的职业梦主，白天去寻找各种刺激，夜里的梦总能引爆上座率。

孟一第一次上映的梦境没几个观众，慢慢地，他找到一些方法。他天天服用催梦剂，然后拼命回忆坠落那天的情景，细致到每个毛孔的感觉，就这样割开自己的伤口，一遍又一遍。于是，坠落成了他梦境的主题。人们喜欢体验坠落，因为从来没有人飞到上面去过。

后来他也做些别的梦，关于过去，关于未来，渐渐地，观众多了起来。他有时也看自己的梦，仿佛成了另一个人，透过银幕去看见躲藏在真实世界背后的自己，类似某种奇妙的隐喻。

孟一不记得自己是如何遇上她的，第一次让他笑的那个梦主。或许是在剧场里，两人正好坐在一起。她那场梦见的是考试的情景，面对一张陌生考卷，她不停流汗，探出身子往旁人那里偷窥，接着慌忙改写自己的答案，动作滑稽，所有翔实的细节都透出一丝幽默感，整个梦就像一场连贯的喜剧演出。

"哈哈，那是我的梦……"她忍俊不禁，脸上的酒窝盛着银幕透出的光。

孟一侧过脸看她，那笑容像绽放在黑暗中一团燃烧的火焰。

他不敢笑，任何表情都不敢有，他就像个溺水的人，正被这笑声一点点往上拽。剧场里每个人都封闭在自己的气泡里，排成几排，把自己用括号括起来，他想删除这括号，给予她回应。但他害怕吓走她，于是，把脸埋在双掌间，提前退场。

他不记得是什么时候知道她名字的，闫潇，毕竟是在梦境贩卖剧场里相遇，所以，不记得很正常。他也不记得两人是在怎样的情景下再次相遇，他如何鼓起勇气解释自己似是而非的表情，以及之后，他和她，又是如何相爱的。

或许是因为梦。

重庆的山与路、桥与雾像是一个拼图游戏，最后几片仿佛突然嵌入了应有的位置，揭示出一种从未有人想到的拼法。他们一起看自己的梦，看别人的梦，在现实与虚幻之中来回穿梭。孟一最喜欢的姿势是和她紧紧拥抱，这样她就不会看见自己的脸，看见他明明感到甜蜜却露出的狰狞表情，正如相反的梦。

他觉得这拥抱，就像是一圈又一圈行走在不规则的重庆，如同一枚滑丝的螺钉，自己拧紧自己。

闫潇，是因为他的梦才爱上他的，他不再坠落，而是飞升。她不在意那些不合时宜的表情，反而能从不对称的表象上发掘他宝藏一样的内心。这样的情感联系饶有趣味。她看过孟一从前演过的电影，有英雄、也有反派的角色，在银幕里轰轰烈烈地活过、死过，而这些不但没有使他与世界割裂开来，反而让人从一帧一幕中，悸动地感受到一种更为博大的真实。

而现在，看他的梦也一样。

隐匿在重庆对孟一来说，像是留在一个英雄与反派、生与死之间的缓冲地带，这里连草地和树木都具有某种火热的自由精神，让他不至于被形体的逼仄和灵魂的辽阔之间的反差击溃。只要不看镜子，孟一便可活在一种假象之中，他当然不知道这种假象可以维持多久。

当第一次在剧场之外的地方细细观察闫潇，他害怕光线太强。她一头齐肩中发，蜜桃一般的脸蛋，睫毛和酒窝都自成符号，说话微带乐感，激情中带着洒脱，仿佛一个人既是行动的动力，又是行动的主体，既是独唱者又在唱和声。她看世界的方式和她的包容尽得其妙，她的一切，让他有了重新活下去的冲动。

没过多久，孟一也成了职业梦主，习惯通过另一种方式活在银幕上。他梦到过世界末日、地球初生，在梦里继续思考宇宙到底是闭合，还是无限延展，这个问题曾让他发狂，他梦到过和闫潇相遇在各种电影场景，还有那些面目全非的人，他们在大地上有许多面目，携带着迥异的浮世之脸。

这些每每让他晕眩，让观众上瘾。

夜晚，他们抵额入睡，太阳穴上的贴片晕出细小的、彩色的光圈，如同分崩离析的彩虹。

睡前，闫潇问他："你今晚又会梦见我吗？"

"我怕我不愿醒来。"

闫潇用指腹轻轻抚过他的眼睑，"睡吧……在梦里，唯一的出口，是入口。"

闫潇蜜桃味的呼吸贴伏在他脸上，像潮汐拍打海岸。看见她静谧如满月的脸，孟一思索着以后的生活，但不管故事如何进展，希望此刻安睡的她是个结局。

重庆转而进入秋季，孟一的梦变得浪漫起来，他常常将现实的细节移至梦境，又用力将梦里的一切推向现实。梦境贩卖剧场这个虚幻之地，成了收容人们如床枕一般的栖身之所。

那个迷幻的梦让孟一重新回到大众视线。

他在梦中，思之以形，而忘了具体，他时而变成雄鹰，翅膀盖过海洋和陆地，时而裂变成细菌或灰尘，找不到立锥之地，他的体内充满悖论，目睹大地与万物如何发生关联，在一片牧草的青穗中又想起那个赴死的春天，颤颤巍巍的地平线上，他倒立着看那夕阳像是看着一张破碎的脸，随即感觉自己成了一把犁，正挖掘环形沟壑，后来，眼睑微微疲倦，索性就降落在闫潇肩膀上，在银制的天空下，稍作停留，如果不是星斗在轻轻痉挛，还以为宇宙被按下了暂停键，在一切坍缩之前，他问她一句"你愿不愿意"。

她说："好。"

他们找到梦境贩卖系统的发明者赵枫楠当见证人，仪式就在剧场举办，酒红色的帷幕拉开，她的手将他紧紧握住。再次站在聚光灯下，孟一无所畏惧。不少人认出了他，那个坠落的演员，这些日子他去了哪里，为何没有再拍电影，他的脸又……

一切疑惑都无关紧要，他也无须在意。令他诧异的是，大家都主动绕过那些问题，只有此时此地，只有祝福。他无法确定自己是在哪一刻全然放下的，放下自卑与怨恨，在下棋和爱情中，都容易有这样云开雾散的时刻。

闫潇笑得像个天使，经由那笑容，孟一认识到她灵魂的基本特征，她在梦里就像一只振翅疾飞的鸟，一支正中靶心的箭，现实中却以更加柔和婉转、甚至略带游移的方式表达。这可爱的反差让他更爱她。

他也笑了，第一次那么肆无忌惮地笑，每一块脸部肌肉都松展开来，不在乎他们看到的是怎样的表情。只有在一无所有时，他才有机会明白，这是经过蒸馏和过滤的感情，一种不企图占有对方的爱情，就像数学家爱他的符号、诗人爱他的诗句一样，把它们传遍全世界，通过梦或是别的方式，成为大家的共同财富。

梦境贩卖系统是赵枫楠博士的发明，最初用于脑科学研究，通过测绘脑内神经细胞脉冲电流产生的生物磁场，来推算大脑内部的神经电活动。后来，他希望用"贩卖梦境"让这项技术更快地发展自身，却无意为这个城市增加了一种新的驱动方式。

赵枫楠在台上宣布，这是梦境贩卖剧场成就的第一对爱人，所以，需要有一个不一样的仪式。孟一和闫潇交换戒指，戒指上嵌着一枚微型芯片，那是对方所有的梦境拷贝。幸福过后，他们沉沉睡去。越来越多梦境像海水漫过他们脚下的土地，形成一道道柔和、低回的褶皱，向着仙乡梦国奔流，而他却对此毫无知觉。

孟一第一次梦到未来，梦见自己变成另外一个人，过着一种全然陌生的生活。在遥远的未来，科技发展到车子可以在城市中间飞行，人住在可以任意改变墙面的住所，交通轨道可以随时根据道路变换，甚至是天空的颜色和雨滴，都能改变成更适宜的样式。还有很多，一切新鲜至极又充满无限的想象力，而这，真实得如同发烫的床枕。

或许是从最深处的井底跃出水面太过容易，他一下拥有了突如其来的爱人、莫名其妙的梦的救赎、未经抗争便轻易获得的认同。

剧情的转折如同被刻意书写。

夜里，苍穹与他们如此贴近，半梦半醒之间，他跟她的目光有过温柔的接触，似乎有未经思索的爱语升腾到她唇边，而他也带着一种严肃的感觉，退缩回他的自我，收敛起幻想，降低思想的敏锐。孟一看着她的脸，在想——

不，睡吧，别想了。

在梦里，唯一的出口，是入口。她听到一个声音。

没人记得是从哪天开始的，也没人知道人类为什么失去了做梦的能力。在地球自转到太阳光照射不到的角度，大脑潜意识便停止运作，似乎被一道看不见的阀门封锁了。一个人、十个人，越来越多，像前赴后继的海浪奔向沙滩、被迫搁浅。

"不再做梦"，从一个不起眼的话题，变成诡异的非自然现象。最开始，无梦的日子并没有掀起太大波澜，毕竟无关痛痒，人们还饶有兴趣地议论，社交场合也总能分出有梦派和无梦派。渐渐地，梦的悄然退场像一场瘟疫蔓延，稠密的夜变成人们试探自己的神圣时刻，在得到任何确切答案之前，一种集体无意识在现实生活中投射出暧昧的阴影。

无梦，成了一种形而上的噩梦。

后来，有艺术家把曾经做过的梦，能回忆起来的部分，画成画、砌成雕塑、写成诗和歌，还有越来越多新的艺术形式，电光和烟火相互缠绕的霄云、混淆五种感官的暂留，超越体验、享受、时间、空间一切可形容名词的……梦的艺术，它，成了梦本身。甚至有人把逝去的梦当作图腾膜拜，试图在自己充满悖论的身体里唤醒它。

有人说，是普罗米修斯盗走了人类的梦，将它们当成礼物送给受赠者。但是，梦，去了哪里？为何我们必须继承那些缺失？如若它去而复返，会以怎样的方式降临？

大学里有了一种新专业——"梦境与人类文明发展关系的理性研究"，有年轻科学家乐观地表示，无梦或许带来了一种启示，这正是脑科学理论研究在二十一世纪下半叶遇到最大的发展机遇，一旦跨过这道坎，人类智慧会顺着这条阶梯继续向上攀登，未来将不可限量！

而过去的一切，在新新人类眼里并非都是过期的罐头，比如"梦境贩卖系统"，在这个无梦时代，它正好被当代科学界视为最具有远见的发明，而随之保存的大量梦境拷贝，则成了科学家们对"无梦症"展开研究的一手素材。

实际上，对脑电波的定量研究，亦是对意识的定量研究。他们将梦境拷贝呈现出的脑电波频率记录、转译，那些过去的人类在做梦时，大脑有节律的神经电活动呈现 δ 波或纺锤波状态，一条波动的弦，竟能衍生出万花筒般的画面。这些由大量神经元同步发生的突触电位经总和后形成的梦境，纷乱而零碎，如同盛夏午后的树叶间隙漏下来的碎光，按时出现，旋即消散。

当这种平常定律成为一种过去，普通人对自己的缺失泫然欲泣，就像是一篇写坏的文章，再怎么改善表达技巧都无法重塑其精妙。一位叫敬一唯的科学家誓要让这篇文章重焕光彩，她被调到专项研究组之后，将现代人的脑数据与过去梦境的脑电波波形做对比，在庞杂的数据中，她有了一个惊人的猜想。

"您相信全息梦吗？我们从这些拷贝里看到的，只是梦的局部，但是全息梦可以通过梦中的任意一个画面或细节，看到所有梦的全貌，所有的。"敬一唯将所有数据摊开，展示给对面的方博士，那些波形和图纹似银河哗啦泻下，密集地包覆在他身上。

"所有的梦，你是指，一个人所有的梦，还是？"博士往后仰了下身子，仿佛害怕惊扰到银河。

"所有人，所有的梦。"敬一唯嘴角露出一丝不易被察觉的微笑，洋洋自得于刚刚惊起的涟漪。

方博士认可她接下来的实验，以现代失梦的人类作为基点，将从前的梦当作大海上的航标，试图循着这航迹找到自己的方向。就像如果不参照天上的某个点，就没法确认自己在大地上的位置一样，一个人要弄清楚自己身在地球何处，首先得弄懂自己跟月亮或星星的关系。

是一段失败的感情给予她启发，想知道自己为何失去，就先与失去的东西再次建立联系，好比重新穿上这些旧衣物，给未成形的亲昵赋予更加精确的含义。AI助手曾将她和男友留下的所有信息和数据进行过比对分析，与他们的情感进程相匹配，在一次次对细节的回溯中，她最终承认了自己的失败——她不够爱他。

"碰到天空之后，双脚才能落地。"她喃喃自语着，想起曾经做过的一个梦，此时此刻，那些画面遥远得像是波江座的一朵玫瑰。但是，她懂得梦的奥妙，不仅会流逝，还会回潮，像浪一样。

在助手的帮助下，敬一唯特别挑选了 50 份梦境拷贝，找来 49 位志愿者，她自己也会亲自参与其中。这个研究项目的初期阶段是将梦境拷贝里的画面通过脑机接口灌入志愿者的大脑，并设定好激活程序，那些梦便会在他们进入浅度睡眠时自动发酵，跟他们的意识保持同步运行，然后又在播放完毕后自动终止，如同夜里的昙花。通过此前在志愿者大脑上安装好的测量仪，检测大脑在"做梦"时的脑电波活动。

重新做梦的感觉并没有什么特别，不过是琐碎人生的胡乱拼接，像是五彩的玻璃被碾碎重新铺就成一块儿。不过，旧时代的人们好像连做梦都更加自由、更加鲜活，那些奇异浪漫的画面，或许是他们人生中微不足道的一小部分，一种投射，一种正或反的镜像，那些美好的，足以支撑他们快乐很久，尽管毫无意义却又弥足珍贵。这让她对那个从来也没留意过的时代抱有些许好感，而且感觉并不全然陌生，仿佛她曾经在那个时空中停留过。

敬一唯做着孟一的梦，两人的脑电波数据匹配度是最高的，即便如此，研究也没得到进展。她来回奔波于住处和研究所，有时在家里自己植入梦境拷贝，有时索性在工作的地方连上设备倒头睡去，两个地点频繁切换，就像两种生活之间越来越模糊的分界线。

有一次，她从梦中醒来，发现自己倒在客厅沙发上，沙发里的纳米级生物凝胶随着她的睡姿渐变成更贴合她体态的形状，很多夜晚她就这样安顿自己的所在。光线一点点爬上来，她试着把目光放在别处，可那些从前爱人在这空间里停留过的痕迹，像是挥不去的视觉暂留，不客气地把房间充填得毫无空隙。

接近天亮，墙面的画屏自动变换出海边日出的虚拟场景，有带着咸味的微风从换气口送出，殷勤地配合着画面里海风的节奏。音乐将在三分钟后播放，是巴洛克式交响曲。

一切都是最适宜的状态。

她起身靠在沙发上，望着周遭熟悉的一切。她摘掉传送梦的贴片和测量仪，没等音乐栖满双耳，她的眼中便浮过一丝困顿和疑惑，喃喃自语着："我，醒来了吧？"

如果他还在身边，她会更加确定这一点。而现在，她发出语音停掉所有虚拟动态成像，看见外面真实的天空，灰蓝、无云，以及天空下笼罩的城市——快速变换的交通轨道、在低空穿行的单人飞行器、无处不在的全息广告、不痛不痒的新闻通过便携式智能设备塞满视界。还是那样，永远是那样，再也没有令人悸动的海苍色天际线，没有两个人为了化解彼此的孤单而共谋一场互相取悦的游戏，没有吞吞吐吐的爱语衬托着落日后的群星广场，一切都那么规律、匆忙，一刻不停。

她微微皱起眉，拨弄着头发，努力睁开惺忪的眼睛，在想——

再做一个梦吧。

于是，她甘愿沉湎于这单枪匹马的热闹，梦见自己变成一个不停坠落的男人，在一个像山一样的城市上空，悬停、升起，又下坠；梦见自己躺在惨白的医院望着惨白的天花板；梦见揽镜自照时一张模糊又扭曲的脸；还有那些曾经包围自己，又轰然散去的人群。最重要的是，有一个女孩，一个笑起来酒窝能盛满星星的女孩，她对他很重要。

那个时候的重庆，生活似乎更简单。一张餐桌前聚拢四季，路太高大不了爬坡上道，聚散两端抵不过有爱就好，醒时往来睡时安眠，有故事来时便倾听或讲述，人与人之间就算像奇异地形一样偶尔孤隔也能很快再遇，江水总是将希望运载至远方，也将远方的丰盛运回来，晴雨困饱时都有枝可依，日子似也丰乐无极。

不像这里，不像现在。

上一个梦刚刚结束，一则福田大学的行程提醒便跳入她的增强视域中。她在《计算神经科学前沿》杂志上发表过一篇文章，提出人脑产生的意识可以在高维度运行，这项研究推论让她很快成了学术界的明星。此后，她经常收到大学的演讲邀请，在一群热情高涨的学生中总是备受欢迎，她也顺便在他们之中挑选"植梦计划"的志愿者。

午后的大学教室适合讨论似真非真的话题，她站上讲台做了一番动态演示，大脑860亿个神经元正在学生们的头顶闪闪发光。

"虽然我们已经习惯从三维角度来看待世界，但大脑却充满了多维的几何结构，甚至可能在11个维度上运行。这些神经元在每个可能的方向互相连接，形成广泛的蜂窝网络，以某种方式使我们有了思想和意识。我的研究团队曾利用超级计算机，用代数拓扑的方法构建了大脑皮层的详细模型，通过数学模型对虚拟刺激的反应测试，我们可以在单个神经元细胞及整个大脑结构上来辨识神经网络的细节。

"我们发现,在大脑中存在着不同种类和巨大数量的高维几何结构,由精密连接的神经元团块和它们之间的空白区域组成。这些空洞对大脑功能至关重要,当我们给虚拟大脑组织施加刺激时,发现神经元以一种高度有组织性的方式对刺激做出了反应。这意味着,人在思考问题的时候,神经元团块会逐渐组合成更高维的结构,形成高维的孔隙或空洞。团块中的神经元越多,空洞的维度就越高,最高的时候甚至可以达到十一个维度。

"而整个过程总是遵循从低维到高维,结构越来越复杂的顺序,到最后轰然崩解。"

她继续放大脑图中的神经元丛图像,然后走到他们中间,像是步入星丛之中。

"敬老师,您认为在那个空白的空间里,是人脑意识的哪部分在运作?记忆、情感,还是……"是那位叫陆云舸的博士研究生,同时也是她的志愿者,他举起手,抿了抿嘴唇,被她的目光攫住后,脸颊微微泛红。

"也许,"她停顿片刻,将头发别到耳后,"是梦吧。"

实际上,这只是她的主观猜想,暂时没有任何理论依据。她提出的全息梦,更是一种有影无形的概念,她和他们不断植入那些梦,偶尔也做着梦里的梦,仅仅是以梦主的身份梦见自己。就像一次一次拆卸又重新组合一个坏掉的时钟,所有零件无一遗漏,终于,时针和分针再次启程,嘀嗒嘀嗒,整个梦的机制继续运作,可那些,只是回声。

她站在自动过滤的新空气里，跟大家一起沉浸于满天星斗的神圣中，眼神如教徒般虔诚。看到天上那些密不可分的星星，就应该清楚地下的季节与方位，这片大脑星空太过璀璨，每一颗星星都如同忠诚的士兵，站好自己的位置并排成庞大的矩阵，每接收到一次刺激反应，就造就一次慢慢席卷而来的脉冲海浪。

此时此刻，她又想起梦里那个女孩，有着蜜桃味的呼吸，夜里贴伏在耳边，那呼吸如同海浪，在神经丛的空洞处造就一个栖身之所。

那里一定有全部的信息，那里产生的梦，将三维的规则破坏得支离破碎，像剧场里的戏剧片段，但却没有过去、现在之分，没有可触碰的边界，没有时空与视角的限制，没有自我和他者，没有第四堵墙，在黑暗中可以造出影子，写下一个标点即可看到整首诗的模样，一切在眼前尽数伸展开来，不存在被遗忘或是突然被想起，探寻它是一种惊扰。

单是一个梦里就有全部的意识的信息，就像是，从一颗行星身上能看到一整个银河系。

向虚拟大脑发出一个刺激反应，神经脉冲能将它传递至宇宙的边缘。

做梦的人醒了，所有人都醒了。

站在高维向低维看，总会有这种云开雾散的时刻。

人只是一个容器，梦在寻找一个容器，仅此而已。

宇宙也是一个容器，人的灵魂在寻找一个容器，仅此而已。

宇宙在做减法，一个梦减去一个梦的旅程，她的路也大抵如此。

恒星总会坠落在群星广场，只要专注地融入一片蜜桃般的空洞里，无须犹豫，不存在对抗，连多余的思想都小心避免，只要看，看见所有的光都放弃逃逸，看见自己，悬停、升起、升起、升起。

直到，云开雾散。

傍晚的任何地点都适合思考终极问题，所有的热情和疑惑都平息在她身后。陆云舸追着她跑出教室，鼓起所有勇气，大声说："我们的梦，也许是去了高维！"

她的背影就像一个突兀的句号，和暖黄色的阳光合在一起，她停下脚步，缓缓转过身，看着他，嘴角泛起一丝一直伏藏在深海底的微笑。

我们，一起，再做一个梦吧。他笑着说。

夜均匀浓稠得像切片，她继续做着孟一的梦，就像是套上一件宽大的衣服，仿佛不穿上灵魂就会四处散落，随着这种共生关系的深入，衣服竟然也渐渐变得完美合身。入梦前，她和他的目光有过温柔的接触，似乎有未经思索的爱语升腾到他唇边，而她也带着一种严肃的感觉，退缩回她的自我，收敛起幻想，降低思想的敏锐。

他们，他们，同时听到一个声音——在梦里，唯一的出口，是入口。

神的一亿次停留

提笔就老。

你在小说里如是写道。这样的结尾或许有些沉重,不像一篇科幻小说,但你就喜欢为想象力奇绝的科幻故事嫁接上一些诗意。

你说过,提起笔,就是你的命,你天生就是要做这件事的。

还有跟你一样的人,白天兢兢业业,当黄昏开始接管城市的时候,大脑里编排好的情节便排队从笔尖奔涌而出。你试着用这种方式对平淡的生活复仇,或是连接无垠遍处的宇宙。

对,宇宙。

宇宙。人类。文明。

这是你科幻小说里常常出现的词。

你写过一个星际远航的故事，那时，大多数人对仰望星空还没什么兴趣。可你不一样，你从小就是个幻想家。天上的星星在你眼里，是神级文明的一盘博弈棋局；你第一次见到打印机，你确信把它放在枕边能打印出一整夜的梦；跟小伙伴去探险，你说那个山洞会不会是能穿越到宇宙尽头的黑洞……

你常常拉着爸爸的手问他：世界有多大？时间有多远？如果明天就是末日，地球会发生什么？

还有好多问题，你感觉自己与世界隔着一层薄膜，你想撕开它。

你爸爸挠了挠头，回答不上来。于是，他把所有跟宇宙星空有关的故事买回来给你看。

你的身心都被那些绚丽世界浇了个透，你恨不得脚下就是兔子洞，恨不得钻进去不要再回来。

青春期开始得悄无声息，你试着去书写属于自己的世界。

一个又一个。一年又一年。

我看过你写的所有故事。那些预言未来、反省过去的，向着银河中心高歌猛进，或是从虚拟现实仓皇而逃的……

不过，不应该说是看，我没有眼睛。

你们想象出来的部分，可能只是真实宇宙的几十亿分之一。

你的小说第一次被印刷成铅字，很多人都读到了，那个星际远航的冒险故事。你兴奋得像是一个被激活的高能电子，连睡觉的时候都把书扣在胸前。

你不停地写。

你想把自己变成一个忽明忽暗的星,在遥远的波江座发着动荡的光和热;你想跟爱人一起度过世界末日,为此你想象过无数个温柔的末日场景;你想让思维的触角拥抱一整个星系,里面的每一颗行星都为恒星供能;你想,在有生之年可能永远都看不到真正的星际战争……于是,你把它们都写了下来。在字与句、行与段之间,你在俗世找到一方乐土。

并不都是那么美好的,面对你的渴求,现实生活往往顾左右而言他。

你在深夜被噩梦惊醒,醒来后第一件事是给她打电话,电话通了,你一句话也没说,只是哭。你那时都快三十岁了,却还像个孩子。

我为这些故事停留了太多次,回去的路都快被抛到脑后。

让我想想太阳系的往事。

你们生活的地方,地球存在的历史,不过是宇宙无垠汪洋中的一个水分子。同样,你们幻想出的宇宙跟真实宇宙之间,其中的差别也如亿万光年之远。

我守望过很多文明,看着祂们诞生、长大,看着祂们近乎永恒地闪耀,然后,毁灭,在最后一刻,我也陪祂们度过。这种陪伴不用眼睛,也不需要身体,看不见的比看见的更永恒。

太阳系产生过几百次文明,火星和金星的文明毁灭就在地球身前。地球上也有过几次,那些文明来自你不能理解的生命。

生。灭。自然更替。

宇宙也需要换季。

说到底，我只是个旁观者、守望者，来自另一个未展开的维度，另一个文明。连每颗尘埃都有自己的使命，而我被赋予的使命是，记录、观测、停留。仅此而已。

或许还有一些别的要做的事，在看到你写的故事之后。

你一定看过羽毛球或别的球类运动吧，双方运动员在场上一来一回，我就是坐在高台上认真观看的那个。请原谅这个比喻有些可笑，不过，在宇宙级的文明交流中，不管发生什么，我们始终如此，并且永远安全。

因为我们有自己的行为准则，就像你故事里标准的起承转合。

不管发生恒星级的战争，或是涉及星系联盟间的利益平衡，甚至是这个位面的宇宙走到尽头，我们的安全始终不可动摇，你可以把这理解为宇宙公理之一。

所以，我们拥有无尽的时间，去跟无数个文明进行无尽的告别。

我为太阳系停留太久。

你想象着在你生活时代的一两百年后，人类进入太空时代，你常常将地球上的政治、历史，影射到太阳系的那些行星文明上。即使科技发展到全新高度，人类将有足够的能力遍行于银河系，但在你眼里，有些东西不会改变，比如人性，过去人类是如何重蹈覆辙的，在未来、在更遥远的地方，也许一样会重蹈覆辙。

《人性的，太人性的》，你把尼采倒背如流。

我为你的乐观而鼓舞，为你的悲观而欢呼。

我见证过不少自以为是的文明，以为自己已经能够驰骋星际之间，而实际上，祂们连进场观看比赛的资格都没有。比起祂们，你们的文明甚至还在襁褓。

你对此深以为然。

这也是为什么你时常感到孤独，这种感觉像若有似无的月光一样压在你身上，多少喧闹都于事无补。但这让你跟浩瀚宇宙产生了共鸣，你有时觉得，你的身体跟最初形成的恒星产生于同一个原生原子，你还觉得，死后一定会去到宇宙中一个更深远的地方，然后继续向着更深远的地方而去。

你希望有一个人能懂你，你将给予她全部的爱，你要将脑海中傲乱的星系徒手排布成玫瑰的形状，你要把那些都得到答案的问题，化作眼里的奔涌暖流，全都倾倒在她的身体里。

你对太阳系的讴歌和自省，让你站在了领奖台上。

你抑制不住内心的激动，似银河抖落，哗啦一下狂泻在你身上。你看着台下的人，看着她，他们也看着你。你宣誓般说，声音带着些许颤抖："我写科幻小说，是为了提升人们对于宇宙的感知……"

掌声如同雷震，在你心里惊起一场超新星爆发。

我欣赏过无数次超新星爆发，这在银河系常有发生，那些散射消弭的恒星如同没有航标的海洋上的灯塔，奋不顾身点燃一大片星云物质，似在为我引路。

到达太阳系之时，我已不知离出发的地方隔了多少亿光年。

也有人为你引路，他们如群星闪耀，他们笔下的故事，是你的灯塔。

科幻的，太科幻的。

我常常将思维搬进地球上的雨滴或是飞鸟，在它们眼里，我凝视着万物，凝视着你。

我看过太多，不用自己的眼睛。

我看到过星云加速后退，最终以光速的 2.5 倍向着一个中心坍塌收缩；我看过在新宇宙初期，旧宇宙留下了一个如黑石碑大的遗迹；我看过有文明进化到能将宇宙规律当作终极武器，时刻准备着还原宇宙的真面目，我默默地看着，置身事外。

我看过高山被日复一日的风磨平；看过海洋蒸发到一滴不剩；看过行星被恒星亲吻；看过飞船一头栽进密不透风的星际尘埃；看过每一条引力波都曲终人散；看过量子夸克和比特细胞进行能量交换；看过两个星体模仿真空衰变的粒子故意相撞；看过黑洞吞噬了堆满废弃文明的太空墓场……

宇宙就这样被我们慢慢消磨。

在跋涉而来的路上，银河联盟曾把我奉为座上宾，献上一个恒星系的能量作为见面礼；曾有几个文明在仙女座星系酣战，当我经过，祂们收起暗物质武器，停战三个时间颗粒为我让路；我经过一个极速老化的红巨星，它小心翼翼地膨胀，叮嘱我绕过引力范围，生怕弄脏我的脚尖。

我还在拥堵的虫洞航道上，跟拾荒飞船擦身而过，它的电路电板里住着数千万机器人,对我发出问候时,辐射产生的能量足以击穿几千公里的太阳帆;还有一片复杂的小型星云凝聚前方,像一片沼泽地,我细细观察才发现,里面的每一颗星尘都发展出智能,形成几千亿个思维的形状……

我从未提笔,就已经垂垂老矣。

我想把这一路所见都放进你脑海里,如果你如此书写,你的灵感会如同大海永不干涸。

但我的宇宙公理不允许我这样做。

有人问过你,如果你可以和魔鬼交换灵魂,你最想得到什么,你说——全宇宙的知识。

你想了想又说——但恐怕我会承受不了。

你当然承受不了,真实的宇宙有多凶险,你用眼睛又怎么可能会看到。

有兄弟文明说,我就像一个宇宙考古学家,深谙如何将宇宙过去的过去,毫不掩饰地叠加到宇宙未来的未来,在零零碎碎的时空中,我咀嚼着生与灭传递而来的循环不息的涟漪。

我回答祂说,不,我觉得自己更像一个宇宙入殓师。

兄弟笑了笑,无数条时空弦开始颤动——你也有不称职的时候。

是啊,我曾犯过错误。

我在观测一个刚刚凝结成形的星球时,因为它太可爱,我竟然不小心逸射出一些能量,我身体的一部分就这样参与到它的进化之中。像融入水里的雪花,难分难解。

几百万年后，这个星球上的生命对我留下的遗迹大肆膜拜，以为是造物主对祂们的恩宠。

其实也大抵如此。

不过，我差点为此付出沉重代价。

将能量守恒当作第一铁律的追击者，日夜兼程追随我的尾迹而来。祂跟银河联盟、仙女座参战文明、红巨星、拾荒飞船、能思维的星尘打探我的消息，祂虎视眈眈，在航道周围的虫洞附近潜伏已久。

直到我的宇宙公理被广播至世界每一个角落。只差一点就能得手的追击者才悻悻离去。

我的文明救了我一命。

所以，在来到地球时，我打算一直安静地看着。

文字和语言，在Ⅱ型文明以上都已消弭。可在地球上，一切的运转皆依赖于此。

想象力，你最珍视的东西，在故事里，你把它奉若神明。

而一切虚构的事物，在我们的思维场早已不复存在，像一个旧宇宙的古老传说。

这可怜又可爱的想象力，只有你，只有被称为人类的生命才有。

你们靠幻想就能支撑起全部的精神世界。我们却不能。

我已记不清是什么时候开始为那些故事着迷，尽管在宇宙中，"真实"是跟能量守恒同等重要的铁律。

你最喜欢的一个科幻故事，在你出生前好几十年就已诞生，其中描述了宇宙的终结,你被震撼到无以复加。此后,死亡、终结、毁灭等意象总能激荡着你的身心,和我一样。因为那代表着下一个新生。

你的思想跟随幻想在宇宙空间中走得越远,你自由意志的场能则与万物形成愈加和谐的相互作用。

你相信,只有思想能改变这个世界,别无其他。

这支撑着你不停展开思维的触角连接宇宙,就像飞鸟用无比珍爱的羽毛擦拭天穹,毫不畏惧那羽毛会被上帝轻轻拂掉,尽管那上帝也由你们自己创造。

我看着你,从昂藏少年到长出第一根白发,我看着你继续写,用那些故事服务于自己的灵魂,和别人的人生。三十几年。

在我亿万年的漫长航程中,遑论这些年岁,就算是千万年,都会被宇宙的数学法则给抹掉零头。可对你来说,这是你一生中最闪耀的时光。

幸好,你不会懂得时间和空间的真正含义,至少这一生不会,那对你来说绝对是种幻觉,就像爱情。

你写过文明的传承与繁衍。你有了一个孩子。

你给他取的名字里有一个"宇"字,一个"年"字,代表时间和空间,代表宇宙。

繁衍是人类文明的特征之一。

在很多存在于非线性宇宙里的文明里,繁衍,毫不必要。

他是极其脆弱的地球生命,连皮肤都薄如蝉翼。我独自奔波了太久太久,从未见过像他那般透亮湿润的眼睛。

自从有了他，你的心像是换了一样，你甘愿将自己分裂成无数星际物质，来为他这颗恒星供能。

你开始关心周遭的世界，写尽令人不安的近未来。

你设想了许多被诡谲科技包裹的未来社会，你让更多读者一窥人类在不久的以后是如何被异化和疏离的。懂得反思是一种珍贵的美德，所有人都应体会到自己与众人之间的相连相通，并为此献上智慧的行动。你认为故事需要承担这样的责任，去传递一些能改变世界的思想。因为，你担心他以后将会面对一个逐渐冰冷的世界。

你说，你注定要这样。

这是一项具有创意的承诺，你早已不是为自己而写，而是献给世界的庄严。

越来越多的人看到你的故事，看到你的思想。

而我的庄严任务之一，就是把那些观测过的死去的文明都收集起来，制作成标本，然后按照祂存在过的模样完好保存——一个时空连续体。从诞生到衰亡，每一个生动的细节，甚至是细微到粒子层面的运动迁流，我都不会错过。我为此建立过一个跟宇宙一样庞大的博物馆。

在看到那些科幻故事之后，我有了一些别的计划。

我把你们想象出来的宇宙、生命、文明，一个又一个波诡云谲的世界，全都创造了出来，且完全真实。关于如何将文字的二维世界，拓展到更高维度，你也由此展开过很多想象。

我将它们分别放在空间泡里，蜷曲在一个微观维度。

我想起一个比喻，地球上的古老人类也曾做过类似的事——伏藏。那些奇绝的绚丽世界都被我伏藏在一个宇宙之外的神秘角落。不在那个博物馆里。

这需要大量计算，我甚至借用了一整个星系来存放基础参数，可我必须要自负盈亏，只能用自己身体的一部分去补偿那个星系缺失的质量。

我认为这是值得的。

尽管追击者对此颇有微词，然而祂却不能阻止我，这些质量最后都要归还给大宇宙。

你永远也不会知道，你脑海里无数个瑰丽奇绝的宇宙，如今在空间泡里栩栩如生。

要是有机会一瞥，你一定会承受不了。

对大宇宙的文明来说，这是一个潘多拉魔盒。倒不是这些世界有多凶险，而是，一旦它们从微观维度展开，很容易扰乱时空弦的位置。

所以，我必须得出精确无比的计算结果。

在新宇宙创生的时刻，所有逝去的文明都会感谢我的保存与创造。谦卑如你，也必然会感恩于我的造物，即使你对宇宙外发生的事一无所知。

我披星戴月的征途似乎没有尽头，总是在一切开始之前，就筹划着一切结束后的事。宇宙的一次成、住、坏、空，就像一首地球的诗，一首包含了全部的全部,一首不增不减不灭不息的诗。你用无尽的时间都读不尽其中的美妙与残酷,就像你曾经和她在夜空下试着数清漫天繁星,你知道那是一种徒劳。

时间久了,"真实"在我眼中变得像星光一样,总是在我身后投射出许多若有若无的影子。

你也常常把自己躺成一个半梦半醒的姿势,慢慢发觉,真实和虚幻不过是一个梦的两种解释。

比起终结,比起异化和毁灭,你开始关心当下这一刻,当你因为有他们陪伴而感到欣慰,你明白这安乐不是来自有人做伴,而是一种鲜活的联结。当下,便是一切的答案。

你努力去感受这种联结,万物都在和你心照相交,你甚至察觉到一种来自源头的力量,如同我启程时收到群星的祝福,如同科幻故事结尾时的恍然大悟。

你以全新的思维去思议不可思议之事,带着参与庆典般的心情,去书写宇宙的过去与未来。而我,则开始准备跟太阳系的告别仪式,不过不用担心,对你来说那还很遥远。

愿我懂得每一个你。

你把它放在小说里。这样的开头用意绵密,不像一篇科幻小说,但你就喜欢如此这般的诗意。

太阳风将磁场漫射到整个行星际空间,我收到了遥远的信号——你在这个维度停留太久,高维宇宙中还有很多弦的位置需要调校,量子涨落产生的能量也越来越大,存在的时间越来越短,来不及了,快,到这里来。

再给我一些时间吧,我说,还有好多未竟之事啊。

祂们的迫切通过太阳系不远的大犬座矮星系投射出来,我始终默不作声,祂们最终也同意我的告假。

于是,我还在这儿。

你的恒星依旧,行星和卫星都各自安守其巢,自左向右旋转看,奔流不息,循环无尽,切切地向宇宙表白为奴之心。

在下一个热寂到来之前,我还会继续为你停留。

看着你,继续写。

注意缝隙

张单骑

"Mind the gap",我正盯着脚下的这行字发呆,直到地铁呼啸着进站。

从龙溪街到北山桥站,人不多,我步入车厢。米蔚蓝就坐在我斜对面,靠边,她最喜欢靠边的位置,像在等谁,不管是地铁、公交车还是餐馆,从小就这样。

她刚下班,略显疲态,不过还是紧握手机,手指在计算器页面点来点去,加加减减,应该跟钱有关。最后得出的一个数字令她有点失望,端着的肩膀立马垂了下来。她身穿流行的宽松西装,白色帆布包抱在怀里,微卷的齐肩中发,身上有股淡淡花香味。

不知道是什么力量驱使我走过去，在她旁边的空位坐下。她没怎么在意，只收好手机轻轻倚靠栏杆。

"你好，你是掌海中学初三5班的米蔚蓝吗？"虽然突兀，但我不想再浪费时间。

她微微侧过头，有些错愕，"你是？"

"我是张单骑，你同学。"

她打量我了一番，有什么东西在她眼中慢慢晕开，"噢！这名字好像有点印象。你也坐这趟地铁？你是，怎么认出我的？这么多年，我们都变样了，没想到还能在这里遇上。"

她比从前开朗了。我好像错过了很多，真害怕她会忘记我。

"你没怎么变，还是那么好看，右眼角这颗痣，一眼就能认出来，"我指了指自己右眼，"只不过，你小时候不大爱讲话。唔，你还记得方老师不？他老没收我的漫画，然后让我罚站。有次你帮我藏书，结果被发现了，老师问书是不是你的，你一句话都不说，不管怎么逼问，你脸都红了，就是不说。"

她抿嘴努力回想，锚定那些记忆的真实性，"都十几岁了，哪还是小时候呀！"

短暂的沉默过后，我说："感觉你过得挺好的，为你高兴。"

"也不全是……你呢？"她把一缕头发别在耳后。

"我，耳朵好多了。"

"嗯嗯，"她好像忘了，"张单骑，你还记得多少上学时候的事儿？"

地铁进站，玻璃上映出我俩的侧影。我，单眼皮、薄嘴唇、戴眼镜,一件灰蓝衬衣和一件黑帽衫,偏瘦,有点像漫画里那种闷闷的但遇到困难又会放大招的男生。也许吧。

"你哪站下?我,还记得不少呢。"

"还很多站,你说说呢。"

我从来没发觉自己记得那么多事,细碎得如南方雨季每天降落在身上的雨丝,你从来不知道它们原来躲在哪里。让我想想从哪里讲起——

我们生活的城市,在填海造陆前还是个小镇,叫集集镇,这个名字后来才改掉。脚下这片地方,说不定以前就是片荒地或树林。集集镇在南方的南方,靠海,常年炎热湿润,一到夏天,满眼都是绿色的风在穿行。我们的童年都差不多,被炽热的阳光催促着长大,被海里的美味填饱肚皮,我们最爱讨论新出的漫画书和电脑游戏,最喜欢光着脚丫子在路上疯跑。前方等着我们的是故事、无忧无虑的假日和每天变换不同颜色的大海,等太阳下山了就去捡贝壳,在沙滩上留下成排的脚印……我们踏着落日余晖回到家,桌上的饭菜冒着热气,一瓶冰镇可乐是这一天最完美的点缀,然后和爸妈一起看电视上的新闻,随口提起邻居同学的近况和镇上那个怪爷爷……

我第一次见到你,是 2011 年 4 月 8 号那天。方老师说我们班今天来了位新同学,他安排你暂时坐我左边的空位。你扎着马尾,脸很白净,右眼角有颗痣,身上有股淡淡花香,一看就是那种老师喜欢家长疼爱的好苗子。

你不爱说话，但我有不会做的题问你，你都给我讲。你成绩很好，但我那时对学习提不起兴趣，上课常常偷看漫画。有次在上学路上，你在我后面喊我，我没理你，你上课时专门给我递纸条，问，刚才叫你为什么不答应？我说，我右耳有点聋，但是不影响正常生活。你说，真假的，你没骗人吧？我说，骗你是小狗，以后叫我得从左边。你说，好，那老师同学都知道吗。我说，估计都知道，瞒不了，妈妈生我的时候难产，这毛病就是那时落下的。你收掉纸条，我继续看漫画。

说实话，遇见你之前，我没想过有一天我会挥起拳头反抗。

我有个外号叫"一只耳"，是刘成明取的，他坐最后一排，不是他个子大挡人，因为他是个坏学生，老师不想管就给发配到角落。每个班都有这种人吧，平白无故就爱欺负人，在你椅子上放图钉，往你书包里倒辣椒油，等你进了厕所门然后从外面锁住，整蛊的伎俩常常推陈出新。他喜欢抢同学的东西，有时还跟同学要钱，看不惯谁就在放学路上等着那人，然后突然冲上来一顿拳打脚踢，谁敢告老师，他下次就会用上更狠的新花招。他有几个跟班，都是隔壁班跟他一样的人。

一只耳，被叫来叫去，我告过老师，被揍过，后来我学着不去在意。我不爱学习可跟他不一样，也许是缺少一个目标，也许是更相信漫画里的世界，那里面比现实世界精彩百倍，在我们还没真正认识世界的年纪，漫画里就什么都有了。我常把自己想象成主人公，在黑白的油墨框框里生活，说的话也在框框里，喜欢一个人、讨厌一个人，去冒险远行、去打打杀杀都可以，那么夸张，那么不可一世。

你来了之后，我的黑白漫画变成了彩色。

你来了之后，刘成明越来越频繁地找我茬。对啊，我这种人怎么配做你的同桌。

有次我从厕所出来，他大声叫我一只耳，我听见了，但没理他。然后他一脚踹我后背，我摔在地上，生疼。周围的笑声像被拍烂的西瓜一下迸裂开，我听得清楚，怕这笑声被你听见。我支撑着站起来，脱掉校服，握紧拳头，冲上去狠狠地砸向他的肉脸。

想到你，我就变得勇敢，跟漫画里的人一样勇敢。

我和刘成明都请了家长。他道歉是假的，我知道，在初中毕业之前，我的日子不会好过。让我想想，我是哪一次有了让他消失的念头呢？

是他开始欺负你那次。

厕所门口互殴事件发生后，你肯定也注意到了，我的椅子冒出图钉，书包里灌了辣椒油，眼镜碎掉，作业被撕，身上隔几天就青一次肿一次，他不打脸，警告我不许告家长。你问我，我不吭一声，你帮我去告老师。于是，他对你下手了。最开始也是小打小闹，在背后扯扯你头发，让别的女生不和你玩，给你取外号"小白鼠"，说一只耳和小白鼠天生是一对，就该一起被收拾。为了这，我跟他打过几次，来来回回愈演愈烈，我们都进过几次医院，领过几次警告。你劝我，我听了。我妈让我转班，我坚决不，她怪我成绩不好，成绩好了，没人敢欺负你。我仔细想过这句话，有点道理。

于是，我不看漫画了，试着去喜欢黑板上那些方程组和公式，方老师每次解完题都要后退几步，把密密麻麻的等式全部框进眼中，沉醉几秒，然后说，和谐啊，美啊。我看了看你，嗯，美。期中考试结果出来，我进步了，特别是数学和物理，都是你的功劳。

可那天放学路上，刘成明堵住我们，说我考试肯定抄了你的卷子，说我们老鼠一窝，说我们关系不正常，说我们烂成一堆。我想冲过去一脚踹他脸上，你拉住了我，两根手指触到我的皮肤，被驯化般的，我忍住了。你作势要打电话，想吓走他们，可他不怕，还找我们要钱，我掏出几十块扔他脸上，护着你想冲过去。刘成明又扯住你头发，你疼得叫了一声，手机掉地上，眼泪在眼眶打转，你冲他大声喊，刘成明你到底要怎样才不这么混蛋。他笑了笑，说，你俩决裂，张单骑你当我们面儿骂她一句，让她滚远点，而且，以后你也不能跟她说话，我就放过你俩。

决裂这个词，用得挺狠。

你滚，我背对着你说。听不见，大声点，他说。我把你护在身后，他的肉脸占据我的视线。米蔚蓝，你滚，我大声说，你滚啊，快滚回家，不要再跟我说话了以后。

你好像哭了，我没回头。你滚吧，别缠着我了，我讨厌你，我再次说。空气湿热得黏人，汗水啊泪水啊什么的，都咸。你忍住眼泪，可啜泣声我左耳听得很清楚，你向我身后的方向，离开了，然后，跑远了。

此时，我脑子里的画面是这样的，我，像漫画里的主人公，面前是一堆坏蛋，我踹开他们，拉着你跑，你手里都是汗，我回头看你，你却在笑，周围的景物缓缓倒退，整个世界就我俩在跑。

幻想结束。我回头确认，你已经跑远了。我可以走了吗，我说。哈哈哈，他咧嘴大笑，说，我昨天看电视学会了一个新词儿，b、i、t、c、h，挺适合她的，你没看到，她哭的那样，哎哟太假了。

地上有块砖，我迅速捡起来，砸向他的头。然后，我撒腿跑走，不是家的方向。

"去树林。"这个声音像几秒前的回音，好像从身后传来，又好像从我心底。

从那时起，我多希望能清楚地听到你说的每一个字，像车窗外那一处处遥远又美丽的风景，不断从我耳畔掠过，从不间断。

树林离学校不远，我跑得气喘吁吁，刘成明的声音在身后越来越近。这片树林不算大，再跑一段就到公路边。我望向前面，是一处小山丘，心想躲在那背后。跑近一看，山丘下面竟然有个洞，洞口两臂宽，我迅速抓了些枝条挡在外面，钻进去躲起来。几分钟后，刘成明大喊着追到了附近，只有他一个人，我往里躲，心想最坏的结果不过是再被暴打一次。

他四下观望着，突然，他的右方传来一个声音，他往那儿看了看，狐疑地跑开了。我松了口气，以为暂告安全，可没想到，我稍微往后一退，不知踩到什么东西摔了一跤，洞里又黑又湿，还有窸窸窣窣的声音，痛感和恐惧感相继爬上我的身体。等我挣扎着站起身，他已经来到洞口，头上冒着血，一脸狰狞。完了，我当时想。此时，外面再次响起一声怪响，他没再理，一步步向我靠近。

我回头看，洞里好像还有路，但漆黑一片像是深渊，可那时分不清前面和后面哪个更恐怖。也许基于本能，我往里退，山洞深处清凉潮湿，看不见或许更安全。他气急败坏地吼了声"给我出来！"然后追进来。

周围岩壁湿湿的，我扶着洞体边缘一路小跑，乍有种触电的感觉。他循着声音追上我，我们很快扭打在一处，回声像涟漪漫开。没两下我嘴里就泛出血腥味，脸上身上都湿湿的，也不知到底哪儿疼，四周是浓稠的黑暗，只知道面前有一堵肉墙，我们拳打脚踢，不留后手。来来回回，痛且无聊。我找到我俩之间的一段缝隙，锚准距离，使劲给了他一脚，随着他一声叫喊，四下突然变宁静了。

我立马转身没命似的往外跑，天色已变成深蓝。

第二天，5月14日，刘成明没来上学。你不信，而且你一天都在生我气，不和我说话，我那时只想让你先走，所以骂了你。课堂上，我给你塞纸条，说，我本来打算在你离开后跟他们来场最后的决斗，必须赢，赢了后他们不会再找麻烦，所以对不起，我说的是假话，骗他的。你说，知道是假的，但也感觉难过。我说，怎样才能原谅我呢？你说，下次考试考前十。我说，试试看。接着你问我，昨天到底发生了什么，为什么身上又有新伤。我没说，只自己在心里设想最坏的结果——他晕倒在山洞，没人发现，然后死在里面？不会的，我不敢再往下想。

第三天、第四天、第五天，他还是没来。第七天，警察来学校了。数学课上，方老师把我叫出去，说警察有事问我。我尽量让自己显得不那么紧张,警察问我,3班的赵涛看到上周二你在学校门口用砖块打了刘成明,然后他去追你,对吧?这是他最后一次出现在学校,那天晚上发生了什么,你知不知道他人在哪里?我说,他一直欺负我,班上同学都知道,他那天骂我,我是打了他,但是,我跑了很远,确认他没追上,最后故意绕了不常走的路回家。警察继续问,老师说你第二天脸上挂彩了。我说,是,树林里摔了一跤,对了叔叔,可以去树林找找看,我是在那儿把他甩远的。

希望警察可以找到他,如果他还在,他们应该能原谅我是因为害怕才说谎的吧。过了三天,听方老师提起,警察在树林里没找到他,我才开始慌了。

最近几天天气都不见好,阴沉沉的,那天放学后,我一个人跑到树林,进入山洞,里面漆黑一片,岩壁又湿又凉,我试探地喊了声他的名字,没有回应,往里走,能听见水滴声。正当我继续向前迈出一步时,身体突然失去重心跌入脚下的水潭。

短暂几秒,我失去了意识,不是我掉进水里,而是水穿过我体内,静谧且安稳,像躺在夜晚的沙滩上,海水和着沙子,舔上我的脚趾、腿、后背和四肢。接着,我又像是在空间中下落,坠入一条无穷无尽的隧道,我飘浮在空中失去重心,在一片黑暗中乱抓,希望能抓住什么,这段时间漫长得仿佛没有尽头,却又像只过了一瞬。

等我意识变得清醒,身体重新得以平衡,看到洞口的光照过来,比之前亮了些,我慢慢走出去才发现身上是干的,外面晴空万里。你绝对猜不到发生了什么,等我回到学校附近,竟看到相同的一幕,刘成明正拦在你和我面前！我确定没看错，如果不是做梦，那么我回到了十天前。

那个山洞是个时光机。听起来很俗对吧，但你一定要相信我。

我明白，当时的自己肯定跟刘成明一样，掉进了另外的时间线，所以，我当时只想阻止我们进入那个山洞。我还看见你哭了，看见"我"赶你走，我在心里暗暗骂自己。接着，我跟在他俩后面，跑向树林。刘成明捂着流血的头骂骂咧咧追"我"，我猫着身子躲在树丛后跑，捡起两块石头敲出声响，当他准备进入山洞时，朝我的方向看过来，面前那个山洞似乎对他的诱惑更大。我继续弄出声音，他也没注意，径直朝洞里走去。

他们在洞里打了起来，不久后，刘成明应该要消失了，尽管我无比想让他消失，但真的发生了，却令我感到惶恐。我愣在原地，拼命回想看过的所有时间旅行的电影、漫画，《回到未来》《神秘博士》《终结者》《哆啦A梦》……大多穿越者都遵循着几条原则，不能和自己见面，不能干扰历史，等等。来不及细想，我还是打算先回到咱们的时间线再说。

过了许久，我再次进入山洞。可诡异的事再次发生了，我来到了一个星期后，5月28日。我年轻了一个星期，准确地说是失踪了一星期，可离我进入山洞后只过了一个小时，所以，两边的时间流速完全不同，这是我发现的第一个规律。

回到家后，我爸妈都急疯了，而且学校连续有两个学生失踪，这在小镇上算是大案了，警方已经立案调查。当我出现在班上，你们都围过来问我。我只说，不知走到哪儿就迷路了，像睡了一觉，什么都记不起来。当你悄悄问我时，我告诉了你实情。当时的你，琢磨了半天才缓缓挤出一句话"让我想想"。你肯定以为我脑子烧糊涂了吧。

接下来，我配合警察调查，但没透露山洞的秘密，我害怕他们进去后会引起更大的混乱。关于我们的失踪没有定论，之后，刘成明再也没有回来，这件事被当作悬案搁置。可你知道吗，他一直生活在集集镇，只不过是另一个他。你还记得龙溪街废品站的怪爷爷吗？他老是自言自语些时间啊人生啊之类的怪话，只要有小孩子路过，就骂骂咧咧吓跑他们的那个？

他就是刘成明，老年的刘成明。

5月13日他进入山洞后，其实去到了未来，在那个时空，他被当作失踪七天再出现的刘成明，周围一切没有任何差别，于是他在那里过完一生，并不知晓山洞的秘密，直到自己68岁时意外再次进入，出来后发现，这里才过去一个星期。他重新见到了自己的父母，一对失去孩子、伤心欲绝的父母，于是，他决定留下来不走了，在家对面的废品站默默守着他们。关于原来那个时空发生过什么，他没多说，我从他浑浊的双眼、爬满皱纹的手上看见了"时间"的流逝，当时只觉得一个经历过一生的人，承受的远比我想象的更多。

我怎么知道的？是他在路边认出我后，把我拉过去悄悄告诉我的。他还跟我们道歉。我早在心里原谅他了，你也是。

第二天，我和他一起去树林，在山洞门口堆满石头和树枝草叶，把那些秘密封存起来。

还有好多事啊，米蔚蓝，你都要听吗？你点头。好像这些事你都不太记得，而我一说，你马上又全部想起似的。距离终点站还有很久，你让我继续。

集集镇一如往常，那些扰乱生活的涟漪渐渐平静下来，临近中考，我的成绩很快进入班级前十，我们约好考同一所高中，市重点腾华中学。那段时光是我人生中最开心的时光，像是我们一起在赛道往前跑，只要抵达终点，就能拥有整个世界一样。

中考那天，我早早上路，却在接近你家楼下时被刘成明的表哥拦住，他和几个小青年把我绑走，关在一间地下室，关了整整两天。我就这样错过了考试。他们放走我之后，我又困又饿，连恨他们的力气都没有，我站在路边望向海岸线，忍不住放声大哭，那种要让自己的声音穿过森林到城市一样的决绝哭声。接着，我回家看了父母一眼，便头也不回地跑向那个山洞，我搬开石头，割掉树枝，不顾一切钻了进去。

这一次，我却来到高中开学的第一天。我想办法从集集镇坐车来到滕华中学，躲在校门口，本想看你一眼，可竟然发现了准备入学的自己。过去的事实会发生变化，这是第二个规律。我当时心里还有太多疑惑，等晚上放学，我悄悄叫住高中生"我"。他十分讶异，尽管如此，我却没时间解释，只问他你去了哪里。他说，你那天没参加考试。说着，他有些难过，我问，怎么了。他也许不想让我也难过，一路沉默着。突然，我开始流鼻血，也许因为时间旅行中不能和自己见面，我意识到必须马上远离他。于是，我再次回到集集镇，进入山洞。

而这次，我终于回到中考前一小时，我走小路来到你上学的必经之路，开考前二十分钟，你都没出现。我当时想，如果这里的"我"也被绑走了，那么我必须代替自己去参加考试。接下来的两天考试，你都没出现。最后一场考完，我恍恍惚惚走出考场，从老师口中得知，你的妈妈送你去考场时，路上一辆车子不偏不倚地撞向了你。

我疯狂地奔向医院，看见你躺在病床上，你的身体被绷带、管子缠在，像睡着了一样，只是眼角还留着泪痕。我只觉一片混沌，怀疑自己坠入了某处梦境，眼泪不自主地滴落，好像两个人同时借着我的眼睛在哭一样，真想一切从头开始，一次都不离开你。我陪着你妈妈守了你三天，最后一晚，你嘴唇突然轻轻翻动，我左耳凑近听，你好像在说，"不要……走进……"那句没说完的话，随着心跳变成静止的直线而消散在空中。我参加完你的葬礼，决定再次穿越。

那不是我最后一次在时空里往返，等我再次进入山洞，时间来到了高考前夕。那时的"我"快要成年，高高帅帅的，斯文又聪明，他的未来一片光明，只是他几乎把你忘记了，但我没有。

我要找回你。这是我接下来活着唯一的目的。

我开始计划。首先，我必须得弄明白穿越的规律，我要学习数学、物理甚至哲学，只有大学里能学到这些。可我得去哪个时空才能用一个合适的身体进行这项计划呢，用一个没有忘记你的我。

我回想所有进入山洞的经历，去一次过去，去一次未来，再回来一次，因为两个时空的时间流速不一样，我每次都得回到起点，再出发。我就像在不同时间线上寻找工藤新一的柯南，遵循暂时总结的规律穿梭于不同的人生,对,我不相信随机,"上帝不掷骰子"这句话,是我在大学的一本书上读到的。

在我往后多次穿越的经历中,踩着这个规律,我到过二十岁、三十岁、四十岁的时空,我根据线索寻找到他们,他们过得还不错,有些还记得你,有些忘了你,但这个我始终如一。在我离去的时空里,这个我会不会又要失踪很久?不会的,后来我发现,那两条规律都因为时间线并不单一这一点而作废。所有时间线里的我,都在出发、返回,若有缺失宇宙又立马会补齐,循环接力,平衡便不会被打破。

我在制造一条美妙的小悖论,有时我这么以为。也许是宇宙为我撕开了一条缝隙,让我有机会窥探有序与无序之间的那种微妙的平衡。

当然,这些时间线会有不同程度的误差,却不会超过一定的范围。可奇怪的是,如果把你也算在误差范围内的话,那么,在我去过的时空中,你从来都没存在过。你在中考那天去世,这成了往后所有时空的基本事实。我痛恨这条规律,直到……

等等,你打断我说。既然不能长时间和自己见面,那你们的记忆如何同步,现在的你如何知道这一切?你问我。

你直接忽略我刚说的重要事实,是的,你明明正鲜活地存在于此刻。

我继续回答你,身体和记忆的同步,来自一次穿越,出来后,我再次回到起点,你去世后的夏天。我不知道怎么度过那段时间的,爸妈好像也因此更加担心我,我暂时没舍得离开。那个暑假,我把自己关在家,把能找到的所有物理课本全都摞起来,一遍遍读、一遍遍解,似乎每多学会一个公式，就离你更近，这使我同时感到迷惘和明澈。高中开学后，我有了第一部手机，在收到那条短信后，我决定暂时不离开了。

什么短信，你急切地问。

"请一定留下，留在这里，只要你相信我，你就会再次遇见她。XRJ 留。"我回答你。

你的表情有细微的变化，你问我，是否后来再也没有进入山洞。我说，是的。

XRJ 是谁？我什么时候会再遇见你？这些问题苍白无解，集集镇成了一艘灯火通明的孤船，灿烂中透着伶仃。不得不承认，在这十几年中，关于你的记忆在慢慢褪色。生活的琐碎把我掷向别的目标，考学、工作、感情……后来，也碰到过十四岁的我自己，他悄悄跟我见面，时间很短，只待了十几分钟，讲述他经历过的不可思议的种种，于是，我又想起一部分，但这并不是记忆连续的主要原因。

就在两年前，你猜我遇见了谁？一次学术论坛上出现了一位退休的物理学博士，他叫徐人杰。XRJ，我兀地一惊。会后，我忐忑地接近他，他穿着格子衬衫，瘦削，头发花白，眼睛喜欢四处看，说话嘻嘻哈哈的，像个老顽童。我跟他说，我是张单骑，您给我发过信息，是吗？他只笑着，没否认。

您认识米蔚蓝吗，她在哪儿？您是怎么知道我的？您去过那个山洞？您来自未来？我有太多问题，他却摆摆手，说，三天后来找我。

三天后，我们约好一起去那个山洞。他对里面很熟悉似的，在那个"水潭"边蹲下来查看,他喃喃自语着,没想到,还在运行。他接着说了很多我听不太懂的理论,迷你黑洞、混沌理论、量子延时擦除、世界线收束、波函数坍塌,等等。最后说,还有一个问题需要解决——两个粒子加速向前,如果其中一个粒子具有内时性,它的分子被扭曲到了相邻的时间维度,那么它们会朝过去和未来延伸,假设其中一个粒子会提前到达未来,而另一个粒子紧跟其后,那最后需要一个方案,来统摄两者的不共时性……

我突然想到了什么,说,"最终熵方案"?他眼神一下子放出光来,像猎人捕捉到等待已久的猎物,他细细呾摸着这几个字,神情急切,问我是这么知道的。这是我脑子一瞬间蹦出来的词,还是你曾经提起过的,就像藏在潜意识大海里最深处,阳光一照会自动浮上来,我随手捞出便是宝物。

我说,随口一讲而已,忘了在哪听到的。

他沉默许久,像把那个词深深刻在脑中,然后深吸一口气,继续说,是不是很多次时间旅行并未如你所愿去到想去的时间点,如果可以精准调整就能做到,但精准并不一定意味着你能任意改变过去。

我不敢再贸然提问。他说,单条时间线上的张单骑会记得所有过去的事,越靠近未来的那个张单骑,知道的也就越多。但其实,时间不是单线进行的,而是一张网,因陀罗网啊孩子。说完,他开始清点他带来的设备。

我陪他在山洞附近待了一个月,他在里面立起照明灯,每天都在里面忙活,仪器、机械、计算机、电子注入器、电磁波射频仪,我听他的指示能搭把手，尽管不懂其中原理。空闲时我们还一起逛了曾经的中学，对了，还断断续续聊起过你，他好像对你的过去很感兴趣。

那个山洞是个迷你黑洞，当他在"水潭"上架设起一台镜面仪器时说。这个迷你黑洞本质上是一个加速器，通过微波扰动物质粒子，让它们互相碰撞来产生热量，在这个过程中，粒子间的撞击可能产生克尔黑洞，这种黑洞和其他黑洞的不同之处在于它的奇点是环状的。奇点周围有一个范围，在这个范围内时间和空间的作用互换，这个范围和外界的分界线成为视界线，视界线是一个跨过了就无法返回的存在，所以正常情况下奇点是无法到达的，而如果向黑洞中注入电子就可以让奇点裸露，如果把这一套放到克尔黑洞上，向克尔黑洞注入电子就能让它的环状奇点裸露，然后穿过奇点就可以进行时间跳跃。

这是一张由时间线编织而成的网，明白了吗？他问。我沉默。

不过，我按照徐老说的，在其中跨越了两次，当时的时空没有改变（我以为），但出来之后，我仿佛拥有了全部的记忆，那些流逝的时间被压缩成薄薄的一片，那是种奇怪的感觉，像睡醒后依稀记得所有的梦。

记忆的连续性不是来自经历，而是时间线的折叠，徐老这样跟我解释，只要两条时间线之间的变动率不超 1%，就能做到。

但这些记忆需要启动，就像用隐形墨水在纸上写字，用火烤一下才会显出字来，我说。

什么意思？你问。就是，我需要听到你的名字，28 岁的张单骑，才会想起从前的以前，想起这么多时间线里我的每一次穿越，以及找到你的目标，你的名字是个开关，我有些激动。

你的意思是，你的记忆能够连续起来，是因为你想起了我，然后我才会存在在这个时空？你问。

从某种角度，是这样的，倒果为因，我说。

你的表情充满疑惑，疑惑转而又消散。我继续跟你说，离开前，徐老交给我一个金属圆球似的仪器，他说这叫时间仪，以后会有用。接下来该怎么办？我问他。

他说，等，还说他跟我的目标是一样的。

分开前，我最后问他，我在哪里才能找到您，还有，她呢？他笑嘻嘻地回答，不是何地，而是何时。

老徐在我眼中就像一位漫画里的疯狂科学家，他的出现是为了借助我完成一项实验，验证一个猜想，或者制造一个美妙的小悖论罢了，关于他率先对我提起的"她"，对他来说，也许只是一场实验里的必要元素吧。后来我再没见过他，可我保持足够耐心。而冥冥之中似乎有一条线在牵引我一样，时间快速从我身上流过，像树林里的一阵清风。两年后，我考上物理学博士。那片树林、那个山洞之上修建起了地铁站，交通线像细胞分裂般穿过城市的骨骼，集集镇被纳入市区。不断有新来的人口涌入这里，高楼接连耸立起来，花样繁多的广告填满视线，人们在越来越忙碌的生活中遍地寻找机会。

而我，只要乘坐这辆地铁，从龙溪街站坐到北山桥站，就能继续寻找你的旅行。

我捧着时间仪，里面的装置是一个微型加速器，能制造出希格斯场,铯得以大量增加,电磁脉冲使它内爆,只要设置好参数,便能与克尔黑洞发生反应。那个"水潭"依旧位于地铁站下方,"水潭"镜面仪其实是一个环状奇点发生器,电子继续不断涌入黑洞,而电磁波在空气中蔓延,在虚空中舞蹈,地铁快速驶过能加速空气流动,将奇点的边缘调整扩大,就像墨水在湿润的宣纸上晕开。接着,我手中的时间仪在虚空中捕捉四处游舞的电磁粒子,将其捕捉进黑洞,整辆地铁便能带着我一人穿越至前方看不见的奇点。

我就这样静静坐在车厢里,大脑思维的电磁波在不同时间线上跳跃,所有经历过、未经历过的记忆都同时回潮。于是,我看见了一条又一条的时间线,在变动率不超过 1% 的世界里,看见你无数次死在我面前,看见我们憧憬的未来被谁用手一扬,散在空中。我只有不断调整参数,捧着时间仪继续不停地、无休止地、永恒地走入这辆地铁。

Mind the gap。Mind the gap。Mind the gap。

我在一点点填补与你之间的缝隙。终于,某一颗正确的电子穿过黑洞,奇点暴露,变动率跳动至 1.000 231%,你未死去的那条时间线展开,宇宙将这条线上的所有记忆交还给我。

米蔚蓝,你能明白其中的美妙吗?如同我们在四维弹琴,在某个音符尚未响起之时,就已经知道哪条弦会被拨响。就是这样。

你只看着我,没说话,那眼睛天真得像两条通往你心底的隧道。

我抑制住身体不自觉的颤抖,对你说,我才意识到,14 岁遇见你那天是一场放逐的开始,而这场放逐,要等到再次遇见你才会停下。

就是这里,此时此地。

所以，你现在是工藤新一？你问我。

对。我说。

地铁到站，我以为这个故事快要走到终点。

Mind the gap。走出地铁，我再次看到这行字。我跟她对视一眼，然后我们一同默契地走上阶梯，她并没有刻意走在我左边，一切都是那么自然而然。

这时，她扭头，发尾跳了一圈华尔兹，脸上带着笑，那笑容像是交付给了你什么，你得好好珍藏似的。她故作神秘地对我说，明晚，龙溪街站见，我也给你讲一个故事。

米蔚蓝

我提前在龙溪街站等张单骑。

他昨天跟我说了好多话，多到像是我们有几个世纪没见然后突然重逢一样，在他提起自己名字前，我对他的记忆非常模糊。当他讲完后，我没太多反应，他可能以为我需要时间来消化，这个处于量子态的我。但其实，昨天有好多回忆涌上来，我也有话要对他说，让我好好回想一下这条时间线里发生的一切。

他准时到了，还是昨天的打扮，但看上去又有些不一样。

我们还是跟昨天一样，到北山桥站吧，我说。

听你的，他嘴角扬起笑容。

我想说的是，我们可能需要重新理解一下时间呢，28 岁的张单骑。我冲他眨了下眼。

让我想想从哪里讲起——

你肯定不知道，我不止一次听过你在地铁上跟我讲这个故事。怎么说，或许我比你更早发现山洞的秘密。

2011 年 5 月 13 日，你第一次进入山洞，但那次事件不是起点，而是更早。我转学来之前，就进入过那里，因为，山洞里的时光机是我爸爸的一次发明实验。没错，我爸爸就是徐人杰。

关于我的过去，我从没对你提起过。在我很小的时候，妈妈就带着我离开了他，并为我改了名字。爸爸的世界只有数字、公式，他曾说这是宇宙最可信的事物，没人理解他。从小学到初中的很多年，我都没见过他几次。后来，我有了继父，爸爸的名字再没被提起。我和妈妈保持着相同的默契，当他是个独自远行且不会再回来的人。

在我十三岁生日那天，一个陌生男人从筒子楼爬上来，轻轻敲响我的窗户。我当时惊呆了，他看上去还很年轻，穿着一件白衬衣，斯斯文文的，笑起来有两个深深的酒窝，完全不像妈妈说的那样冷漠。他对我说，他是我爸爸，最近一直在旅行，接着他拿出一个小小的金属球，说是给我的礼物，他本来还想送我更大的，但这次不能携带太多质量，还说等技术成熟了，会带我一起旅行。我看着掌心里像金色飞贼一样的圆球，傻笑着点头，虽然听不懂爸爸在说什么，但不知为何，我感觉他从未走远。

离开之前，我递给他一枚水果糖，他说，这个我不能带走，我的好姑娘，爸爸会再来看你，或者你来找我，好吗？

我说，好，爸爸。

大半年后，因为继父工作变动，我们搬家到集集镇。这里终年阳光和雨水充足，距离热闹的市区有几十公里远，我准备好在这里度过中学时代。不久后，我收到一条短信，是爸爸发来的，她让我在3月27日进入山洞，拧开那个"金色飞贼"，将里面的指针拨到他指定的一串数值。我毫无疑问地照做了。穿过山洞之后，爸爸就站在外面等我，不过这次他已经是个白发苍苍的爷爷，他拉着我说，实验快要成功了。

你猜，我到了哪里？1997年，我回到了自己刚出生的时候！爸爸带我去邻镇的医院，说是要给我更大的礼物。我在路上打量着周围的街道和房屋，感觉我们置身于一张旧照片里。我俩进入医院，远远站在新生儿的玻璃房外，爸爸说，喏，那是你。我顺着他手指望去，一个小婴儿躺在保温箱里，粉红的皮肤，皱皱的，眼睛微微张开像在窥探人间。一旁是年轻的爸爸妈妈，他们互相依偎着，看"我"的眼神似乎能融化掉这世上所有坚冰。时间慢了下来，我用尽全部力气记住那个画面。爸爸说，怎么样，喜欢这份礼物吗？我背过他抹了抹眼泪，说，很酷。他接着说，我们不能待太久，走吧。

在山洞口，他让我先进去，说，要分开了孩子，我们下次再见。

爸爸，你到底在哪儿，我原来的世界里，你在哪里？你还会变年轻吗？我带着哭腔问他。

不是在何地，是何时，他努力挤出笑容回答说。见我沉默，他继续说，回去后，你要等一个人。等谁，我问。他说，很快你就会见到了，他也会开始旅行，你要告诉那人一个词——最终熵方案。

什么意思，我问。

他解释道，全然不顾当时的我能否听懂，如果把时间和空间合称为四维时空，那么粒子在四维时空中的运动轨迹就是时间线。一切物体都由粒子构成，如果我们能够描述粒子在任何时刻的位置，我们就描述了物体的全部"历史"。想象一个由空间的三维加上时间的一维共同构成的四维时空，由于一个粒子在任何时刻只能处于一个特定的位置，那它的全部"历史"在这个四维空间中就是一条连续的曲线，这就是"时间线"。

他说我以后会明白，在物理学上，时间线是物体穿越四维时空唯一的路径，因为加入了时间维度而有别于力学上的"轨道"，更像是一条琴弦，拨动任意一根弦，其余的弦都会产生同频波动，但这首时空的音乐终将完成，传到宇宙的耳朵里。

音乐会停止，时间线最终要收束合一，最终熵方案就是最后的解答，但前提是需要两个精准运动的粒子，它们会填满时间的缝隙，让这支音乐往前往前再往前，直到时间尽头，直到一切重新开始。爸爸说话时，布满老年斑的双手止不住颤抖，黯淡的眼里却像是有浪潮翻涌。

我当时听完这番天方夜谭般的言论，还是云里雾里，只记得那两个粒子。

你的表情有点诧异。没关系，那让我从我们的开头接着说吧。

所以，张单骑，你还记得我转学来掌海中学那天吗？也许是我经历过太多奇遇，看什么都像镀了层光彩。当我在你旁边坐下来，就在猜爸爸说的那个人是不是你。我没想到的是，你会为了我一次次跟那些坏小子对抗，我不曾害怕，也许，这个世界的恶意就是让我们继续往前走的动力。那次期中考试成绩出来后，我们被刘成明拦住。你背对着我，喊我"滚"，你知道我心里有多难过吗？不过我明白，那是假话。那天要是不分出个胜负，他们这么久以来的霸凌不会轻易收场，可你根本不是对手。所以我当时只能想到那里，我在你左边轻轻说了声"去树林"。

从那时起，我们都没有了退路。

你扭身跑走了，树林的山洞是藏身的好地方。可是之后，刘成明失踪了，你也失踪了一个星期。老师家长们来问过我关于你的事，能说的我都说了，只笃定地说你很快会回来。后来，当你跟我说起你进入山洞的奇遇时，我没有过多惊讶，你遭遇的情景不过是时间线的跳动而已。还好，你及时回来了。

那时的你好像不能理解，我也一样。我们都是还没拿到地图就被赶着上路的人，时间像个旧行囊，不知被谁背走了。

期中考试前，你跟我说你要重新做人、要好好学习，还要跟我考一个高中。我说好啊，我帮你复习，数学刚开始讲函数二次方程，物理化学除了基本概念，最重要的就是公式，英语、语文得靠自己背。物理，对了，物理，那个词，我要告诉你的词——最终熵方案。

我想起那两个粒子，下午放学后，我提议去操场走两圈，你陪我。我走到红色跑道的边缘，指着对面说，假设我们是两个带电粒子，我被不断加速，我边说边拉着你向前奔跑，风往身后迅速撤去，穿过操场，我们继续跑向学校的教学楼、小径、花园、大门口，路过的同学投来异样的目光，我们不顾周围的一切，只是跑。

我大声说，整个加速器有几百个掌海中学那么大，我们在里面被不断加速，当速度达到一定的阈值，一个粒子立马会撞向另一个粒子，两者相撞会释放巨大的能量，而此时，在两者即将相撞又未相撞的时刻，停止向粒子加速，被加速的粒子总是处于即将到达既定速度的状态，但是又永远不会到达。那么，两个粒子极有可能会相撞，但仅仅是可能性。这个粒子如果同时具有叠加态和内时性，那么它会向未来去寻找速度，我们会一步步朝着未来前进，直到时间尽头。

我拉着你停下来，我俩都累得气喘吁吁，你撑起腰擦了把汗，把包里的矿泉水递我。你扑哧一声笑了，笑我傻，说老师都不会这么教，全世界只有我想得出来，最终熵方案不就是走到尽头、又重新开始的意思嘛，搞这么复杂。

我说，嘿，你要是真懂就好了，也许等你考上了大学就会学到，这个词你记住了，以后有用，有人会问到你。

谁啊，你问。

我说，我也不知道。

后来，我用"金色飞贼"又进出过几次。有一次，我出来后第一次看到了地铁，再往外面是被开发成商业用地的楼盘、居民区、大街，高楼替代了树林、草地，新能源汽车和共享交通系统载着人们穿梭于城市之间，我像个旧时的人从平常世界闯入了未来。出来后我完全迷路了，但很快，我遇见了三十五岁的我，她留着中发，穿米色风衣，有种落落大方的骨相美，笑起来眉眼弯成一道桥。她让我想起妈妈，比起妈妈的恬淡柔和，她身上更多了几分利落与果敢。她对我说了很多，聊那些爸爸告诉我们的理论，聊童年和青春，最后还特地嘱咐我，中考那天不要和张单骑见面。我说怎么可能呢，我俩可是一个考场。

她侧过脸不看我，轻轻说了声，好吧。

那次见面也是时间线上预测到会发生的，之后，我坐上地铁再次回到参加中考的时间。那天早上我特意避开你，接着遭遇车祸。你应该是看着我死去的吧，那种感觉如何，会难过吗？我的脸看起来是不是特别像僵尸？啊，那可真是丑。

我们俩的时间线，从那以后便彻底分开为两条。

但两条线最终还是会合一，你说。

在变动率低于 1% 的时间线里，我会一次次死在你面前吧。

那天，病床上的我在彻底失去意识之前，对你说："不要伤心，继续走进那个时光机。"那一刻到来时，死亡的恐惧依旧侵袭着我，很快，我感觉自己失去了五感，仿佛掉入了时间缝隙里，以为一切终将归于宁静。但其他所有感官立马变得清晰无比，我能触摸到细胞分裂、针尖落地、星云后退的色彩和声音，微观与宏观、生与死的维度在相互叠加，一个正在步入死亡却一直不会抵达死亡的我，就是如此。

我的葬礼上，你哭得泣不成声。我是怎么看到的？二十五岁的我选择回到了那时候。小镇办丧事都是那几样，灵堂里放着悲伤的哀乐，大人坐在一起嗑瓜子打麻将，凡是来吊唁的人都管几顿饭，互相聊起自己跟照片上这个死去的孩子有过什么接触，比往常的家庭聚会还要热闹。妈妈脸上的泪痕还没干，眼睛肿得跟灯泡一样，和继父一起拖着疲累的身体弯腰招呼他们，面对一句句节哀顺变，他们点头说好好好。二十五岁的我绾起头发，身穿黑衣，坐在角落，想上前安抚妈妈，但却不能。你也来了，原来我死了会有人那么伤心。

那个"我"悄悄回家拿走了"金色飞贼"，接着，回到那个变动率超过1%的未来，再通过爸爸的手把它的升级版——"时间仪"交给你。于是，你拥有了在时间中来回穿行的能力，你可以把在时间中前进想象成电影胶片里连续播放的画面，我们只是在不同帧游走。对，是我把接力棒传给了你。只有我死了，你才会继续往前走，只有继续，我们的未来才会有更多可能。你明白吗？

你可以选择不死的那条时间线吗？为什么要这么大费周折？你眼里满是急切，像害怕失去什么似的。

如果遇见你，我会死在十五岁那年。但如果我不死去，你就不会开始穿越时间线，而如果你不穿越时间线，我就不会活过来，如果我不活过来，这条时间线的连续会产生前置的波动，导致你出生那天会因为妈妈难产而从未降临世界。

这才是倒果为因，我不存在，你便不会存在，你不存在，我也不会存在，我说。

所以，是你一直在守护我？你问。

是的吧，这是一张网，而我现在终于等到了你，正确的你，我冲你眨眨眼，说。

你扶了扶眼镜，看我的眼神像跋涉了数光年才抵达。我继续说，年迈的老徐让我告诉你最终熵方案，然后你再告诉年轻的老徐，他才能因此得到启发，将研究继续推进。我们才可能一次次穿越时间线，到达彼此的世界。

因果循环，这是一张网，你喃喃道，所以，我们互为因果，我们……就是那两个电子？等等，时间线收束？那我们要如何判断哪条才是最优解？万一未来变得很糟糕，那我们不是得为全人类的命运负责？所以最终熵方案到底是……你眉头未展。

我也是过了很久才明白，山洞或地铁背后的时间线穿越系统出现混沌，都是自变量叠代造成的，而自变量的每一次变化都会改变系统的回归周期，自从我爸爸、我、你第一次进入山洞后，系统就分成了三个不同周期，三条线各自有着自变量的变化率。每条时间线分岔后会有一定的稳定度范围，其中的细小支线就是那些主线之下无法改变命运的时间线，想要改变，就只能从一个主分岔转移到另一个主分岔上，如果模型合适，系统可以分出更多条主分岔来。

但如果有大过滤器在前方，我们要如何通过大过滤器呢？这是我爸爸一直担忧的问题，虽然常人看来是杞人忧天。

于是，我们如同两个被选定的电子，各自踏上一次次放逐，就像在掌海中学的操场上一起奔跑，不断加速，然后变成叠加态和稳时态，以无限大的速度进入未来，我们骗过了所有速度和引力定律，一直前行，直到再也无法向前。

就像不断借新的时间债，不用理旧的时间债？我们是活在比别人更接近未来一点的时间吗,在缝隙里?你问。

缝隙,就像在宇宙的一个念头里,我接过你的话,然后继续,但我爸爸更关心的是终点,时间的尽头是绝对熵、热寂、是变动率归零的混沌。一旦到达终点,这两个电子会和宇宙中其他所有分子一起均匀地分布在时间和空间内,然后一起投入熵的边缘,时间线便会由此收束。

最后的最后,我们会一起进入反时间。宇宙在那时只是一个体积无限小、密度无限大、温度无限高、时空曲率无限大的奇点。无限短暂的时间缝隙,也许只是万亿分之一秒过去后,那两个命定的电子像往常一样穿越过了奇点,它们将导致一次大爆炸,对,就是那场大爆炸!接着,宇宙的一切又重新开始。

我长长地舒了一口气,想轻松地结束掉这场对话,说道,所以呢,不管是不是最优解,这都是"最终熵方案"自身选定的结果吧。我把头发别在耳后,起身,望着玻璃窗上的投影说,我们的影子曾在时间长河里彼此拥有,在一帧一帧的胶片里,我们正在制造一条美妙的小悖论。我向你吐了吐舌头。

我说完,沉默如针尖落地,车厢穿越至下一节隧道,这一刻,仿佛整个世界的时间都站在我们这边。不知过了多久,我看见你眼里有盈盈的光,你肩膀彻底放松了下来,像是放下一件旧行囊。

地铁到达终点站,有亮光从前方出口透进来,我们可知或未可知的人生仍在前方闪闪发亮似的。

他听完所有故事,好像在想,是不是宇宙只是想为自己的故事找个听众？街边有艺人在弹琴唱歌，兴许也是宇宙适时发出些响动，来填满我们之间沉默的缝隙。此时，灯熄了，车流止住，这是站在窗台望着旋转的星空才能听见的夜的絮语，不经空气、水流与风，像量子纠缠一样直接在脑袋里响起的感觉。

我陪他一步步往前走，他转过头只是看着我，不发一语，却又像是对我说过了全部的话。

最初的张单骑

集集小镇的初夏最惬意，即使到了初三，我也跟一个长不大的男孩一样，脑袋尽是些捉知了、捡贝壳的主意。我喜欢蹲在冰糕店门口看着小镇来来往往的人；喜欢踢掉鞋袜，和小伙伴追笑打闹着在沙滩上奔跑；喜欢拿着漫画伸出窗外，听微风翻页的声音；喜欢躺在夜空下，看星环不可一世地围绕着星球……

那天，我第一次见到她，我的新同桌。她扎着马尾，脸庞清秀，不经世事的模样像初夏树枝上刚抽出的新芽。

老师把她领到讲台上说，大家欢迎新同学米蔚蓝。

她一步步走下来，坐在我旁边。她注意到我压在书下的漫画，问，你是柯南吗？

我说，是。

窗外，清风温柔，阳光正好。